Antoinette van Heugten
salvar a *max*

Editado por Harlequin Ibérica.
Una división de HarperCollins Ibérica, S.A.
Núñez de Balboa, 56
28001 Madrid

© 2010 Antoinette van Heugten. Todos los derechos reservados.
SALVAR A MAX, N° 135 - 20.5.12
Título original: Saving Max
Publicada originalmente por Mira Books, Ontario, Canadá.
Traducido por María Perea Peña

Todos los derechos están reservados incluidos los de reproducción, total o parcial. Esta edición ha sido publicada con permiso de Harlequin Enterprises II BV.
Todos los personajes de este libro son ficticios. Cualquier parecido con alguna persona, viva o muerta, es pura coincidencia.
™ TOP NOVEL es marca registrada por Harlequin Enterprises Ltd.

® y ™ son marcas registradas por Harlequin Enterprises Limited y sus filiales, utilizadas con licencia. Las marcas que lleven ® están registradas en la Oficina Española de Patentes y Marcas y en otros países.

I.S.B.N.: 978-84-9010-964-9

Bill, que ha convertido todos mis sueños en realidad.

primera parte

prólogo

Recorre el pasillo vacío del hospital psiquiátrico. Sus tacones repiquetean en el suelo desinfectado. Se detiene. Abre una puerta y la atraviesa. La habitación está roja, toda roja. Hay salpicaduras de sangre que suben por las paredes hasta el techo, y hay un charco en el suelo. Ella se tapa la boca con las manos para contener un grito que se le quiere escapar de la garganta. Los ojos se le llenan de lágrimas, y su mirada recae en el cuerpo que hay sobre la cama. El chico está tumbado boca arriba, mirando al cielo con los ojos azules y vidriosos. No le halla el pulso. Va apresuradamente hacia el timbre de la enfermera. Entonces se queda helada.

Junto a la cama hay alguien acurrucado. Es un chico, no muy diferente al muchacho muerto. Tiene la cara y las manos manchadas de sangre, pero en esa ocasión, al palparle el cuello, ella obtiene la recompensa de un pulso débil. Entonces, lo ve.

El chico tiene en la mano un objeto punzante que está manchado de sangre coagulada, como el resto de la habitación. Aquella mano sujeta, como si fuera un cepo, el arma homicida.

uno

Danielle se deja caer con agradecimiento en la butaca de cuero de la sala de espera del doctor Leonard. Acaba de llegar, corriendo, desde el bufete de abogados donde trabaja; ha pasado toda la mañana reunida con un cliente, un inglés mojigato que nunca hubiera imaginado que sus negocios al otro lado del charco pudieran acarrearle la indignidad de una demanda judicial en Nueva York. Max, su hijo, está sentado en su lugar habitual, en un rincón de la sala de espera, lo más alejado posible de ella. Está inclinado sobre su nuevo iPhone, tecleando afanosamente con los pulgares. Es como si le hubiera crecido un nuevo apéndice, porque ella casi nunca lo ve sin el teléfono. Por insistencia suya, Danielle lleva uno idéntico en el bolso. Max tiene una fina sombra de bigote en el labio superior, y un piercing en la ceja, que afea su preciosa cara. Su gesto ceñudo es el de un adulto, no el de un niño. Parece que siente su mirada. Alza la vista, y al instante desvía los ojos.

Ella piensa en todos los médicos, en todos los medicamentos, en los incontables callejones sin salida, y en los cambios oscuros que ha experimentado Max, que parecen irreversibles. Sin embargo, el fantasma de su niño le rodea el cuello con los brazos delgados y morenos, con un olor a canela en la boca por los caramelos que se ha comido, y le planta un beso pegajoso en la mejilla. Se queda allí durante un momento, respirando rápidamente. Danielle agita la cabeza. Para ella solo hay un Max, y en el centro de aquel niño está lo más tierno y lo más dulce: su bebé, la parte que ella nunca podrá abandonar.

Sus ojos regresan al Max del presente. Es un adolescente, se dice Danielle. Aunque aquel pensamiento esperanzado se le pasa por la mente, sabe que se está mintiendo a sí misma. Max tiene el síndrome de Asperger, un autismo de alto funcionamiento. Aunque es muy inteligente, no sabe cómo relacionarse con la gente. Eso le ha causado angustia y depresiones durante toda su vida.

Cuando era muy pequeño, Max descubrió los ordenadores. Sus profesores se quedaron asombrados de la capacidad del niño. Ahora, con dieciséis años, Danielle todavía no sabe hasta qué punto llega su habilidad, pero sabe que es un genio, un verdadero sabio. Aunque esto, en un principio, fascinó a sus compañeros, ninguno de ellos pudo mantener el interés en cuanto Max comenzó a hablar sobre ello y siguió durante horas con la cantinela. La gente con el síndrome de Asperger se entusiasma a menudo con sus obsesiones, aunque su interlocutor no tenga ni el más mínimo interés en el tema. El comportamiento extraño de Max y sus dificultades de aprendizaje lo han convertido en objeto de las burlas. Su respuesta ha sido ignorar a los demás o vengarse, aunque últimamente se ha retraído más, ha endurecido su corazón.

Sonya, su primera novia de verdad, rompió con él hace unos meses. Max se quedó hundido. Por fin tenía una relación, como todos los demás, y ella lo dejó delante de sus compañeros de clase. Max se deprimió tanto que se negó a seguir yendo a la escuela y cortó el contacto con los pocos amigos que tenía. Además, comenzó a drogarse. Ella lo descubrió al entrar en su habitación sin llamar; se encontró con que Max la miraba fríamente con un porro en la mano. Sobre su cabeza había una nube de humo azul y oloroso, y en la mesilla de noche unas cuantas pastillas esparcidas sin cuidado alguno. Ella no dijo ni una palabra; esperó a que él estuviera duchándose para confiscarle la bolsa de marihuana y todas las pastillas que pudo encontrar. Aquella misma tarde lo llevó a rastras, entre gritos y palabrotas, a la consulta del doctor Leonard. Parecía que aquellas sesiones ayudaban. Por lo menos, Max había vuelto al colegio y parecía que estaba más feliz. Se comportaba afectuosamente con Danielle, como el Max niño que quería agradarle. En cuanto a las drogas, ella hacía registros secretos en su habitación, y no encontraba nada. Aunque eso no quería decir que no se las hubiera llevado al colegio, o a casa de un amigo.

Sin embargo, aquellos hechos recientes palidecen en comparación con lo que los ha llevado a la consulta hoy. Ayer, después de que Max se marchara al colegio y ella hiciera el registro de su habitación, encontró un diario encuadernado en piel que estaba escondido debajo de la cama de su hijo. Aunque se sentía culpable, forzó la cerradura del libro con un cuchillo. En la primera página, Max detallaba con su letra infantil un plan tan complicado y terrorífico que, al leerlo, Danielle estalló en sollozos. ¿Era culpa suya? ¿Podía haber hecho mejor las cosas? ¿Podía haberlas hecho de un modo diferente? Una vez más, sintió vergüenza y humillación.

Se abre la puerta y entra Georgia, una mujer rubia y menuda, que se sienta junto a ella y le da un abrazo. Danielle sonríe. Georgia no es sólo su mejor amiga; es de su familia. Danielle era hija única de unos padres que ya murieron, así que confía en la lealtad y el apoyo constantes de Georgia, por no mencionar en su amor incondicional hacia Max. Pese a su expresión dulce, Georgia tiene la mente rápida de una buena abogada. El bufete en el que trabajan ambas se llama Blackwood & Price, y es una multinacional con oficinas en Nueva York, Oslo y Londres. A estas horas, normalmente, ya está en la oficina, sentada en su escritorio. Danielle se alegra mucho de verla.

Georgia saluda a Max con la mano, y le sonríe.
—Hola.
—Hola —responde él y, una vez que ha correspondido, cierra los ojos y se hunde más en su silla.

—¿Cómo está?
—O pegado a su ordenador portátil, o a su teléfono móvil. No sabe que he encontrado su... diario. Si se lo hubiera dicho, no habría conseguido traerlo a la consulta.

Georgia le aprieta suavemente el hombro.

—Se resolverá. Superaremos esto de alguna manera.

—Muchas gracias por haber venido. Significa mucho para mí —dice Danielle, y después, adopta un tono de formalidad—: ¿Cómo han ido las cosas esta mañana?

—Casi no llego a tiempo al juzgado, pero creo que lo he hecho bien.

—¿Qué pasó?

Ella se encoge de hombros.

—Jonathan.

Danielle le estrecha la mano a su amiga. El marido de Georgia, Jonathan, aunque es un brillante cirujano plástico, tiene una ambición insaciable que es una amenaza no solo para su matrimonio, sino también para su carrera. Georgia sospecha que además es adicto a la cocaína, pero sólo le ha confiado ese temor a Danielle. No parece que lo sepa nadie del bufete, pese al comportamiento inadecuado que había tenido Jonathan en la última fiesta de Navidad. El bufete, una institución tradicional y rancia de Manhattan, cuyos miembros directivos se consideran de sangre azul, no ven con buenos ojos las dificultades matrimoniales. Además, con una hija de dos años, Georgia tiene reticencias a la hora de pensar en el divorcio.

—¿Qué ha ocurrido esta vez? —le pregunta Danielle.

—Llegó a casa a las cuatro. Se desmayó en la bañera, y se hizo pis encima.

—Oh, Dios mío.

—Melissa lo encontró y vino llorando a la habitación —dijo Georgia, cabeceando—. Se creyó que estaba muerto.

Entonces, es Danielle quien le da un abrazo a su amiga.

Georgia esboza una sonrisa forzada y mira a Max, que se ha hundido todavía más en la butaca de cuero. Parece que se ha quedado dormido.

—¿Ha leído su diario el médico?

—Seguro que sí. Se lo envié ayer por mensajero.

—¿Has tenido noticias del colegio?
—Lo han expulsado.

El director le había sugerido amablemente a Danielle que tal vez otro entorno fuera más adecuado para satisfacer las necesidades de Max. En otras palabras, querían que dejara la escuela.

El síndrome de Asperger de Max ha empeorado mucho en la adolescencia. Mientras los chicos de su edad se han graduado y han empezado a tener relaciones sociales cada vez más sofisticadas, Max está luchando por superar el nivel de la escuela media. Tiene varias dificultades de aprendizaje, y eso hace que llame más la atención. Danielle lo entiende. Si uno es ridiculizado constantemente, no puede arriesgarse a sufrir más desprecio social. Por lo menos, el aislamiento mitiga el dolor. Y no es porque Danielle no lo haya intentado con todas sus fuerzas. Max ha recorrido muchas escuelas de Manhattan. Sin embargo, incluso los centros para niños con discapacidades lo han expulsado. Durante años, ella ha acudido a diferentes médicos que tuvieran algo nuevo que ofrecer. Una medicación diferente. Un sueño diferente.

—Georgia —susurra ella—. ¿Por qué está ocurriendo esto? ¿Qué se supone que tengo que hacer?

Danielle mira a su amiga con tristeza. Siente una presión detrás de los ojos, y juguetea con el bajo de la falda, tirando de un hilillo.

—Estás aquí, ¿no? —dice Georgia con dulzura—. Tiene que haber una solución.

Danielle se retuerce las manos y empieza a llorar. Mira a Max, pero él sigue dormido. Georgia saca un pañuelo de su bolso. Danielle se seca los ojos y se lo devuelve. Sin previo aviso, Georgia la agarra por el brazo y le sube la manga de la camisa. Danielle intenta retirar el brazo, pero Georgia la sujeta con fuerza y tira, y ve largos arañazos que van desde la muñeca hasta el codo.

—¡No! —susurra Danielle, y se baja la manga apresuradamente—. No lo hizo a propósito. Sólo ha sido una vez, cuando encontré sus drogas.

Georgia tiene una expresión de angustia.

—Esto no puede seguir así. Ni para ti, ni para él.

Danielle se abrocha rápidamente el botón del puño de la camisa. Las heridas están ocultas, pero su secreto ya no está a salvo. Ella es la única que tiene que saberlo; ella es la única que tiene que soportarlo.

—¿Señora Parkman?

Aquella voz suave es la del doctor Leonard. Tiene una cara aniñada, lleva gafas de montura negra y el pelo muy corto. Da una imagen perfecta, como si se tratara de un anuncio de la Asociación Americana de Psiquiatría.

Danielle todavía siente pánico por el descubrimiento que acaba de hacer Georgia, pero se domina y consigue aparentar normalidad.

—Buenos días, doctor.

—¿Quiere pasar ya?

Danielle asiente y recoge sus cosas. Se da cuenta de que le arde la cara.

—¿Max? —dice el doctor Leonard.

Max, que apenas se ha despertado, se encoge de hombros. Después se pone en pie y sigue al médico por el pasillo.

Danielle mira con terror a Georgia. Se siente como un ciervo atrapado en un alambre de espino, como si su esbelta pata se fuera a partir en dos.

—No te preocupes —le dice su amiga—. Seguiré aquí cuando salgas de la consulta.

Danielle respira profundamente y se levanta. Es hora de entrar en la boca del lobo.

Danielle pasa a la consulta detrás del doctor Leonard y de Max. Se fija en el elegante sofá de cuero con un cojín de kilim y la obligatoria caja de pañuelos de papel sobre una mesa de acero inoxidable. Se acerca a una silla y se sienta. Lleva uno de sus trajes de abogada. Sin embargo, no es allí donde quiere llevarlo.

Max se sienta frente al escritorio del doctor Leonard. Danielle se vuelve hacia el médico y sonríe forzadamente. Él le devuelve la sonrisa e inclina la cabeza.

–¿Empezamos?
Danielle asiente. Max permanece en silencio.
El doctor Leonard se coloca las gafas y mira el diario de Max. Su cuaderno amarillo está lleno de notas. Alza la vista y habla con suavidad.
–¿Max?
–¿Sí?
–Tenemos que hablar de algo muy grave –dice el doctor. Toma aire y mira fijamente a Max–. ¿Has estado pensando en suicidarte?
Max se sobresalta y le clava a Danielle una mirada de acusación.
–No sé de qué demonios está hablando.
–¿Estás seguro? Aquí estás a salvo, Max. Puedes hablar de ello.
–Ni hablar. Me marcho.
Justo cuando se encamina hacia la puerta, ve el diario en una esquina de la mesa del médico. Se queda inmóvil. Después enrojece y se vuelve hacia Danielle con una mirada de odio.
–¡Maldita sea! ¡No es asunto tuyo!
Ella se siente como si fuera a explotarle el corazón.
–Cariño, ¡deja que te ayudemos! Suicidarte no es ninguna solución, te lo aseguro.
Danielle se levanta e intenta abrazarlo.
Max la empuja con tanta fuerza que ella se golpea la cabeza contra la pared y cae al suelo.
–¡Max, no! –grita Danielle.
Él abre mucho los ojos, con espanto, y hace ademán de sujetarla, pero después retrocede, toma el diario y sale corriendo de la habitación, dando un sonoro portazo.
El doctor Leonard se apresura a ayudar a Danielle a levantarse y la acompaña hasta la silla. Ella está temblando. Leonard se sienta de nuevo y la mira con gravedad.
–Danielle, ¿se ha comportado violentamente Max en casa?
Danielle niega con la cabeza, pero tiene la sensación de que le arden las heridas del brazo.
–No.
Él no dice nada. Guarda sus anotaciones en una carpeta azul.

—Teniendo en cuenta la depresión que padece Max, sus planes de suicidio y su volatilidad, tenemos que ser realistas sobre sus necesidades. Necesita un tratamiento intensivo, y mi recomendación es que actuemos inmediatamente.

—No… no estoy segura de lo que significa eso.

—Ya le había mencionado esta posibilidad, y me temo que ahora no tenemos más remedio. Max necesita una evaluación psiquiátrica completa, incluyendo su protocolo de medicación.

Danielle mira al suelo con los ojos llenos de lágrimas.

—¿Quiere decir que…

Él responde suavemente, muy lentamente.

—Maitland.

Danielle nota un dolor punzante en el estómago. Ahí está la palabra.

Es como si acabaran de cerrar la tapa de su ataúd.

dos

En el viaje desde Des Moines a Plano, Iowa, Danielle conduce mientras Max duerme. Pese al caos de maletas, taxis, tráfico y discusiones, han conseguido tomar el vuelo desde Nueva York. Ella ha intentado por todos los medios, con todas las súplicas posibles, que Max acceda a ir a Maitland, pero él solo ha cedido cuando ella se ha desmoronado por completo. Entonces, Danielle no ha esperado a que cambiara de opinión. Se ha quedado en vela toda la noche, asomándose constantemente a su habitación para asegurarse de que seguía… vivo. Al día siguiente, estaban en el avión.

Su ansiedad disminuye cuando se concentra en la carretera. Enciende un cigarro y baja la ventanilla, con la esperanza de que Max no se despierte. Él odia que fume. El paisaje es llano, seco, pardo. Sin embargo, cuando llegan a Plano y salen de la autopista, aparece una vegetación exuberante, con todos los matices del verde. Ella percibe el olor de la lluvia recién caída y se imagina una riada de expiación que purifica el mundo, que deja solo lo incorruptible, la tierra negra y secreta. Es una señal de esperanza. Es el presentimiento de que todo va a ir bien.

Alza la cara hacia el sol y se relaja, y piensa en Max de niño. Recuerda una tarde en concreto, en la granja de su padre, en Wisconsin, poco antes de que él muriera. Danielle estaba meciéndose en el columpio del porche y observando el sol del atardecer. Max trepó por sus piernas y se tendió en su regazo. Habían estado nadando toda la mañana y el niño estaba exhausto. Se abrazó a su madre y se quedó dormido. Ella inhaló profundamente el perfume de las magnolias que colgaban de unas ramas por encima de ellos, mezclado con el olor de su hijo. Y mientras lo estrechaba contra sí, notaba los latidos de su corazón. Con los ojos cerrados, se abandonó a las sensaciones de aquel momento compartido entre madre e hijo, perfecto e intenso. Había pensado que las cosas siempre serían así. Que nunca habría nada que pudiera separarlos.

Entonces es cuando ve el arco blanco de la entrada, y lee el letrero descolorido. Unas palabras formadas con letras de metal negro que se recortan contra el cielo.

Maitland.
Hospital Psiquiátrico Maitland.

tres

Danielle y Max están sentados en una habitación naranja, y observan a la orientadora del grupo, que está organizando un círculo de sillas azules de plástico. El linóleo del suelo tiene un dibujo de cuadros en blanco y negro, y huele a desinfectante. Los padres y los hijos entran en la sala como de mala gana. Danielle tiene el corazón encogido. ¿Cómo es posible que esté en aquel lugar con Max? Las caras de los padres reflejan una fea mezcla de esperanza y miedo, de resignación y de negación. Cada uno tiene una historia trágica que contar.

Max está a su lado, enfadado y avergonzado, porque tiene edad suficiente como para entender dónde está. No ha hablado desde que han llegado. Parece un niño. Lleva una camiseta que le queda grande, unos pantalones de algodón arrugados y unas zapatillas de deporte sin calcetines. La noche antes de salir de Nueva York se afeitó la pelusa del bigote sin avisar. Su boca es una fina línea, como si se la hubieran trazado con un pincel. Su único acto de rebelión perdura: el feo piercing que lleva en la ceja.

De repente se abre la puerta y entra apresuradamente una

mujer que lleva a un chico de la mano. Se detiene y observa el círculo. Entonces establece contacto visual con Danielle y sonríe. Danielle mira a su derecha y a su izquierda, pero nadie se levanta. La mujer se dirige hacia ella, se sienta a su lado y hace que su hijo se siente en la silla contigua.

–Me llamo Marianne –susurra.

–Yo Danielle.

–¡Buenos días! –exclama una joven pelirroja. Lleva una etiqueta con el nombre de Joan; se coloca en el centro del círculo–. Esta es nuestra sesión de bienvenida para los pacientes nuevos y sus padres al Hospital Psiquiátrico Maitland, y bueno, para compartir nuestros sentimientos y preocupaciones.

Danielle odia la terapia de grupo. Todas las cosas que ha compartido se han vuelto contra ella. Busca la salida con la mirada, desesperadamente. Necesita un cigarro. Sin embargo, Joan da unas palmadas. Demasiado tarde.

–Vamos a elegir a alguien para que salga al centro del círculo –dice–. Presentaos y contadnos por qué estáis aquí. Recordad que estas conversaciones son confidenciales.

Las historias son abrumadoras. Primero habla Carla, una camarera de Colorado que mira amorosamente a su hijo, Chris, mientras relata que él le ha roto la muñeca y le ha puesto el ojo morado. Después le toca el turno a Estella, una elegante abuela que tiene tomada de la mano, con ternura, a su nieta. La niña parece una muñeca con su vestido de tafetán, aunque la tela no esconde del todo las cicatrices gruesas que recorren las piernas de la niña.

–Se produce ella misma las heridas –le susurra Marianne–. La madre la abandonó. No podía soportarlo.

Justo en aquel momento, Joan pasea la vista por la sala en busca de una víctima, y clava los ojos en Danielle. Ella se pone rígida.

Marianne le da una palmadita en la mano a Danielle y alza el brazo.

–Iré yo –dice–. Me llamo Marianne Morrison.

Danielle suspira y se apoya en el respaldo de la silla. Intenta rodear a Max con el brazo, pero él se aparta. Ella observa a la mujer que la ha salvado.

Marianne parece el centro de una flor. Lleva una falda plisada de color granate claro, una blusa blanca, un collar de perlas y una alianza en la mano izquierda. Es rubia y tiene un corte de pelo al estilo paje, que enmarca con sencillez su rostro ovalado. Su maquillaje impecable refleja ese detallismo que parece innato en las mujeres del Sur. En su caso, realza sus rasgos, una boca generosa y unos ojos azules llenos de inteligencia. A su lado, Danielle se da cuenta de lo severo de su traje negro, de su pelo oscuro y su palidez. No lleva joyas, ni reloj, ni maquillaje. En Manhattan es una profesional. Junto a Marianne parece la portadora de un féretro. Mira hacia abajo y advierte que el bolso de Marianne, que descansa sobre su silla, está lleno de cosas que parecen muy útiles. La depresión de Danielle aumenta, como cuando una de las madres del curso de Max lleva una colcha hecha a mano para la subasta del colegio, y ella solo da dinero.

—Este es mi hijo, Jonas —dice Marianne.

Al oír su nombre, el niño agita la cabeza y pestañea rápidamente. No deja de mover las manos. Se araña las cicatrices que tiene en los brazos. Danielle se baja instintivamente las mangas. Jonas se balancea hacia delante y hacia atrás, sin dejar de gruñir suavemente.

—Soy de Texas, y he sido enfermera pediátrica durante muchos años —continúa Marianne. Aquello no sorprende a Danielle; sin embargo, lo que dice después le causa una profunda sorpresa—. Terminé la carrera de Medicina, pero no he ejercido la profesión. Decidí quedarme en casa y cuidar de mi hijo. Esto último es lo más importante que tengo que decir sobre mí misma.

En ese momento, se agarra las manos y sonríe. Danielle cree que aquella debe de ser la sonrisa más bonita que ha visto en su vida. Su actitud es contagiosa. Todos los padres asienten y sonríen.

—Jonas tiene un diagnóstico de retraso y autismo, y no puede hablar.

Marianne le da una palmadita a su hijo en la rodilla. Él no la mira. Está observando la habitación mientras sigue arañándose. Cada vez tiene los brazos más rojos.

—Las cosas han sido así desde que era un bebé —continúa ella—. Es difícil enfrentarse al reto que suponen nuestros hijos, pero yo hago todo lo que puedo con lo que Dios me dio —añade—. Su padre... bueno, murió, que Dios lo bendiga —dice, y baja la mirada—. Hace poco, Jonas empezó a ponerse violento y destructivo consigo mismo. Yo quiero que él tenga lo mejor, y por eso estamos aquí.

Después de que ella termina, la gente aplaude un poco, amablemente. Entonces, Marianne le susurra algo a Jonas, y como respuesta, él le da una bofetada tan fuerte que está a punto de tirarla de la silla.

—¡Jonas! —grita Marianne. Se cubre la mejilla enrojecida como si quisiera protegerse de más golpes. Aparece un celador y sujeta a Jonas por los brazos.

—¡Nonomah! ¡Aaaanonomah! —grita el niño, y el celador le sujeta las manos hasta que se calma. Todo el mundo permanece sentado, aturdido. En cuanto lo sueltan, Jonas se muerde los nudillos de la mano derecha, tan fuertemente que Danielle se estremece.

Marianne está inconsolable. Su optimismo se ha hecho pedazos. Danielle se inclina hacia ella y la abraza torpemente, y la mujer solloza. Las madres normales no son conscientes de sus bendiciones. Tener un hijo con amigos, que va a la escuela y tiene un futuro. Esos son los sueños de una raza de gente a la que aquella mujer, y ella misma, ya no pertenecen. Son solo personas truncadas. Han quedado reducidas a un nivel de necesidad tan bajo, que ahora sus expectativas anteriores con respecto a sus hijos les parecen avariciosas a todos ellos, mercenarias, insignificantes. Casi malvadas. Su única esperanza es la cordura, la paz. Mientras Danielle estrecha contra sí a aquella mujer destruida, se da cuenta de que la comunión entre ellas dos es más profunda que un sacramento. Siente lo sagrado del intercambio, por muy alienadas y por muy vacías que las deje. Es todo lo que tienen.

Danielle mira el letrero que hay en las puertas de cristal. *Unidad de Seguridad. Prohibido el paso al personal no autorizado.*

El ojo oscuro y despiadado de una de las cámaras de seguridad la observa fijamente desde un rincón de la sala. En orientación han sabido que hay una de aquellas cámaras en cada una de las habitaciones de los pacientes y en las zonas comunes. Se supone que es para que se sientan seguros.

Es la última hora de la tarde. Danielle está junto al mostrador de recepción, pero Max se queda rezagado. Tiene mucho miedo; Danielle lo sabe. Sin embargo, cuanto más miedo tiene, más se comporta como si no le importara. Pone cara de estar aburrido.

Danielle no le culpa. Cuando terminó la sesión de grupo, ella tenía ganas de cortarse las venas.

–¿Señora Parkman? –le dice la enfermera, con una enorme sonrisa–. ¿Está preparada?

Oh, claro. Por supuesto. Se cuadra de hombros.

–Me alojo en el hotel de enfrente, en la habitación seiscientos treinta. ¿Puede decirme cuáles son las horas de visita?

A la enfermera se le borra la sonrisa de la cara.

–¿No se marcha mañana?

–No. Me voy a quedar hasta que pueda llevarme a mi hijo a casa.

–Es preferible que los padres no visiten a los hijos durante las pruebas de diagnóstico. La mayoría se marchan a casa y nos dejan trabajar.

–Bueno, supongo que yo seré la excepción.

La enfermera se encoge de hombros.

–Tenemos toda la información necesaria, así que puede volver con Dwayne a la unidad Fountainview.

El enorme celador que había acudido en ayuda de Marianne aparece de nuevo. Va vestido de blanco, y tiene un pecho tan grande que la tela de la camisa le queda tirante. Mientras se acerca a ellos, le recuerda a Danielle a un jugador de fútbol americano. Ella mira a su pálido hijo, que no pesa más que dos toallas de playa empapadas de agua, y se imagina a aquel hombre tirándolo al suelo. Si Max se resiste, aquel tipo lo atrapará y se lo llevará como si fuera un cachorrito, agarrándolo por la piel del cuello con los dientes.

–Hola, soy Dwayne –dice el celador, tendiéndole la mano a Danielle.

—Hola —dice ella, con una sonrisa forzada. Dwayne le estrecha la mano y después se vuelve hacia Max—. Bueno, vamos, hijo.

Danielle se acerca para abrazarlo, pero Max se enfrenta a ella con una expresión de ira y los puños apretados.

—¡No voy a entrar ahí!

Dwayne se interpone, y con un movimiento calmado, sujeta los brazos a Max, se coloca tras él y lo envuelve con el cuerpo, sin ningún esfuerzo. Max está atrapado, y forcejea.

—¡Quítame las manos de encima!

—Ya basta, hijo —gruñe Dwayne.

Max le clava a Danielle una mirada de puro odio.

—¿Es esto lo que quieres? ¿Que un gilipollas me ponga una camisa de fuerza y me encierre?

—No, po-por supuesto que no —dice ella, tartamudeando—. Por favor, Max...

—¡Vete a la mierda!

Danielle se queda petrificada mientras Dwayne se lleva a Max por el pasillo, hasta que atraviesan una puerta roja. Se le queda grabada en la mente la última imagen de Max. Él la ha mirado con la expresión de alguien traicionado. Antes de que pueda decirle las palabras que se le han quedado atrapadas en la garganta, su hijo desaparece.

Al final de algo que parece una sala de televisión hay cuatro mujeres que llevan pantalones vaqueros y camisetas. Son enfermeras de incógnito. Hay una enorme pizarra en una de las paredes. A Danielle le pone nerviosa que el nombre de Max ya esté escrito en ella, con una serie de siglas a su lado. Mira la hoja que hay pegada en la pizarra para descifrar su significado: TA, tendencias agresivas. TAP, tendencia a la agresión propia. TS, tendencias suicidas. TF, tendencia a la fuga. DA, depresión y angustia.

Aquellas palabras le atraviesan el alma.

Danielle mira a su alrededor por la sala y ve a Marianne hablando con un médico. Ella sonríe con calidez a Danielle. Jonas está tirándose de la ropa y retorciendo los pies en un ángulo extraño. Después, Danielle ve a Carla y a su hijo entrando en uno de los dormitorios. Se le encoge el corazón. Haría cualquier cosa para impedir que Max esté en la misma unidad con un niño que le ha partido el brazo a su propia madre, y le ha puesto el ojo morado.

Entra una mujer mayor en la habitación, con el pelo blanco y corto, y se dirige hacia Danielle. Tiene un aura de autoridad serena. Lleva un traje de color azul marino y unas bailarinas. Sus ojos son muy verdes y lleva gafas. En la bata blanca lleva bordado el cargo: *Directora adjunta, Psiquiatría Pediátrica, Hospital Maitland*. Le tiende la mano a Danielle con una sonrisa.

—¿Señora Parkman?

—¿Sí?

—Soy la doctora Amelia Reyes-Moreno —dice la directora—. Seré la doctora de Max durante su estancia aquí.

—Me alegro de conocerla —responde Danielle, y le estrecha la mano.

La doctora tiene unos dedos largos y delgados, y fríos al tacto. Su mirada es intensa e inteligente. En su investigación sobre Maitland, Danielle ha averiguado que Reyes-Moreno es una de las psiquiatras mejor valoradas del hospital y que tiene fama nacional en su campo. Mira al doctor que está hablando con Marianne. Los dos sonríen. Danielle lo quiere a él. Alguien que parezca tan viejo como Freud, y que le eche una mirada a Max y diga: «¡Claro! Ya veo lo que hemos pasado por alto. Max está bien. Está perfectamente». Y que después asienta y aplique una cura milagrosa.

La doctora Reyes-Moreno toma del brazo a un hombre joven, de ojos oscuros.

—Doctor Fastow —dice—, quisiera presentarle a la señora Parkman. Es la madre de uno de nuestros nuevos pacientes, Max.

Él asiente y mira a Danielle.

—Señora Parkman.

—El doctor Fastow es nuestro nuevo farmacólogo —explica Reyes-Moreno—. Acaba de volver de Viena, donde ha pasado los dos últimos años dirigiendo pruebas clínicas con varios medicamentos psicotrópicos. Es un honor tenerlo con nosotros.

Danielle le estrecha la mano. Es fría y seca.

—Doctor Fastow, ¿ha pensado en hacer algún cambio significativo en el protocolo de medicación de Max?

Él la mira con sus ojos grises.

—He estudiado la historia clínica de Max, y he pedido que le hagan análisis de sangre. Voy a quitarle la medicación que toma actualmente, y voy a recetarle medicinas que le servirán mejor.

—¿Y qué medicinas son esas?

—Le daremos esa información cuando conozcamos más a fondo los síntomas de Max.

El médico la mira con frialdad y se marcha.

Danielle se gira hacia Reyes-Moreno, que asiente para darle confianza.

—No se preocupe, lo cuidaremos bien.

Danielle siente pánico al ver a la psiquiatra desaparecer a través de las maléficas puertas de Alcatraz. Lo único que impide que huya con Max a Nueva York es saber que su hijo quiere suicidarse. Respira profundamente. No puede hacer otra cosa que volver al hotel a trabajar. Se da la vuelta para marcharse.

—¿Quién eres? —le pregunta una muchacha musculosa, con una melena espesa y grasienta, que está frente a ella con los puños apretados.

Danielle intenta rodearla para continuar su camino, pero la chica le bloquea el paso.

—Soy... una de las madres.

—Yo soy Naomi —dice la chica—. ¿Eres la madre del chico nuevo?

—Sí.

—Ya me he dado cuenta de que es un niño mimado —dice Naomi, y balancea las caderas hacia delante y hacia atrás, con una sonrisa enfermiza—. Será mejor que se mantenga alejado de mí. Soy peligrosa.

Danielle pestañea y se queda inmovilizada.

—¿A qué te refieres?

—Corto a la gente.

—¿Qué?

Naomi se levanta un mechón de pelo sucio y muestra una

cicatriz enrojecida del tamaño de un gusano gordo a un lado del cuello.

—Primero practico conmigo misma —asevera, y deja caer de nuevo el pelo.

Tiene unas ojeras profundas y negras, que hacen un contraste extraño con sus ojos claros y la piel grisácea. Danielle sólo piensa una cosa: «Esta morbosa va a estar con Max todos los días».

—Límites, Naomi.

Es el gran Dwayne. Se coloca entre Danielle y Naomi y señala con un dedo hacia el pasillo.

—Muévete.

—Sí, claro, Dwayne —dice ella, con los ojos brillantes—. ¿Por qué no te quitas de mi vista, idiota?

—Ve a tu habitación. Ya conoces las normas.

Dwayne tiene la voz suave más dura que Danielle ha oído en su vida.

—Que te den.

—Una hora en incomunicación.

Naomi se aleja por el pasillo.

Dwayne se vuelve hacia Danielle con una sonrisa.

—Bienvenida a Fountainview, madre.

cuatro

Danielle pasa una mañana agotadora en el hospital, contándole a Reyes-Moreno la historia de la vida de Max. La debilita tanto que vuelve al hotel, se quita la ropa y se mete entre las sábanas. Marianne, que se aloja en el mismo hotel, la despierta después de veinte minutos y se la lleva a The Olive Garden, en Main Street.

Danielle se acomoda en un asiento de cuero falso, que se deshincha cuando ella se sienta. Tal vez The Olive Garden sea el único restaurante de Plano que sirve vino con un nombre en la etiqueta. Danielle comprueba con alivio que además tienen cubiertos de verdad, y no de plástico, que son los que usan en Maitland para evitar suicidios. La camarera toma nota de lo que van a beber y se aleja.

Danielle mira disimuladamente el conjunto de Marianne. Lleva un traje pantalón de color azul marino y una blusa de color crema. Alrededor del cuello lleva un pañuelo de mariposas. Tiene el pelo recién arreglado, y lleva las uñas cortas y pintadas de un color beige que conjunta con su bolso. Marianne transmite una imagen de calma y de feminidad supremas. Danielle se mira el traje. ¿Acaso todo lo que tiene es negro?

Han estado hablando de las discapacidades de sus hijos, de sus desórdenes, de su medicación y de Maitland. Marianne le cuenta que Jonas tiene trastorno generalizado del desarrollo, trastorno de oposición desafiante y autismo profundo. La idea de intercambiar tan pronto información privada sobre su hijo es un anatema para cualquier neoyorquino, así que Danielle mantiene la boca cerrada. Sí explica que Max tiene el síndrome de Asperger, pero no revela que la doctora Reyes-Moreno ha hecho todo lo posible para convencer a Danielle de que vuelva a Nueva York hasta que el examen diagnóstico de su hijo se haya completado. La psiquiatra enumeró todas las necesidades del proceso, la observación, transferencia, medicación, pruebas, etcétera, y parece que ninguna de ellas puede realizarse satisfactoriamente si la madre del paciente está cerca. Danielle le sonreía a la psiquiatra con amabilidad durante su explicación, pero no tiene ninguna intención de marcharse.

Mientras Marianne sigue con la letanía de medicinas que solo le parece interesante a las madres de aquellos niños, Danielle oye algo que le llama la atención.

—¿Qué has dicho?

Marianne abre la servilleta roja y se la coloca sobre el regazo.

—Estaba hablando sobre una nueva medicina que le ha recetado el doctor Fastow a Jonas. Estoy muy emocionada por eso, aunque los posibles efectos secundarios son preocupantes.

—¿Cuáles son?

Marianne se encoge de hombros.

—Daños en el hígado, problemas coronarios, discinesia tardía...

Danielle se alarma. El uso prolongado de algunos antipsicóticos puede provocar problemas físicos, como por ejemplo, una rigidez irreversible de las extremidades.

—¿No tienes miedo?

Marianne pasa un dedo por la carta y se detiene.

—No, no mucho. Cuando estás a este nivel, es importante estar dispuesta a correr riesgos.

Danielle no está segura de lo que significa eso. Max no está en ese nivel, sea cual sea.

–Bueno, y dime una cosa –prosigue Marianne–. ¿Ha tenido Max episodios violentos? Sé que es un problema común.

Danielle se ruboriza.

–No, nada grave. Algunos incidentes en el colegio.

Y unos arañazos en sus brazos.

Marianne le aprieta la mano.

–No te angusties. Jonas también ha tenido episodios violentos, pero sobre todo infligiéndose heridas a sí mismo. Ya sabes, arañarse los brazos, morderse los nudillos... Comportamientos repetitivos. Además, Jonas ha tenido problemas muy graves desde que nació, y es un milagro que haya sobrevivido hasta ahora. De bebé era cianótico. Se ponía azul, ¿sabes? Tenía que dormir a su lado. Estaba perfectamente, y al segundo se había puesto morado y estaba frío como el hielo. No sé cuántas noches nos pasamos en urgencias –explica. De repente alza la vista y añade–: No es exactamente una conversación agradable para la hora de comer. Perdona.

–No digas eso. ¿Cuántas veces puedes verlo? Yo he conseguido visitas cortas por la mañana y por la tarde.

Marianne abre unos ojos como platos.

–¿Lo dices en serio?

Danielle frunce el ceño.

–Sí. La psiquiatra de Max dice que si hubiera más contacto, podría interferir en su evaluación.

–Ah. A mí, el doctor Hauptmann me ha dado acceso ilimitado.

–¿El doctor Hauptmann?

–Ya lo viste hablando conmigo el otro día –aclara Marianne, mirándola con sorpresa–. Es el psiquiatra pediátrico más importante del país. Seguro que investigarías sobre los médicos que trabajan aquí, como hice yo –dice Marianne, y toma el vino que les ha llevado la camarera con una sonrisa–. El doctor Hauptmann y yo llevamos bastante tiempo en contacto, y él está de acuerdo con que me involucre en la evaluación –dice, y se encoge de hombros–. Supongo que es porque soy médica. Hablamos de cosas de las que no puede hablar con ningún otro padre. Si fuera por el resto del personal, sobre todo por la enfermera Kreng, no podría ver nunca a Jonas.

Danielle siente los efectos del vino. Se apoya en el respaldo del asiento y, por fin, se relaja.

—¿De dónde eres, Marianne?

—Nací en un pueblecito de Texas llamado Harper. Mi padre era ranchero —dice Marianne, y se echa a reír al ver las cejas arqueadas de Danielle—. Decía que yo era como su ganado. Maduré muy pronto. Y tenía un buen esqueleto y la carne blanca. Así que para que no terminara en un pajar con uno de los chicos de Harper, me envió a la Universidad de Texas —dice ella, y vuelve a encogerse de hombros—. Cuando me gradué, solicité una plaza en Medicina, y entré.

—¿Dónde?

—En la Johns Hopkins.

—Eso es impresionante.

Marianne la mira con una expresión divertida.

—Las chicas del Sur tenemos cerebro, ¿sabes?

Danielle se ruboriza.

—¿Y por qué no ejerciste la profesión?

—Mi marido, Raymond, tuvo un ataque al corazón y murió un mes antes de que naciera Jonas.

Danielle le agarra la mano.

—Qué horrible para ti.

Marianne le estrecha la mano.

—Gracias. Fue difícil, pero tengo a Jonas. Es una bendición.

Danielle asiente, aunque no puede evitar preguntarse si se sentiría muy bendecida en caso de que su marido hubiera muerto justo antes de que ella diera a luz a un niño discapacitado.

—El caso es que —continúa Marianne— cuando comencé a darme cuenta de hasta qué punto iba a ser difícil cuidar de Jonas, vi claramente que tenía que renunciar a mi sueño de ser doctora. No podía justificar ese camino si significaba que tenía que poner a mi hijo al cuidado de un extraño, por muy cualificado que estuviera —dice, y sonríe a la camarera cuando les sirve la comida. La chica se aleja y Marianne mira a Danielle—. Así que empecé a trabajar a media jornada de enfermera pediátrica. No ha sido fácil, pero eso me dio la flexibilidad que necesitaba.

Danielle intenta pensar en algo coherente que decir. El respeto que siente por Marianne se ha incrementado al oír aquella historia de sacrificio y de amor. Siente una punzada de culpabilidad. ¿Habría tenido Max tantos problemas si ella se hubiera quedado en casa? Observó a Marianne. Fueran cuales fueran sus dificultades con Max, siempre serían un juego de niños comparado con lo que le había tocado a aquella pobre mujer.

La consternación ha debido de reflejarse en su rostro, porque ahora es Marianne la que le da una palmadita en la mano a ella.

–No es tan horrible. Todos tenemos nuestras dificultades y nuestras alegrías.

–Quiero que sepas que te admiro mucho –dice Danielle–. Eres muy fuerte y muy equilibrada.

–Y tú eres más fuerte de lo que piensas –responde Marianne con una sonrisa–. Y vamos a ser grandes amigas. Lo presiento.

Danielle le devuelve la sonrisa. Tal vez tenga razón. Tal vez necesite una amiga.

cinco

Danielle alza la vista. Marianne capta su mirada y sonríe. Están sentadas en una sala de Fountainview llamada «sala de familia», un nombre completamente desacertado en opinión de Danielle. Sin embargo, es el único sitio donde tienen un poco de privacidad y pueden evitar el ir y venir de las enfermeras y los pacientes. Es el único escondite donde pueden fingir que todo es normal. Danielle cierra un momento el ordenador portátil. Tenía que haberle enviado hace días un expediente legal a E. Bartlett Monahan, su superior y su cruz. Es el responsable de litigios y miembro del comité de dirección, uno de los cinco socios que los dirigen a todos. Tiene cuarenta y ocho años, es soltero y misógino. E. Bartlett no cree que las mujeres tengan las agallas suficientes para litigar, y menos para llegar a ser socias. Las mujeres son secretarias, madres, esposas de otros hombres y, cuando la necesidad se convierte en urgencia, sirven para acostarse con ellas y olvidarlas.

Él no se ha tomado bien su permiso, aunque en realidad, Danielle no esperaba que mostrara comprensión. No tiene experiencia con los niños, y menos con niños discapacitados.

Se frota los párpados y mira a su alrededor. Marianne está sentada frente a ella, tejiendo algo que parece complicado, mientras Jonas le sujeta el ovillo y lo hace botar entre las manos. Murmulla y agita la cabeza de una manera extraña. Danielle se ha dado cuenta de que esos son sus intentos de comunicarse. Aparentemente, Marianne, que va vestida impecablemente con un traje pantalón blanco, no se da cuenta de las maquinaciones de su hijo, y sigue tejiendo con calma. Danielle siempre ha evitado todo lo que fueran ocupaciones domésticas. Su experiencia es que las mujeres con una profesión no pueden correr el riesgo de que las consideren débiles o demasiado femeninas en ningún sentido. Por lo menos, las abogadas no. En secreto, Danielle siempre ha pensado que las mujeres que permanecen en casa son inferiores en cuanto a su posición y su elección. Al ver a Marianne y a Jonas, al ver el amor y la devoción que los une, se arrepiente.

Si se compara con Marianne, no puede decir que haya sido la mejor madre del mundo. Al contrario que ella, Danielle nunca ha sopesado el hecho de abandonar su carrera para cuidar de Max. Aunque tampoco hubiera podido hacerlo, porque el dinero tenía que salir de algún sitio. Pero, de todos modos... Se da la vuelta y mira a Max, que está pálido, tendido en el sofá que hay a su lado, profundamente dormido. Cualquiera que los mirara solo vería la distancia que los separa.

Al verlo así, se le rompe el corazón, y siente el mismo pánico que ha sentido desde que han llegado allí. ¿Qué le ocurre a su hijo?

Su teléfono vibra. En Maitland no se permite el uso del teléfono móvil. Con un suspiro, toma el teléfono, el ordenador portátil y el bolso, y sale de la habitación. Se sienta en un banco de cemento blanco, lo suficientemente lejos como para que Max no pueda verla a través de la ventana cuando saca un cigarro de la cajetilla. Lo enciende e inhala el humo con deleite. Después mira las llamadas que ha recibido; una de ellas es de la secretaria de E. Bartlett. Activa el contestador en la pantalla táctil del iPhone y escucha la voz nasal de la mujer diciéndole que el límite de entrega del expediente es mañana por la mañana. Danielle suelta un gruñido. Otra noche en vela en el hotel, a base de café.

Observa el sol y el cielo azul. Relaja el cuerpo y la mente, y permite que el calor la envuelva antes de regresar a aquella habitación estéril y antinatural. Es una agonía tener que estar sentada y no poder hacer nada. Suspira y se encamina hacia el pequeño edificio, donde una enfermera le abre la puerta. Al recorrer el pasillo en dirección a la sala familiar, oye gritos y llantos. Se le acelera el corazón, y echa a correr. En la habitación hay un caos.

Dwayne, el celador gigante, tiene a Max agarrado. Está sentado en el suelo, detrás de él, rodeándole el pecho con sus brazos enormes, e impidiéndole que se mueva con las piernas.

—¡Suéltame, hijo de puta! —grita.

Forcejea, da patadas y grita; Dwayne sigue sujetándolo impasible, como si inmovilizara a un animal salvaje todos los días.

Naomi está enfrentándose a un joven celador que intenta atraparla. La chica le da una patada en la entrepierna, y él cae al suelo entre gemidos de dolor. Aparece otro celador, mayor y más grande, llega por detrás y le retuerce el brazo a la espalda. Naomi intenta zafarse, pero el hombre es implacable y saca de la habitación a la chica, que no deja de patalear ni de gritar por todo el pasillo.

Jonas está inconsciente en el suelo. Le sale sangre de la frente. Marianne está junto a su hijo, sujetándole la cabeza y llorando. La enfermera Kreng le ordena:

—¡Apártese, señora Morrison! No puedo evaluar las heridas del niño a menos que usted desista.

Marianne se aparta, sollozando, tapándose la boca con la mano.

Danielle se acerca a Max corriendo justo cuando Dwayne se levanta, sin soltarlo.

—Señora Parkman —dice con calma—, voy a llevar a Max a su habitación.

—¡Suéltame! —grita Max, forcejeando. Dwayne se limita a cambiar de posición para inmovilizarlo de nuevo.

Danielle toma a Max del brazo y camina con ellos mientras van lentamente hacia el pasillo.

−¡Max! ¿Qué ha ocurrido?

Max vuelve la cara hacia ella.

−¡Ese bicho raro de Jonas se lanzó sobre mí! ¡Eso es lo que ha pasado!

−¿Qué quieres decir?

−¡Yo estaba durmiendo en el sofá, y me desperté con sus brazos a mi alrededor! ¡Se llevó su merecido!

Danielle siente terror.

−¿Le has pegado? Max...

−Suéltelo ya, señora Parkman −dice Dwayne, jadeando ligeramente por el esfuerzo de contener a Max−. Tengo que sacarlo de aquí.

Danielle ve con impotencia que Dwayne se lleva a Max a su habitación. Vuelve corriendo hacia Marianne, y por primera vez, se da cuenta de que la mujer tiene el traje lleno de sangre. Jonas está postrado en el suelo, entre el sofá y la mesa de centro. La enfermera Kreng lo ayuda a incorporarse y lo tiende en el sofá. Él abre los ojos brevemente y vuelve a cerrarlos.

−Jonas, abre los ojos −dice la enfermera con firmeza, y Jonas obedece−. Ahora mírame los dedos. ¿Cuántos ves?

Jonas mira con sus ojos aterrorizados la mano de la enfermera. Agita la cabeza, gime y esconde la cara en el pecho de la enfermera Kreng. Kreng le clava una mirada acusatoria a Danielle.

−¿Ve lo que ha hecho su hijo? ¡Ha agredido a este pobre niño!

Danielle se arrodilla ante Jonas con los ojos llenos de lágrimas.

−¡Oh, Jonas, lo siento muchísimo!

La enfermera le aparta la mano de una palmada.

−¡Siéntese, señora Parkman! −le ordena con tal autoridad, que Danielle retrocede y está a punto de caer sobre el sofá. Otras tres enfermeras ayudan a Kreng a llevar a Jonas a su habitación.

Marianne llora. Está tan pálida que Danielle teme que vaya a desmayarse. Se acerca a ella apresuradamente.

—Marianne, Dios mío... ¿qué puedo decir?

Marianne cae en brazos de Danielle, sollozando incontrolablemente.

Vuelve la enfermera Kreng, le lanza una mirada feroz a Danielle y le pone una mano en el brazo a Marianne. Marianne alza la vista. Está confusa, embobada. Kreng la aparta de Danielle y la zarandea suavemente por los hombros.

—Hay que llevarlo a urgencias, señora Morrison —dice, y Marianne la observa sin comprenderla. Kreng eleva la voz, como si Marianne estuviera sorda—. Necesita que le den puntos. No se preocupe. La ambulancia ya viene para acá.

Marianne reacciona.

—¿Está segura? ¿Puedo ir con él.

Kreng niega con la cabeza.

—Es mejor que espere aquí. Tiene que calmarse para consolar a su hijo cuando vuelva —dice la enfermera. Después mira a Danielle—. Tal vez deba hablar con la señora Morrison sobre quién va a pagar los gastos de la visita a urgencias.

Danielle respira profundamente.

—Pero, enfermera, ¿y Max? ¿Está bien?

Kreng mira a Danielle con malevolencia.

—Por supuesto. Él es el atacante, no la víctima —responde.

Después se acerca a un armario blanco y lo abre con una de las veinte llaves que tiene en un aro de metal que le cuelga del cinturón.

—Pero, ¿no puedo...

—No, no puede —responde la enfermera.

Kreng saca rápidamente un frasco y una bolsita de plástico, de la que extrae una jeringuilla ante la mirada de espanto de Danielle.

—¿Qué va a hacer?

Kreng la ignora y clava la aguja de la jeringuilla en la tapa de goma del frasco. Después golpea suavemente el cristal con la uña, e inspecciona el frasco. Finalmente, se gira hacia Danielle y responde secamente.

—Voy a sedar a su hijo, señora Parkman. Está fuera de control, y debemos asegurarnos de que no le haga daño a ningún otro paciente de esta unidad. Se quedará confinado en su habitación hasta que yo esté convencida de que puede comportarse civilizadamente. De cualquier modo, ya no tendrá permiso para entrar en las zonas comunes sin la supervisión del personal.

La enfermera se da la vuelta y se aleja por el pasillo.

A Danielle se le encoge el corazón. ¿Qué le ha ocurrido a Max? ¿De veras se ha puesto tan violento como para hacer algo así? Ella no puede creerlo, pero parece que no se puede negar que ha atacado al pobre Jonas. Marianne está llorando en silencio. Alza la cabeza y le lanza una mirada suplicante a Danielle.

—Oh, Dios, Danielle, tienes que ayudarme. Prométeme que tendrás a tu hijo alejado de Jonas —dice, y se mira las manos llenas de sangre—. Esto es una pesadilla.

Danielle se lleva a Marianne hacia el sofá, mientras intenta disimular el miedo y el horror que siente.

—Marianne, dime lo que ha ocurrido.

Marianne toma aire.

—Estábamos aquí sentados. Yo estaba distraída con el punto, y no me di cuenta de que Jonas se acercaba a Max. Lo único que hizo fue intentar abrazarlo, Danielle. ¡Lo vi con mis propios ojos!

—¿Y qué hizo Max?

Marianne se retuerce las manos en el regazo.

—Le golpeó. Primero lo tiró contra la mesa de centro, y después le pegó —dice, y señala al suelo—. ¿No ves la sangre de Jonas? Se golpeó la cabeza con la esquina de la mesa.

Danielle se encoge. No puede creerlo. Conoce a Max, y Max nunca le ha hecho daño a otro ser humano. Ha habido algunos altercados en el colegio, sí, pero eran estallidos hormonales. Mientras intenta consolar a Marianne, un pensamiento se abre camino en su mente: su hijo ha perdido el control. Ya no lo conoce, porque se ha convertido en un extraño violento. Siente pánico. ¿Dónde está Max? Su corazón le susurra la verdad: está en un lugar en el que ella no puede alcanzarlo. ¿Lo recuperará alguna vez?

seis

A la mañana siguiente, Danielle y Max están sentados en un banco del patio del hospital. Parece que él está grogui por los efectos del sedante que le inyectó la enfermera. Danielle le pasa un brazo por los hombros y lo estrecha contra sí. Al verlo tan apagado y tan dulce, piensa que debe de estar muy arrepentido por su comportamiento del día anterior. Después de pensarlo mucho, Danielle ha decidido que aquel horrible incidente no ha sido más que una coincidencia. Sabe que a Max le aterroriza ser como los otros pacientes de la unidad, y Jonas es el peor de los ejemplos que puede ver día a día. Danielle está segura de que cuando Jonas lo sorprendió, la reacción de Max fue algo instintivo. Eso fue lo que debió de ocurrir.

—¿Cómo te encuentras, cariño?

Max la mira. Está pálido y ansioso.

—Me siento... raro. Es como si tuviera mezcladas todas las cosas en la cabeza.

—¿Qué quieres decir?

—No importa. No es nada.

—Max, tenemos que hablar de lo que pasó ayer.
Él la mira fijamente.
—¿Qué pasa con eso?
—¿Por qué pegaste a Jonas?
Max se pone muy rojo.
—¡No fue culpa mía! Ese chico se acercó a mí mientras yo estaba dormido. Lo empujé, y él se cayó. Es un bicho raro. Siempre está en las nubes y vuelve loco a todo el mundo.
—Pero Marianne dice que le pegaste.
Max se levanta de un salto del banco y señala a Danielle con el dedo índice.
—¡Pues es una mentirosa!
Danielle decide cambiar de tema.
—Está bien, Max. Ven a sentarte.
Él lo hace, pero en aquella ocasión ocupa el otro extremo del banco, tan lejos de ella como puede.
Danielle suspira.
—¿Te encuentras bien físicamente?
Él se encoge de hombros.
—Supongo. Tengo el estómago revuelto.
—Solo son las medicinas nuevas —dice ella, pero evita mencionar la sedación. No hay necesidad de provocar otro estallido. Le da una palmadita en el brazo y continúa—: El médico dice que te sentirás mucho mejor dentro de pocos días.
Max gruñe, se apoya en el respaldo y cierra los ojos. Danielle toma aire profundamente y después formula la pregunta verdadera.
—¿Te sientes menos... deprimido?
Max le clava una mirada asesina.
—No toques ese tema, mamá.
Danielle asiente e intenta aparentar que todo va perfectamente. Alza la cara hacia el sol, y siguen sentados allí, en silencio. Entonces, Max se acerca a ella y le pone la mano en el brazo.
—¿Mamá?
—¿Qué, cariño?
—La doctora Reyes-Moreno dice que me va a hacer algunas pruebas hoy, si no estoy demasiado somnoliento —dice Max.

Se queda callado un momento, y después la mira con tristeza–. Cuando terminen las pruebas, ¿sabrán si estoy loco?

Ella se pone rígida, aunque intenta responder en un tono normal.

–Tú no estás loco.

Max se hunde en el banco y aparta la mirada. Danielle intenta tomarlo de la mano, pero él no se deja.

–Sí, claro –murmulla–. Por eso estoy aquí. ¿No te has fijado en lo cuerdos que están el resto de los bichos raros? Por no mencionar lo que pasó ayer.

Danielle no puede contradecirle, así que hace lo de siempre en aquellas situaciones. Decir bobadas.

–Tú eres distinto a los demás niños que hay aquí, cariño. A ti solo te están ajustando la medicación, e intentando llegar al fondo de tu… depresión.

–Sí, claro.

Danielle solo puede pensar en lo horrible que debe de ser para él ver a todos aquellos niños discapacitados y angustiarse por si alguien le va a decir que él está igual. Le toma la mano, y sus dedos se entrelazan. La mano de Max es ahora casi tan grande como la suya.

–Mamá.

–¿Sí, cariño?

Él clava sus ojos verdes en ella.

–¿Qué hacemos si me dicen que estoy loco de verdad?

Danielle lo abraza, y se da cuenta de que está temblando como un ratón en una trampa. Lo estrecha con fuerza.

No tiene ninguna respuesta.

siete

Danielle le entrega un billete de veinte dólares al camarero y toma el vodka doble y helado que él le ha servido. En aquel momento, cualquier cosa diferente a esa está por encima de sus capacidades físicas y emocionales. Ver el miedo y el dolor que ha sufrido Max aquella tarde le ha resultado insoportable. Después de volver a la unidad, Danielle dejó a Max al cuidado de Reyes-Moreno, que se lo llevó a las pruebas. Max volvió la cabeza para mirarla una vez más mientras se alejaba, y esa mirada le rompió el corazón a Danielle.

Toma un buen sorbo de vodka. El alcohol la relaja lo suficiente como para que pueda mirar a su alrededor. Plano es un pueblucho de mala muerte, y el hotel es modesto, pero el bar es una preciosidad. Las lámparas de araña bañan la sala de una luz suave y los altavoces emiten una música tranquila. La moqueta es gruesa y lujosa, y amortigua el murmullo de los clientes, que están sentados alrededor de mesitas bajas de cristal, conversando en pequeños grupos. Danielle bebe hasta que apura la copa y después alza el vaso y hace sonar los hielos. El camarero la ve y asiente. Justo cuando le sirve la segunda copa a Danielle, ella nota que alguien le toca el codo.

—Disculpa.

Danielle se vuelve y se encuentra a un hombre frente a ella. Mide un metro noventa centímetros y aparenta unos cincuenta años. Tiene el pelo blanco en las sienes, lo cual le da un aspecto distinguido. Lleva una camisa blanca y un traje de firma, y es el epítome del hombre de negocios con éxito. El único motivo por el que Danielle no lo rechaza fríamente, como de costumbre, es la mirada amable de sus ojos marrones.

—¿Sí?

—Sé que es un cliché, pero, ¿puedo invitarte a una copa? —le pregunta él, con una voz grave—. Te prometo que... Si no quieres tener compañía, solo tienes que decirlo y yo me iré a un rincón a ahogar mis penas.

Danielle lo observa durante un largo instante. Tiene dos opciones: o quedarse allí sentada y sola, rumiando las desgracias de su vida, o puede hablar con otra persona e intentar olvidarse de Max durante unos minutos. De repente se da cuenta de que el vestido negro que se ha puesto después de ducharse se le ajusta agradablemente al cuerpo. Esboza una sonrisa forzada.

—Una copa, y después, vuelves a tu rincón.

Él sonríe también. Se sienta a su lado y llama al camarero.

—Lo mismo que está tomando ella. Y cuando la suya esté vacía, traiga otra, por favor.

—Esta ya es la segunda que tomo.

Él se gira hacia ella y la mira.

—Entonces tengo que alcanzarte.

Ella le tiende la mano y toma una decisión rápida:

—Lauren.

—Tony. Es un placer conocerte —dice él, y le estrecha la mano. Hay un silencio un poco embarazoso mientras esperan a que llegue su copa. Cuando el camarero se la sirve, él alza el vaso—. Por que la noche sea mejor que el día que la ha precedido.

—Estoy muy dispuesta a brindar por eso.

Y brindan.

—Bueno —dice él—, ¿y cómo es que estás en Plano? Da la impresión de que eres de una gran ciudad.

Ella sonríe.
-Pues sí. De Manhattan.
-Ajá. La pregunta todavía es válida.
Danielle evita su mirada.
-Tú primero.
-Como he dicho, es todo un cliché –responde él–. Me estoy divorciando. Mi esposa prefiere que yo viva en otra parte hasta que todo haya terminado.
Danielle arquea una ceja. Él se ríe.
-Es la verdad. Aquí tengo familia y amigos.
-Bueno, ¿y qué estás haciendo en el hotel?
Él la mira con ironía.
-¿Te quedarías con la familia si fueras tú la que quieres divorciarte?
-Entiendo –dice Danielle–. ¿Tienes hijos?
-No –dice él. Su tono de voz tiene algo de amargo.
-Lo siento. No debería ser indiscreta.
-No te preocupes. ¿Y tú? –pregunta Tony. Se quita la chaqueta, la dobla cuidadosamente y la pone sobre el respaldo de la silla. Danielle percibe un olor sutil a algo… A colonia mezclada con hombre, quizá. Le provoca un anhelo inmediato que ella suprime rápidamente. No puede permitirse tener pensamientos egoístas mientras Max está en aquel lugar terrible. Y él, como si le hubiera leído el pensamiento, le toca la mano–. Escucha, si el tema te incomoda, hablemos de otra cosa.
Ella lo mira con agradecimiento.
-Gracias.
-¿Estás casada?
Danielle se echa a reír.
-Creía que íbamos a cambiar de tema.
-Y lo he hecho –dice él–. Ahora estamos hablando sobre ti.
Ella se gira un poco hacia él y cruza las piernas.
-Te lo diré sin rodeos: no estoy casada, tengo un hijo y no quiero estar en Plano.
-Ummm –dice él. Se afloja lentamente la corbata y se apoya en el respaldo del taburete. Irradia seguridad en sí mismo, calma–. Eso suscita otra pregunta: ¿por qué estás aquí?
Danielle se ruboriza. Ella misma ha provocado la cuestión.

—¿Es importante?
—No, en realidad no. Salvo por un detalle.
—¿Qué detalle?
—¿Tengo que deslumbrarte esta misma noche, o habrá otra oportunidad mañana?
—Me temo que no —dice ella, y se queda sorprendida por el tono juguetón de su propia voz—. Esta es tu única oportunidad.
Él cabecea.
—Demonios.

Sorprendentemente, Danielle se siente más ligera de lo que se ha sentido en muchos meses. Aunque también cabe la posibilidad de que esté más borracha de lo que ha estado en meses. No le importa.

—¿Dónde vives cuando no estás escondiéndote en Plano?
—En Des Moines —responde él—. Bueno, dime, ¿a qué te dedicas en Manhattan?

Danielle se siente inquieta. No quiere hablar de Max, ni de su trabajo, ni de sus problemas. No quiere hablar de nada que tenga que ver con su vida real. Tiene poco control sobre sus emociones, y si menciona el nombre de su hijo se va a echar a llorar. El alcohol está estimulando unos sentimientos que no se ha permitido desde hace años, un anhelo de intimidad con un hombre que pueda amarla y apoyarla durante los momentos más duros con Max.

No ha vuelto a tener una relación desde que nació Max. Su corta aventura con el padre del niño, un abogado con un matrimonio infeliz a quien conoció en una convención, terminó con un embarazo del que él nunca quiso saber nada. Desde entonces, Danielle no ha permitido a ningún posible pretendiente que entre en el círculo privado que ha reservado para Max y para ella. Esa noche no hay posibilidad de complicaciones, con el amable extraño y en ese bar.

—Voy a proponerte una cosa —le dice—. Nada de preguntas de la vida real, de hijos, de matrimonio, ni de trabajo. Y nada de apellidos.

Él arquea las cejas.

—¿Eso no es lo que debe decir normalmente el hombre?
—Tal vez, pero esas son mis reglas.

—Bueno, trato hecho —dice él, con los ojos castaños muy brillantes—. ¿Te parecen bien los libros y la música?

Ella siente que la tensión del cuello se le relaja.

—Por supuesto.

Pasan las horas siguientes en una agradable conversación. A él le encanta la ópera. Danielle tiene un abono en el Met. Ella es una ávida senderista; él va a hacer *rafting* todos los veranos. Ambos son aficionados a la cocina; la especialidad de Danielle es la comida india, y él es un experto en comida tailandesa. Él tiene un buen humor y una calidez que la deleitan. Cuando por fin Danielle mira la hora, se asombra al comprobar que es casi medianoche.

—Se está haciendo tarde —dice.

—Lo sé.

—Creo que tengo que irme.

Él se inclina hacia ella y le toma la mano. Su contacto es algo electrizante. El aire que hay entre los dos está lleno de tensión. Danielle apenas puede respirar. Él la está mirando fijamente. Cuando habla, su voz suena ronca.

—Por favor, no te vayas.

Danielle titubea. Debería marcharse rápidamente, antes de que ya no sea capaz de hacerlo. Esos ojos, y sus caricias... la tienen hipnotizada, atrapada.

—No... no sé qué hacer —susurra.

Él se levanta del taburete sin soltarle la mano.

—Ven conmigo.

No hay duda de dónde quiere que vaya. Danielle se pone en pie como hechizada. Él la toma del brazo y tira de ella ligeramente para atraerla hacia sí. Ella se inclina hacia delante y, mientras él la abraza, no vacila ni pregunta. Está perdida, aunque se sienta como si acabara de encontrarse a sí misma.

La oscuridad es un terciopelo voluptuoso. Danielle oye el tictac del reloj y observa la silueta de Tony mientras él se acerca a la cama, donde ella está ya tendida, entre las sábanas. Mientras él se quita la ropa, el olor especiado de su cuerpo la alcanza. Danielle se deleita con la esencia de aquel hombre, y de repente, el deseo de sentir sus caricias la consume. En cuanto él se tumba y sus cuerpos se tocan, ella se da cuenta de que nunca ha sido tan completamente vulnerable. Al mismo tiempo, desea y teme.

Danielle casi no puede ver sus ojos, pero lo que ve es intenso y anhelante. Ella posa las manos en su cara y las mantiene allí, y nota la aspereza de su barbilla contra las palmas de las manos, la suavidad contra las yemas de los dedos. Él le susurra algo y le pasa los labios por el cuello, la garganta, el pecho. Ella quiere recordarlo, recordar todos los detalles de su cuerpo, su olor, la sensación que le producen sus manos en la piel.

Ella le pasa los dedos por el cuerpo, y descubre que su torso está cubierto de vello espeso. Es muy masculino, y es todo suyo. Ella continúa hacia abajo, porque quiere sentir su placer y transmitirle su deseo de complacerlo. Él la detiene y la tumba suavemente boca arriba. Baja con la boca hasta su estómago, y continúa el viaje hasta que llega a los pliegues suaves, al centro secreto de su cuerpo. Ella se abre para él, y cierra los ojos, y lo olvida todo salvo su propio cuerpo y la dulzura de su lengua. Es una espiral de sensaciones lenta, enloquecedora, un anhelo insoportable y después un estallido fuerte, alto. Ella grita, se retuerce y siente el placer absoluto, una y otra vez.

Él no puede esperar más y penetra en su cuerpo de una embestida mientras ella lo abraza, y ambos comienzan a moverse con un ritmo antiguo. En el momento del clímax, ella alza las caderas, la boca, los brazos, los muslos, para acompañarlo en su feroz orgasmo. Después, permanecen inmóviles uno en los brazos del otro. Él la estrecha contra sí. Tiene la respiración entrecortada, y su corazón late con fuerza junto al de ella. Al besarlo en los labios, se saborea a sí misma, a él, a los dos. Algo se le rompe por dentro, y comienza a llorar. Sus sollozos son tan fuertes que hacen temblar su cuerpo. Son Max, su soledad, su dolor... su alegría.

—Shh, shh —le susurra él—. Todo se arreglará —dice él. Sus palabras son como un bálsamo, y sus brazos son sólidos y fuertes.

—No, no se va a arreglar —responde ella con la voz ahogada.

—Entonces, abrázate a mí —dice él, y vuelve a estrecharla.

Ella se aferra a él como si fuera su tabla de salvación.

ocho

Danielle se despierta lentamente. La habitación está oscura, las cortinas están cerradas. Gruñe, y piensa en el día que tiene por delante, en el aburrimiento que siente cuando no está con Max, en sus intentos frustrados de trabajar, y en su ansiedad constante por lo que revelarán las últimas pruebas. Entonces abre los ojos de par en par.

Lo recuerda todo. Después de las increíbles relaciones sexuales, charlaron durante horas.

Tony le habló sobre la decepción de su divorcio, y sobre su arrepentimiento por no haber tenido hijos. Ella le habló a Tony sobre Max, usando un nombre falso, sobre sus problemas, sus miedos, su soledad como madre soltera. No le contó que es abogada y que Max está en Maitland. Danielle no soporta hablar sobre el dolor de haber tenido que hospitalizarlo. Al final se quedó dormida.

Despierta antes del amanecer y se encuentra la cama vacía. Se siente azorada, pero no molesta por el hecho de haber sido amada y abandonada. Se levanta rápidamente y se viste. Antes de salir de la habitación, ve algo blanco junto a su almohada. Una hoja del cuaderno del hotel.

No quiero irme, pero tengo que estar en Des Moines esta misma mañana. No he querido despertarte. Estás preciosa en mi cama. ¿Quieres cenar conmigo esta noche? Tuyo, Tony.

Danielle se sienta en el pequeño escritorio. Lee y relee la nota. De mala gana, le da la vuelta y escribe:

No sé cómo explicarte lo que ha significado esta noche para mí. Eres un hombre maravilloso, pero en este momento mi vida es demasiado complicada como para tener una relación.

Se detiene. Recuerda sus caricias y la seguridad que ha sentido entre sus brazos. Arruga la hoja de papel y toma otra nueva del cuaderno.

Me encantaría. Nos vemos en el restaurante a las siete. Lauren.

Después de terminar la nota, echa un último vistazo a la cama, que está deliciosamente revuelta, y se marcha.
En su habitación, Danielle se pone unos pantalones vaqueros y se sirve una taza del horrible café del hotel. Cuando ha dado un sorbito, alguien llama a la puerta.
—Mierda.
—Eh, tú. Ábreme.
Esa voz no puede ser de nadie más. Danielle corre hacia la puerta y la abre de par en par.
—¡Georgia!
Georgia pasa a la habitación y le da a Danielle un abrazo. Lleva un traje pantalón azul marino.
—¡Sorpresa!
—¡Dios mío! ¡No puedo creer que estés aquí!
—Yo tampoco. Justo cuando crees que ha terminado el viaje, te encuentras con que hay un buen trayecto desde Des Moines al pintoresco Plano.

–¿Quieres un café? –le pregunta Danielle con una gran sonrisa.

Georgia observa el vaso de papel que le ofrece su amiga.

–No, creo que paso.

Se sientan, y Georgia le estrecha la mano. Danielle está muy contenta de verla.

–¿Por qué has venido?

–Porque estoy preocupada por Max y por ti –responde Georgia. Toma aire antes de continuar–: Y porque tengo que contarte algunas cosas muy importantes.

Danielle siente una punzada de inquietud.

–¿Qué cosas?

–Te lo diré dentro de un momento. ¿Cómo estás tú?

–Bien.

–¿Y Max?

–No muy bien.

–¿Ha intentado…

–¡No! ¡Por supuesto que no!

Georgia le posa una mano fría en el brazo.

–Perdóname. Es que tú no siempre me cuentas lo peor.

Danielle sonríe con tristeza.

–Es porque ni siquiera puedo pensar en ello.

–¿Te han dado ya el diagnóstico?

–No –dice Danielle, y antes de que Georgia continúe con su interrogatorio, cambia de tema–: Cuéntame algo del mundo exterior.

Georgia no la decepciona. La pone al corriente de los últimos cotilleos de la oficina: quién se está acostando con quién, quién hizo el ridículo en la fiesta de verano, qué abogado asociado está dándole coba a qué socio, y qué socios están intentando clavarles un puñal por la espalda a otros socios.

–Bueno –dice Danielle–, ¿y cómo has conseguido escaparte de la oficina? ¿Y Jonathan y Melissa?

Georgia palidece.

–Ah, eso.

–¿Qué?

Su amiga baja la mirada.

–Bueno, tengo que contarte unas cuantas cosas.

—Pues empieza, Georgia. Tienes mala cara, y quiero saber por qué.

Georgia alza la vista, y Danielle se da cuenta de que tiene los ojos llenos de lágrimas.

—Es por Jonathan. Lo han... despedido.

Danielle piensa en la importante clínica de cirugía plástica en la que trabaja el marido de su amiga.

—¿De qué me hablas? Si lo hicieron socio el año pasado, ¿no?

—Sí.

—¿Qué ha pasado?

Las lágrimas se deslizan por las mejillas de Georgia.

—Lo han averiguado.

—¿Lo de la bebida? Bueno, eso no es exactamente...

—Ha estado tomando mucha cocaína.

Danielle se queda asombrada.

—Pero, ¿cómo lo han sabido?

—Operó a una mujer mientras estaba drogado. Todos los que estaban en el quirófano se dieron cuenta. A ella le quedó el rostro desfigurado. Va a haber una querella. Puede que la clínica se venga abajo.

—¿Y cuándo ha ocurrido eso?

—Hace un mes —explica Georgia con angustia—. Él no me dijo nada.

—¿Y sus socios lo han denunciado a la policía?

—Al principio quisieron controlar la situación, pero después registraron su escritorio y encontraron mucha droga. Dijeron que estaba traficando, Danielle. ¿Puedes creerlo? ¡Jonathan, convertido en traficante de cocaína!

—Dios mío, Georgia... ¿Y qué va a pasar ahora?

—Lo denunciaron y lo despidieron inmediatamente. El colegio de médicos le ha retirado la licencia para ejercer hasta que se termine la investigación, pero no hay duda de que al final lo expulsarán de la profesión. Está acabado.

—¿Y dónde está ahora?

—La última vez que lo vi estaba en el apartamento, encerrado en la habitación, borracho. Me dijo que me marchara.

Georgia comienza a llorar. Los sollozos sacuden su delgado

cuerpo. Danielle la abraza hasta que se calma. Georgia la mira con angustia.

–¿Qué voy a hacer? ¿Y Melissa?

–¿Dónde está ahora?

–La llevé a casa de mi madre y me vine aquí. No sabía qué hacer.

–Hiciste lo mejor. ¿Puedes quedarte unos días?

Georgia niega con la cabeza.

–Tengo que marcharme al mediodía. El viernes empieza el juicio del caso Simmons.

–Qué oportuno.

–Sí.

Danielle saca su llavero y le da una de las llaves a Georgia.

–Quédate en mi casa todo el tiempo que quieras. Cuando vuelva, tendréis el cuarto de invitados a vuestra disposición. Ya pensaremos en algo. Ahora tienes que concentrarte en Melissa y en ese juicio.

Georgia toma la llave con una mirada de agradecimiento y se enjuga las lágrimas.

–Tal vez use tu casa para refugiarme de la oficina. Necesito algo de paz y tranquilidad –dice con un suspiro–. Melissa y yo vamos a quedarnos con mi madre hasta que yo sepa lo que voy a hacer. Gracias a Dios que mi madre ya está jubilada, y que Melissa todavía no va al colegio –añade, y respira profundamente–. Bueno, ya está bien de hablar de mí. ¿Qué está pasando con Max? ¿Cómo estás tú?

–Oh, Georgia, no. No quiero hablar de ello.

–De acuerdo. No te pediré detalles. Sólo dime una cosa, ¿cuándo vas a volver a casa?

–Dentro de una semana, tal vez dos.

–Vas a venir a la reunión de socios, ¿no?

–Por supuesto. No quiero alejarme de Max, pero tampoco puedo arriesgarme a perder la oportunidad de que me asciendan.

–Buena chica. Serás la primera mujer que lo consigue en nuestra empresa. ¿Cómo no van a elegir a alguien que ganó un caso de quince millones de dólares en el Tribunal Supremo? Pero de todos modos, lo mejor sería que aparecieras cuanto antes.

Danielle cabecea.

–Ahora no puedo. En el hospital están teniendo algunos problemas para ajustar la medicación de Max, y él me necesita. Cada vez que insinúo que tengo que volver a Nueva York, se aterroriza.

–¿Lo ves a menudo?

–Por las mañanas y por las tardes.

Georgia mira por la habitación.

–¿Y qué haces el resto del tiempo?

–Trabajo. Bueno, no es cierto. Intento trabajar.

Georgia se inclina hacia atrás.

–Eso está bien, porque las cosas andan revueltas por la oficina.

–¿Qué quieres decir?

–Es otro de los motivos por los que he venido. Tienes que enterarte de lo que está pasando. Ese gusano de Gerald Matthews está peloteando a todos los socios, como es natural en él, y diciéndoles que él es el más apropiado para ocupar tu puesto.

–Ese hombre no me preocupa –dice Danielle.

–Bueno, pero esto sí debe preocuparte: E. Bartlett está tramando algo, y no es nada bueno.

Danielle se queda callada. Otra vez E. Bartlett. Su desagradable rostro se le aparece en la mente. Aquellos últimos años han sido muy duros para Danielle, que ahora ha sido designada su lacaya personal. Sabe que en su firma, algunos esperan que se retire y se vaya a otro sitio, después de haber ganado suficiente dinero con ella, por supuesto. Sin embargo, no la conocen. Ella nunca tira la toalla. E. Bartlett, lentamente, de mala gana, ha tenido que ir reconociendo su talento. Aunque él nunca lo va a admitir, ella es la asociada a la que acude cuando hay una crisis, o cuando surge una cuestión legal difícil en un caso complejo. O cuando hay que agasajar con cenas y comidas a un cliente importante del otro lado del charco. Incluso le deja en la silla cajas de cerillas de su club masculino. Es lo más que se acerca E. Bartlett al sentido del humor. Pese a que tiene una opinión favorable de ella, Danielle sabe que hará uso de cualquier excusa para evitar que entre a formar parte del grupo de socios de la empresa, en el que solo hay hombres. Además, E. Bartlett no siente simpatía por los niños. Si ella no hubiera facturado tres mil doscientas horas ese año, y el bufete no le debiera el equivalente a dos años de vacaciones, él ya la habría defenestrado. Danielle enciende un cigarro haciendo caso omiso de la mirada de desaprobación de Georgia.

–Bueno, cuéntamelo.
–Es por el caso Sterns.
–¿Qué pasa?

Sterns es el mejor cliente de Danielle. Es un ejecutivo que tiene todos los visos de hacerle ganar millones al bufete en el futuro. Ese cliente, y su enorme éxito en el caso Baines, son sus bazas para aspirar a la promoción a socia. Michael Sterns, el joven director general de su empresa, adora el estilo eficaz de Danielle durante los litigios, y hasta el momento se ha negado a que lo represente ningún otro de sus compañeros.

Georgia desvía la mirada.

–Ese idiota ha elegido a Matthews para que lo represente en la siguiente ronda de declaraciones en el despacho.

–Pero… si es mi cliente –protesta Danielle–. Me pasé dos años captando a esa compañía.

Georgia se encoge de hombros.

–Cierto, querida, pero tú solo eres una asociada.

Danielle se da una palmada en la frente.

–Maldita sea.

Los socios son los únicos que pueden poner su nombre en los documentos legales de los casos en los que trabajan. Las iniciales de Danielle aparecen en una tipografía más pequeña, la de los subalternos a quienes se les asignan a esos casos. E. Bartlett ha estado llevándose todos los méritos por el caso Sterns desde hace un año. Eso, unido a que las horas que ha podido facturar ella han disminuido drásticamente desde Maitland, la coloca en la categoría media de empleados. Y esa categoría no le permitirá lograr el ascenso. Siente pánico. No puede perder esa oportunidad de ser socia del bufete; en primer lugar, porque se lo ha ganado, y en segundo lugar, porque necesita el aumento de ingresos para pagar la enorme factura de Maitland. Como de costumbre, el seguro solo cubre el mínimo, y no hay forma de que ella pueda pagar la otra parte con su sueldo y sus ahorros. Además, también debe tener en cuenta los gastos futuros de Max, sean cuales sean.

–Y hay más –continúa Georgia–. Anoche me quedé a trabajar hasta tarde y bajé a Harry's para tomar un sándwich y un refresco. Ya conoces la escena; toda la firma va allí después de la reunión de socios, y beben mientras alardean de lo estupendos que son sus candidatos.

Harry's es un lugar estupendo para que se reúnan los abogados. Danielle casi siente la fresca oscuridad del establecimiento, casi ve su enorme barra de roble con taburetes de metal, las filas de botellas, los asientos de cuero rojo y las velas encendidas que iluminan suavemente las mesas.

Danielle pone los pies sobre la mesa de café, y se lamenta de no estar tan relajada como parece.

–Así que este año es exactamente como cualquier otro.

–Me temo que te equivocas. ¿A que no sabes a quién vi muy acaramelados?

–¿A quién?

–A E. Bartlett y a Lyman. Esas dos serpientes.

Danielle se incorpora con los ojos muy abiertos.

–Pero... eso es imposible.

Lyman y E. Bartlett comenzaron en el bufete en la misma categoría, y han sido rivales desde el principio. E. Bartlett llegó a socio un año antes que Lyman, y él nunca lo ha olvidado. Los extremos a los que son capaces de llegar con tal de apuñalarse el uno al otro por la espalda son legendarios.

Georgia le quita el cigarro de la mano a Danielle y lo apaga.

–Bueno, pues ha ocurrido lo imposible. Estaban tomándose una botella de whiskey y sonriendo de oreja a oreja.

No hace falta ser vidente para saber lo que está ocurriendo. E. Bartlett está tan enfadado por su ausencia que ha accedido a que el chico de Lyman pase por encima de ella.

–No me gusta cómo suena eso.

–No me extraña –responde Georgia–. También oí decir a uno de los lacayos de Lyman que este no se fiaba de E. Bartlett. Sería posible que E. Bartlett le hiciera ver que han trabado una buena amistad y después lo hundiera en la reunión de socios.

Danielle siente una ligera esperanza y toma a Georgia de la mano.

—Sería propio de él, ¿verdad?

—Puede ser –dice Georgia, y le aprieta la mano a su amiga. Sin embargo, hay algo malo en su tono de voz–. Mira, tu única preocupación no es E. Bartlett. En el bufete se ha corrido el rumor de que los socios se reunieron la semana pasada y decidieron que, debido a cuestiones financieras y a la baja facturación de horas, van a despedir a algunos asociados.

—¿Qué?

—El objetivo es librarse de cuatro de nosotros antes de enero –explica Georgia suavemente.

A Danielle se le encoge el corazón.

—Bueno, por lo menos tú y yo estamos a salvo. Somos las empleadas más productivas de todo nuestro departamento.

—Exacto. Y las más caras –replica Georgia, y con un suspiro, le entrega a Danielle una hoja de papel–. Hay más. He conseguido una copia de las últimas deliberaciones de los socios en su reunión de ayer. La saqué de la papelera de la secretaria de E. Bartlett.

Danielle no comenta nada de los métodos de Georgia.

—¿Y?

—Y... –Georgia toma aire–. O asciendes a socia... o te echan.

nueve

Danielle se sienta en la vieja silla de vinilo y la peluquera le echa un buen vistazo. La música country está puesta a todo volumen, y resuena por la peluquería mientras la mujer hace un globo con el chicle y le da su veredicto.

–Un buen corte –le dice a Danielle mientras hace girar el asiento–. Y una permanente.

Danielle ve sus propios ojos, grandes y salvajes como los de un fanático religioso que aparece en la puerta de tu casa para rezar por tu alma. «Oh, qué demonios», piensa. «Los momentos drásticos necesitan medidas drásticas». Asiente.

Después de que se marchara Georgia, Danielle se había puesto a trabajar como una loca. Llamó a clientes, hizo un seguimiento de las fechas de sus vistas y declaraciones y puso al día su facturación para la empresa. La visita de Georgia le ha causado terror. Tiene que llegar a ser socia del bufete; si no lo consigue, no podrá pagar los gastos de Maitland, y mucho menos las escuelas especiales y el tratamiento que puede necesitar Max en el futuro.

Tiene los ojos llorosos cuando Marianne aparece para preguntarle si quiere hacer una escapadita. Danielle toma el bolso y entra al coche de Marianne. Se ríen y charlan durante el trayecto hasta una pequeña peluquería llamada Pearl. Danielle lo pasa tan bien que, cuando terminan las pedicuras, permite que Marianne la coloque frente a un espejo y la convenza de que tiene que arreglarse un poco. Además, Danielle quiere tener muy buen aspecto cuando vaya a cenar esa noche con Tony. Mantiene una breve conversación con Pearl al respecto, y después se abandona al proceso.

Las tijeras se deslizan por entre su pelo con dulzura, y la solución acre que le aplican en la cabeza está sorprendentemente fría. Bajo el secador, entra en trance. Está embarazada de Max y lo ve a través de la piel traslúcida de su vientre. Él es un diminuto feto, perfectamente formado, que tiene los ojos cerrados. Su cuerpecito está lleno de venas rojas y azules. El líquido amniótico, de color rojo y magenta, fluye incesantemente de madre a hijo. Ella se acaricia el vientre bajo el aire cálido.

Está relajada, y deja que su mente vague hasta Tony y su cena de esa noche. ¿Harán el amor de nuevo? Siente calor por todo el cuerpo al pensarlo. Se permite fantasear con unas vacaciones junto a Tony, en una playa del Caribe, frente al mar azul, abrazados como adolescentes que exploran su primer amor. Después de eso, Tony hará viajes a Nueva York y allí verán obras de teatro, harán cenas extravagantes y se las tomarán en la cama, mientras ven películas antiguas en la televisión. Max lo adorará, y Tony será con gusto el padre que su hijo no ha tenido nunca. Danielle casi puede ver el diamante de su anillo de compromiso, y la cara de Tony cuando él levante el velo de su vestido de novia para besarla...

—¡Ya está! —dice la peluquera mientras le quita el casco de plástico. Después la lleva hasta el lavabo y le aclara la cabeza. Le quita los rulos y le seca el pelo; finalmente, la gira hacia el espejo—. ¡Estupendo! Te va a encantar.

Danielle mira su reflejo, y su boca forma un «oh» de espanto. Ignora su palidez y las ojeras, y observa sus nuevos rizos, que han convertido su cabeza en un campo de batalla.

Después de un largo instante, decide que parece que ha sido víctima de una electrocución.

–No te preocupes, cariño –le dice Pearl–. Todo el mundo piensa que está muy distinta después de una permanente.

Saca una extraña herramienta de un cajón. Es un peine de púas muy largas, plano, de metal. Pincha y tira suavemente de los rizos sin dejar de hacer globos de chicle, hasta que logra el efecto que desea. Después le entrega el peine a Danielle.

–¡El mejor amigo de una mujer! Casi. Ya entiendes lo que quiero decir, cielo.

diez

Danielle respira profundamente. Ha llegado por los pelos al primer vuelo de la mañana en Des Moines. La secretaria de E. Bartlett la llamó el día anterior para decirle que la reunión de socios se había adelantado. Ella ha ido a ver a Max antes de marcharse. Él estaba un poco raro, como apagado, pero estable. Después, Danielle ha cancelado su cena con Tony dejándole un mensaje en el mostrador de recepción. Tiene que concentrarse en su vida real, y por desgracia, él no entra dentro de esa categoría. Todavía.

Danielle oye el taconeo de sus zapatos en el suelo de mármol. Su bufete está en uno de los edificios más antiguos de Wall Street, y el silencio fresco que reina en él la calma. Toma el ascensor. La recepcionista la saluda con una sonrisa, y arquea las cejas de repente al ver su pelo. Danielle asiente de manera cortante y sigue recorriendo el pasillo. Después se detiene para serenarse. Respira profundamente y abre la puerta. Abarca con la mirada la enorme sala de juntas, situada en el piso cuarenta y dos, y a los treinta socios de Blackwood & Price, un bastión entre los bufetes surgidos después de la Segunda Guerra Mundial. Sobre la mesa de madera brillante hay un impresionante arreglo floral, un servicio de plata y porcelana para cincuenta y una comida servida por uno de los mejores restaurantes de Manhattan. En aquel momento de las deliberaciones se sirve café fuerte, algo necesario para tener la cabeza clara después del vino que se ha tomado con la comida. Hay movimiento de papeles y algunas toses, los restos inevitables de la toma de decisiones.

Se oye una voz grave al otro lado de la sala.

–Buenas tardes, Danielle.

Danielle sonríe pese a su nerviosismo. Es Lowell Stratton Price III, el director del comité ejecutivo. Tuvo como mentores al gran almirantazgo y a abogados internacionales, los que se marcharon a Europa y a Escandinavia después de la Segunda Guerra Mundial y coparon el negocio naviero. Lowell Price tiene el pelo cano y una mirada inteligente, y dirige la firma con el respeto de todo el mundo. Será justo.

–Hola, señor Price.

–Lowell, por favor –dice él, y le señala la línea de fuego, una silla que está a un extremo de la mesa.

–Gracias, Lowell.

En los bufetes neoyorquinos tradicionales, hay una regla no escrita por la que un asociado puede llamar a un socio por el nombre de pila solo cuando se ha convertido en un socio de entre todos los elegidos. «Tal vez sea una buena señal», piensa Danielle. Atraviesa la sala y se sienta y mira a los socios. No tienen aspecto de estar contentos, ni descontentos. Nadie se fija en su extraño pelo. Están demasiado centrados en sí mismos.

–Danielle, hemos estado toda la mañana hablando sobre los mejores asociados, los candidatos a convertirse en socios este año –dice Lowell–. Hemos entrevistado a los otros candidatos, y ahora voy a dar la palabra a algunos socios que tienen preguntas para ti. Tengo entendido que has estado en... Idaho, ¿no? ¿Por un asunto personal?

Danielle contiene un gruñido.

–En Iowa. Y sí, me he tomado unas semanas libres para resolver un asunto personal, pero tengo planeado volver pronto a la oficina.

—Por supuesto, por supuesto —responde Price.

Ella sabe que está intentando paliar el efecto del papel en blanco, de la falta de facturación por su parte durante las últimas semanas. Ha tenido suficiente con apagar fuegos en sus casos. Aunque ha trabajado tanto como ha podido, sabe que su preocupación por Max ha afectado a su concentración. Por ese motivo, no ha considerado que hubiera justificación para cobrarles muchas de sus horas a los clientes. Casi puede leerles el pensamiento a los otros socios: sin tiempo no hay dinero. Si no hay dinero, a nadie le hacen socio. En aquel punto es cuando E. Bartlett, si tuviera algo de honestidad alojada en su ego monumental, debería intervenir para alabarla. Ella lo mira, pero él no le devuelve la mirada. De hecho, está hojeando una revista. El mensaje está claro: se las tiene que arreglar sola.

—No tengo tus cifras delante, Danielle, pero tal vez tú puedas dárnoslas, y explicarnos los detalles de tu trabajo.

Que Dios lo bendiga. Le está dando la oportunidad de hacerse valer. Ella se yergue en la silla y comienza.

—Gracias, Lowell. He facturado tres mil doscientas horas este año, y creo que he demostrado suficiente capacidad y compromiso como para ser socia de esta empresa. Además de mi facturación, mi éxito en el caso Baines le reportó a la firma unos beneficios multimillonarios. También he conseguido clientes nuevos y muy importantes, cuya facturación representa un incremento de varios millones de dólares en los ingresos brutos de la firma.

Hay movimiento de hojas. Danielle sabe que los socios están comprobando las cifras.

—Eres una abogada joven y muy brillante, y tu ética de trabajo es impresionante —dice Lowell. Se oye un murmullo de aprobación por la mesa—. Bien, hay algunos socios que me están mirando con impaciencia, así que le doy la palabra a Ted Knox.

Danielle se pone rígida. Knox es un hombre de estatura baja, con todos sus complejos, y el adulador de Lyman. Knox depende de que Lyman le eche encima la mayor parte de sus casos. Sin él, Knox no conseguiría trabajo ni de ayudante de letrado. Lo que realmente preocupa a Danielle es que también es compañero de copas de E. Bartlett. Si Lyman y E. Bartlett están realmente confabulados, Knox es el pit bull perfecto. E. Bartlett pasa otra página de su revista. Danielle siente una presión intensa detrás de los ojos.

Knox carraspea y la mira. Tiene los ojos gris claro, pálido.

—Gracias por tomarte la molestia de hablar con nosotros, Danielle. Lamentamos que tus problemas personales, sean cuales sean, te hayan tenido tanto tiempo lejos de la oficina. En realidad, algunos de nosotros, muchos, tenemos dudas sobre la conveniencia de que te conviertas en socia de esta firma —dice, y sonríe a Lyman con astucia—. Tal y como ha mencionado Lowell, nadie está cuestionando tus horas. Eres una buena trabajadora, una buena asociada. Pero estoy seguro de que sabes que hace falta algo más que trabajar muchas horas para ser socio de Blackwood & Price. Voy a explicarlo claramente. En primer lugar, normalmente no tenemos en cuenta a los asociados que llevan menos de diez años con nosotros. Tú solo estás en tu sexto año. En segundo lugar, la mayoría de nosotros no estamos familiarizados con tu trabajo, y aunque este problema no sea culpa tuya, sigue siendo un problema. En tercer lugar, aunque has demostrado que tienes algunas habilidades de marketing, el marketing de esta firma lo llevan a cabo los socios, y solo los socios.

Danielle se agarra a los brazos de la silla con fuerza. Desea con todas sus fuerzas responder, pero tiene que estar segura de que el gusano ha terminado.

Knox continúa.

—Voy a hacer referencia a uno de los mayores problemas que hay en cuanto a tu ascenso.

—¿Cuál es? —pregunta ella.

—Michael Sterns.

A Danielle se le queda la boca seca, pero consigue hablar.

—Como sabe, Michael Sterns es cliente mío. Lo traje a la firma hace tres años, y la demanda colectiva que estoy llevando para él en varias jurisdicciones es, y continuará siendo, muy lucrativa para el bufete. De hecho, solo este caso ha generado trescientos cincuenta mil dólares en los nueve meses pasados.

Ahora, varias cabezas se alzan y los ojos se clavan en ella.

No hay nada que excite tanto a los socios como la mención de unos buenos honorarios. Knox se apoya en el respaldo de su silla.

—Sí, ya sabemos que el señor Sterns es muy buen cliente.

—Entonces, comprenderá que esté muy contenta de poder decir que el señor Sterns me dijo que quiere que yo lleve todos sus futuros litigios, aunque solo sea una asociada.

—¿Has hablado últimamente con Michael?

—Pues... No...

—¿No tuvo un problema grave en Nueva Orleans la semana pasada?

Pese a la ira que siente, Danielle se controla y mira a Knox con determinación. No va a permitir que él le arrebate la posibilidad de ser socia.

—Yo no diría que fue un problema. Yo diría que es un gran caso.

—¿Pero te negaste a volar a Nueva Orleans para atenderlo, pese a que su compañía puede representar ingresos millonarios para nosotros? —las palabras de Knox son balas—. ¿Y pese a que te ha dejado claro que quiere que tú, y solo tú, lleves sus casos?

Danielle se queda callada. ¿Qué puede decir? ¿Que ha descuidado su trabajo porque tiene que averiguar si su hijo está loco? ¿Que, aunque le han dicho que su hijo recibe los mejores cuidados posibles, no está dispuesta a volver a Nueva York para ocuparse de sus clientes? Está furiosa por haberle dado a aquel idiota munición contra ella, sobre todo teniendo en cuenta que aquella reunión está amañada desde el principio. Lo mira con frialdad.

—Señor Knox, como padre, estoy segura de que sabe que algunas cosas tienen prioridad en la vida. He tenido una emergencia relacionada con mi hijo. A Michael Sterns le retuvieron el velero en Nueva Orleans. Yo lo arreglé todo para que un asociado senior fuera a la ciudad y se ocupara del asunto en mi lugar. Estuve en contacto con él constantemente por teléfono. Créame, el señor Sterns conoce la situación y no se ha quejado de mi gestión.

—Tal vez no se haya quejado ante ti —replica Knox—, pero da la casualidad de que el señor Sterns se reunió conmigo ayer para decirme que está disgustado porque te negaste a interrumpir tu viajecito...

—Ted, eso está fuera de lugar —le dice Price.

—Muy bien —responde Knox con brusquedad—, pero sabes tan bien como yo, Lowell, que este negocio requiere una atención de veinticuatro horas al día. Si los clientes nos necesitan, vamos. Si no vamos, hay otros catorce bufetes que lo harán por nosotros. Y si esta chica no tiene lo que hay que tener para comprometerse...

La sala queda en silencio. Todos están asombrados. Danielle se queda callada para que asimilen la metedura de pata, y después responde:

—Soy muy buena abogada, señor Knox —dice en voz baja—. Y tengo mis horas de trabajo, y los clientes, para demostrarlo.

—Sí, sí, por supuesto —dice Lowell, que la mira con amabilidad.

—De hecho —continúa Danielle—, mi facturación es mayor que la suya cuando ascendió a socio del bufete.

Knox ignora las risitas de algunos de los socios, que miran a Danielle y sonríen.

—Como quieras —dice él—, pero Sterns me dijo que puede que prefiera que sus asuntos los lleve otra persona del bufete, teniendo en cuenta tu... situación.

Danielle no sabe qué decir. Knox la está humillando delante de todos los socios, y ninguno de ellos habla en su defensa. E. Bartlett se excusa repentinamente, porque parece que ha decidido dejar que se las arregle sola.

Knox continúa hablando con frialdad.

—Creo que es evidente que tus prioridades no tienen nada que ver con los clientes de esta firma...

—Ya está bien —dice Lowell en un tono de ira—. Me decepcionas, Knox. No estamos aquí para hacer ataques personales —añade. Después hace una pausa, y pregunta—: ¿Alguien tiene algo más que decir?

Danielle mira alrededor de la mesa. Todos permanecen en silencio.

—Bueno, gracias, Danielle —dice Lowell—. Buena suerte.

—Gracias —responde ella con tirantez, y sale de la habitación—. Más bien, adiós y buen viaje.

once

Danielle está sin aliento después de su viaje frenético desde el aeropuerto de Des Moines a Maitland. El pasaje ha empezado a embarcar en su vuelo desde Nueva York cuando ella recibe una llamada histérica de la enfermera del turno de noche de Fountainview, que le dice que ha habido una crisis con Max y que la doctora Reyes-Moreno se reunirá con ella en el hospital, pero que no puede darle más información.

Cuando por fin aterriza en Des Moines, conduce a toda velocidad hasta el hospital y entra corriendo en la unidad.

Ve a Reyes-Moreno en el pasillo. La doctora está enfrascada en una conversación con Fastow, pero dejan de hablar en cuanto Danielle se les acerca.

—¿Qué le ocurre a Max? —pregunta.

—Danielle —dice Reyes-Moreno—. ¿Recuerda al doctor Fastow? Es…

—Sé quién es. ¿Dónde está Max?

Reyes-Moreno la toma del brazo y la guía hacia un despacho vacío. El médico las sigue.

—Me temo que Max tiene un trastorno disociativo –dice ella–. Su comportamiento de hoy, aunque no ha mostrado tendencias suicidas, ha sido errático e inquietante.

–¿Qué quiere decir «trastorno disociativo»?

–Está perdiendo el contacto con la realidad –dice Reyes-Moreno consternada–. Puede que sea resultado de la ansiedad extrema, pero creemos que hay que tratarlo inmediatamente. Además de que ha perseverado en sus ideas suicidas, ha tenido otro... episodio.

–¿Y qué significa eso?

Reyes-Moreno mira a Fastow. Después vuelve a clavar la mirada en Danielle.

–Max ha agredido a Jonas. Como sabe, no es la primera vez.

A Danielle se le acelera el corazón.

–¿Por qué no me lo habían dicho antes? ¿Le ha hecho daño?

–Por desgracia, nos vimos obligados a tener a Jonas en observación todo el día de ayer –dice la doctora, y le toca ligeramente el brazo a Danielle–. Se pondrá bien. Pero lo cierto es que Max le dio un puñetazo en la nariz a Jonas, y el niño sangró mucho. También parece que Jonas tiene una costilla rota.

Danielle se queda horrorizada.

–¿Dónde está Max ahora?

–Lo pusimos en la habitación de aislamiento...

–¿Cómo se atreven?

Danielle ha visto esa habitación. Es una sala de incomunicación, y nada más. Una gran caja blanca acolchada, con una rendija en la puerta para poder empujar la comida al interior. Se dirige hacia la puerta. Reyes-Moreno la toma del brazo.

–Danielle... no está allí –le dice–. Hemos tenido otro problema. Como sabe, pusimos al doctor Fastow en el equipo de Max al comienzo de su evaluación. Ha hecho un trabajo excepcional con la medicación de Max, y confía en que ha encontrado el mejor...

–Cóctel –suelta Danielle–. ¿Y qué tiene que ver con...

–No hay otra manera de explicarlo, salvo admitir que se ha cometido un error –dice Fastow–. No sabemos exactamente cómo ocurrió, ni quién es el responsable, pero parece que a Max le fue administrada una dosis mayor de lo requerido...

–Oh, Dios... ¿Está bien?
Fastow la mira con calma.
–Por supuesto.
Reyes-Moreno le toma las manos temblorosas a Danielle. Las de la doctora son firmes.
–Max está descansando en su habitación. El efecto de la dosis excesiva pasará muy pronto, y volverá a la normalidad.
Danielle se zafa de ella.
–¿A la normalidad? ¿Le parece que darle una sobredosis de medicamento es normal? Quiero verlo.
–No hay nada que ver ahora, Danielle –dice Reyes-Moreno–. Está dormido. Le aseguro que la llamaremos en cuanto se despierte.
Danielle se queda inmóvil. De repente, todo le resulta insoportable. La reclusión de Max en aquel lugar. Sus ataques de violencia. La presunción de que su empeño en permanecer allí con su propio hijo es perjudicial para el tratamiento de Max. Y una insinuación en el trasfondo, todavía más fuerte, de que debe de ser culpa de ella que Max tenga que estar allí. La implicación de que ella, al ser su madre, debería haberse dado cuenta de la gravedad de los problemas de Max mucho antes de tener que llevarlo a Maitland. Su miedo se transforma en ira.
–Esto es la gota que colma el vaso. ¿Por qué no me dijeron que podía suceder algo así? Se supone que ustedes trabajan en el mejor hospital psiquiátrico del país, y en cuanto me doy la vuelta, ¡le administran una sobredosis de medicamentos a mi hijo! Ahí está el famoso farmacólogo, que ha cometido un error colosal...
–Señora Parkman, debo protestar por sus acusaciones –dice Fastow, mirándola fijamente con sus ojos febriles. Se inclina hacia delante, con las manos y la cabeza en pose de mantis religiosa–. Esto es muy alarmante para usted, estoy seguro, pero se trata de un error del personal, no de prescripción.
–No me importa de quién ha sido el error. Estamos hablando de mi hijo. ¿Quién sabe los efectos que tendrá en él esa sobredosis? –pregunta Danielle, y agita la cabeza cuando Fastow trata de responder–. Miren, he sido muy paciente y colaboradora desde que llegamos. Cuando dije que quería

quedarme con mi hijo, ustedes me dijeron que me marchara a casa. Después me permitieron tan solo tener visitas bajo supervisión, como si yo fuera una asesina. ¡Y ahora me dicen que Max ha atacado a otro paciente! ¡Es absurdo!

Fastow se cruza de brazos y la mira sin inmutarse. Los ojos verdes de Reyes-Moreno tienen una mirada bondadosa. Vuelve a darle una palmadita en el brazo, y Danielle tiene que hacer un esfuerzo para no apartarse.

—Danielle —le dice suavemente—, ha de tener en cuenta que estamos tratando a un joven con problemas graves, que tiene tendencias suicidas y que parece que ahora tiene episodios psicóticos. Y que se está volviendo violento. Estas cosas llevan su tiempo, y por eso no nos gusta ver a los padres antes de poder dar un diagnóstico seguro.

La furia de Danielle se transforma en preocupación. ¿Qué le pasa a Max? ¿Es posible que, al haberle privado de su medicación antigua, esté mostrando su verdadero comportamiento? Danielle suspira. Sin embargo, aquello no es un juzgado donde pueda usar la indignación justificada en su provecho. Se recuerda a sí misma que Maitland y sus doctores son lo mejor del país, por mucho que le moleste la arrogancia de Fastow. Lo que importa es Max. Y si Max está comportándose de una manera psicótica y violenta, necesita ayuda; ella tiene que dejar que los médicos hagan su trabajo. Se vuelve hacia Fastow y le dice:

—Quiero tener la lista de todos los medicamentos que le están administrando a Max, los miligramos, posología y todos los efectos secundarios conocidos.

Fastow la mira con indiferencia.

—Por supuesto. Seguro que usted conoce la mayoría de las medicinas, aunque tal vez las combinaciones sean distintas.

A ella se le ocurre una idea, de repente, y lo mira con fijeza.

—No está usando ninguna droga experimental con él, ¿verdad?

—Por supuesto que no. No querrá cuestionar mi ética...

Reyes-Moreno interviene para impedir otra discusión.

—En cuanto tengamos un diagnóstico conjunto, la llamaré para celebrar una reunión.

—Allí estaré –dice Danielle, y mira a Fastow–. ¿Y usted?
Reyes-Moreno y él se miran. Fastow sonríe.
—Seguro que tendremos ocasión de conversar si la explicación de la doctora Reyes-Moreno no es suficiente para aclarar sus preocupaciones.
Entonces, le tiende una mano huesuda y seca al contacto.
—Le tomo la palabra.
Fastow la mira por última vez y se marcha. No es el primer egocéntrico con el que se ha topado Danielle. En la Medicina hay muchos profesionales que piensan que son Dios. Ella comienza a levantarse, cuando de repente, tiene una revelación. Si Fastow le está dando a Max alguna medicación experimental, o le está administrando sobredosis deliberadamente, la afirmación de Reyes-Moreno de que Max tiene ataques psicóticos no es cierta. Danielle tiene suficientes conocimientos sobre medicamentos psicotrópicos como para saber que las interacciones entre las drogas pueden ser algo devastador. Sin embargo, si Fastow es un médico con ética…

Danielle nota un frío que le atenaza el corazón. Max no puede estar loco. Siente esperanza; tal vez el hospital no sepa todo lo que debe sobre Fastow, aunque crean que han hecho un buen trabajo comprobando sus referencias. Le pedirá a Georgia que haga una investigación. ¿Qué daño puede hacer eso? Se vuelve hacia Reyes-Moreno.

—¿Puedo ver a Max?
La doctora se encoge de hombros.
—Ya le he dicho que está profundamente dormido. Pero si insiste, por favor, que la visita sea breve. No queremos disgustarlo.
Danielle se muerde la lengua hasta que Reyes-Moreno desaparece por el pasillo.
—No –murmura–. No queremos. Una visita de su madre… eso disgustaría a cualquiera. Sin embargo, administrarle una sobredosis de medicación es perfecto.

doce

Hoy es el día.

Parece que por fin el equipo médico ha llegado a un diagnóstico conjunto. La semana anterior ha transcurrido sin incidentes, por lo menos, nada que hayan considerado adecuado contarle a ella. Parece que Max está mucho mejor. En muchos sentidos ha recuperado su comportamiento dulce de costumbre. Reyes-Moreno ha podido completar todas las pruebas y la evaluación. Aunque a veces parece que Max está muy sedado y desorientado, Danielle supone que Fastow ha conseguido ajustar por fin su protocolo de medicación. Georgia no ha conseguido ninguna información negativa sobre su pasado; de hecho, solo ha encontrado más pruebas de su excelencia y creatividad en su campo. Aunque Danielle sigue sintiendo desagrado personal por él, parece que Fastow ha hecho un buen trabajo con la medicación de Max.

La secretaria de Reyes-Moreno, Celia, recibe a Danielle en el edificio administrativo del hospital.

–Señora Parkman, ¿quiere acompañarme? –le dice, después

de estrecharle la mano. Danielle la sigue por el vestíbulo hacia la zona de los despachos de los psiquiatras, hacia el santuario de Reyes-Moreno. Es más pequeño de lo que había imaginado Danielle. En él hay un diván y una silla giratoria, y varias estanterías llenas de juguetes. Danielle toma uno de ellos y lo gira con cuidado en las manos. Se pregunta qué habrá dicho y hecho Max en aquella habitación.

Los diplomas y certificados médicos de Reyes-Moreno están colgados por las paredes, enmarcados en negro. Una diplomatura de Pasadena, California. ¿Cómo es eso? ¿Es que no todo el mundo que llega a la Meca se ha licenciado en Stanford o Yale? Se le acelera el corazón mientras pasea la mirada por los cuadros de la pared. Allí está: Escuela de Medicina de Harvard. Se siente aliviada. No es que tenga nada contra Pasadena, pero por Dios, si estás pagando lo mejor, quieres que te den un purasangre.

Frente al escritorio de la doctora hay dos mecedoras que parecen reservadas para las reuniones con los padres, y Danielle se sienta en una de ellas. Como ella, esas sillas están fuera de lugar. Piensa en Tony, y lamenta no haber podido verlo otra vez. Después de que ella cancelara su cena, él le dejó una nota en la recepción, en la que le decía que tenía que volver a Des Moines. Le escribió su número de teléfono móvil, pero ella no lo ha usado. Su vida es demasiado incierta en ese momento, y no puede añadirlo a la ecuación a él también. Sin embargo, lleva la nota en el bolsillo, como si fuera un talismán. Piensa en los billetes de avión que tiene que reservar. Si pueden marcharse mañana temprano, llevará a Max a casa con tiempo suficiente para deshacer las maletas. Solo con pensar en hacer la colada de su hijo, sonríe. Tal vez Georgia, que ha vuelto con Jonathan, pueda pasar por el apartamento esa noche, llevarles algo de comida y subir las persianas, para que no parezca que la casa está tan vacía. Así, tal vez Max no recuerde que han estado fuera tanto tiempo.

Celia entra en el despacho y le da un café tibio. Reyes-Moreno va a retrasarse unos minutos; seguramente está reunida con el equipo de Max. Allí se trabaja en grupo. Ninguno de los médicos, ni el neurólogo, ni el psiquiatra, es responsable de nada. Toma un sorbo del líquido amargo. Tendrá que intentar poner en orden las cosas en la oficina en cuanto vuelva a casa. Siente pánico y se aparta aquello de la mente. Lo primero es lo primero.

Se abre la puerta, y Celia entra de nuevo. No mira a los ojos a Danielle. Le recuerda a los miembros del jurado que no la miran cuando vuelven a la sala del tribunal después de las deliberaciones. Reyes-Moreno entra y cierra la puerta. Sonríe a Danielle, y le aprieta el hombro. Danielle siente que el nudo de tensión que tenía en el cuello desaparece de repente.

—Buenos días, Danielle —le dice la doctora—. ¿Qué tal está hoy?

¿Cuáles son las frases amables de rigor que intercambia una con la persona que tiene la vida de tu hijo en sus manos?

—Muy bien, doctora. ¿Y usted?

—Vamos a sentarnos, ¿de acuerdo? —le dice Reyes-Moreno, y hace girar su silla hasta que queda frente a Danielle, y Celia se sitúa un poco retirada. Danielle se pregunta qué hace allí la secretaria, pero no quiere preguntarlo. En vez de eso, cruza las piernas y posa las manos en el regazo. Lista.

Reyes-Moreno yergue la espalda y la mira con atención.

—Danielle, sé que ha esperado esta reunión con mucha paciencia, y me alegro de poder decirle que el equipo de Max ha llegado a un consenso sobre su diagnóstico, y sobre el tratamiento que debe recibir.

Danielle se da cuenta de que está conteniendo la respiración. Inspira profundamente. Reyes-Moreno comienza su informe.

—Seguramente, no se sorprenderá al saber que hemos confirmado los diagnósticos antiguos, los que le han dado a Max durante estos años.

Danielle se relaja de nuevo. Lo mismo de siempre.

La doctora continúa.

—Hemos confirmado que Max tiene el síndrome de Asperger, y que tiene un amplio espectro de discapacidades y dificultades de aprendizaje. Tiene dificultades de comunicación y de procesamiento auditivo...

De aquella letanía, no hay nada que llame la atención de

Danielle. Tiene un cuaderno para anotaciones legales delante. Mientras Reyes-Moreno habla, ella lo va apuntando todo cuidadosamente, como si estuviera en una declaración, escuchando información aburrida de un testigo sin importancia. Sin embargo, a medida que la lista de trastornos aumenta, se siente más y más triste, seguramente porque lo que quiere oír es que todos los demás profesionales, aunque tuvieran buena intención, estaban equivocados, que no solo cometieron errores en cuanto a la medicación, sino también en cuanto al diagnóstico de autismo y otras enfermedades neurológicas. Habría sido maravilloso que Max no tuviera ninguno de aquellos problemas. Pero mientras Reyes-Moreno continúa con la lista, que comprende trastornos obsesivo-compulsivos, dificultades motrices e hipersensibilidad táctil, Danielle piensa que ella puede enfrentarse a todo eso.

—Recomendamos un protocolo nuevo de antidepresivos para combatir las tendencias suicidas de Max —dice Reyes-Moreno.

Danielle repasa mentalmente la lista de antidepresivos tricíclicos, los inhibidores selectivos de recaptación de la serotonina y los inhibidores de recaptación de serotonina norepinefrina y sus posibles efectos secundarios.

—¿En qué está pensando? ¿Effexor? ¿Cymbalta? ¿Zoloft?

Reyes-Moreno mira a Danielle, pero no dice nada. Danielle se da la vuelta de repente y mira a Celia, que empieza a decir algo, pero capta una vaga seña de Reyes-Moreno y aparta la mirada. A Danielle le late el corazón con tanta fuerza que parece que se le va a escapar del pecho.

Reyes-Moreno se acerca a Danielle, le toma la mano y se la estrecha. Sigue hablando con una voz muy suave.

—Me temo que hay más. Voy a decirlo, y después, quiero que sepa que todos estamos aquí para apoyarla.

Danielle no tiene cuerpo. Se ha vuelto toda ojos, unos ojos que solo ven a Reyes-Moreno, y nada más en todo el universo.

—Por desgracia, al terminar nuestras pruebas hemos llegado al diagnóstico de una enfermedad psiquiátrica grave. Max tiene una forma grave de psicosis llamada trastorno esquizoafectivo —le explica la doctora, y hace una pausa—. En esta categoría entran menos del uno por ciento de todos los pacientes psiquiátricos.

Danielle está aturdida.

—¿Max es esquizofrénico?

—En parte. Sin embargo, la esquizofrenia no tiene el componente de trastorno del estado de ánimo que tiene el trastorno esquizoafectivo —dice Reyes-Moreno, y señala una pila de papeles que hay sobre su escritorio—. He seleccionado una serie de artículos que la ayudarán a entender los retos a los que se enfrenta Max. Brevemente, le diré que el trastorno esquizoafectivo llega a su punto máximo durante la adolescencia y el comienzo de la edad adulta. Los trastornos severos del desarrollo social y emocional de Max, agravados por el síndrome de Asperger, continuarán durante toda su vida. Probablemente, siempre será un riesgo para sí mismo y para los demás, y tendrá que ser hospitalizado con frecuencia. Por desgracia, Max muestra prácticamente todos los síntomas que se describen en el Manual de diagnosis y estadística de los trastornos mentales de la Asociación Americana de Psiquiatría: delirios, alucinaciones, pensamiento y habla desorganizados, comportamiento catatónico, anhedonia, abulia...

Danielle se obliga a respirar.

—¡Esto es una locura! Max nunca ha tenido los síntomas que está describiendo.

Reyes-Moreno agita la cabeza.

—Tal vez no cuando está con usted. Sin embargo, nuestros registros diarios en la historia clínica reflejan con claridad esos síntomas. Usted debe de haber visto algunas señales. A menudo, los padres niegan la realidad hasta que el niño se desmorona por completo, como en este caso.

—Yo no niego la realidad —dice Danielle, que nota las mejillas ardiendo—. ¿Está segura de que esos síntomas no los ha causado la sobredosis que le dieron?

—No —responde Reyes-Moreno, cabeceando con tristeza—. Estos problemas vienen de largo, y son más duraderos. Lo que no sabemos es si hay antecedentes de trastornos psiquiátricos en su familia, o en la familia del padre de Max. Como he dicho, él tendrá que pasar temporadas largas en el hospital, debido a ataques psicóticos recurrentes y episodios violentos que hemos observado y anticipado. Por desgracia, con cada uno de estos ataques, la memoria y la relación de Max con la realidad se deteriorarán cada vez más, y eso agravará su esquizofrenia. Será imposible que tenga trabajo ni que viva de manera independiente. Además, habrá que estar siempre vigilante, porque existe la posibilidad de que intente suicidarse. Max es completamente consciente de que tiene problemas mentales, y creemos que es lo que le ha empujado a considerar que el suicidio es la única opción para él –explica la doctora. En sus ojos hay una tristeza real–. Por lo tanto, le recomendamos que Max sea enviado a nuestras instalaciones residenciales durante un año, como mínimo; seguramente, más tiempo. Se le someterá a una psicoterapia extensa para ayudarle a aceptar su condición.

Danielle está luchando por asimilar todo lo que le está diciendo Reyes-Moreno, pero es como intentar asimilar la noticia de que tiene cáncer terminal. Su mente está paralizada. Niega con la cabeza.

–Danielle –le dice Reyes-Moreno suavemente, tendiéndole la mano–. Por favor, deje que la ayudemos a enfrentarse a esto.

Ella retrocede bruscamente y le lanza una mirada asesina a Reyes-Moreno.

–Déjeme en paz. No lo creo. No lo creeré nunca.

Reyes-Moreno continúa hablando. Su voz es inflexible.

–Al principio es muy duro... terriblemente grave en este caso... opciones de residencia a largo plazo... algunas medicinas... Abilify, Saphris, Seroquel... nuevas terapias de electroshock...

Danielle solo puede pensar en que quiere salir de allí. Corre hacia la puerta sin mirar atrás, pero no encuentra el pomo. Necesita abrir.

–Danielle, por favor, escuche...

–No, no voy a escuchar esto.

Consigue abrir y sale al pasillo. Encuentra un baño y se encierra en él. Vomita en el inodoro. Es presa del pánico. Si cree lo que le han dicho, entonces todo lo horrible y oscuro que se le ha pasado por la mente en los momentos más deprimentes, y que ha negado vehementemente, es cierto. Si cree lo que le dicen, Max no tendrá vida.

Durante un momento se permite sentir eso. Es como una

lengua de lava que devasta su alma. Se obliga a incorporarse y se mira en el espejo. Tiene unas ojeras negras y la cara hinchada de miedo. Es la madre de un niño loco. La madre de un niño sin esperanza. Maldice a Dios por la preciosa luz azul que le ha dado esa misma mañana. Lo maldice por lo que le ha hecho a su hijo. Piedras, piedras, todo piedras.

−Ya basta −dice.

Tiene que pensar, tiene que mantener la cabeza clara y encontrar una solución. Se lava la cara con agua fría e intenta respirar, pero los hospitales psiquiátricos son como aspiradoras. Se supone que uno no debe respirar aire fresco, ni sentir el sol en la cara. Se supone que has de estar en un lugar donde no está el resto de la gente. Un lugar donde puedas ser controlado cada minuto. Donde puedan observarte, y drogarte, donde estés lejos de la gente normal. Un lugar siempre pintado de blanco. Un lugar que te reduce, que borra la parte enferma de ti y, junto a ella, la parte que te hace humana y valiosa, la parte que te permite sentir y dar alegría. Un mundo silencioso, cerrado herméticamente. Un lugar que no te protege de las cuchilladas del mundo, pero sí protege al mundo de tus cuchilladas. Un lugar donde puedes mirarte a un espejo y ver la verdad, una verdad que te aprisiona de por vida.

Se agarra a la porcelana fría del lavabo y vuelve a mirarse al espejo. No se va a rendir. No puede. Max la necesita.

Sin embargo, el espejo le dice que no hay marcha atrás. No hay vuelta al momento en el que ella creía que alguien iba a poder arreglarlo todo, o en el que ella misma podría hallar la manera de arreglarlo todo. No puede volver al momento en que vio por primera vez su cuerpecito perfecto y suave, ni recuperar la alegría de los ojos del bebé la primera vez que ella lo tuvo en brazos y observó su sonrisa y su inocencia. Mientras el espejo se convierte en un borrón frente a ella, la mujer y el bebé desaparecen. El bebé queda hecho añicos. Hay que cubrir aquel espejo con un paño negro.

Ha habido una muerte en la familia.

trece

    Danielle se despierta de un sueño profundo e inútil, de los que no permiten descansar y están llenos de formas grotescas y de eventos inconexos y sin propósito. Cuando abre los ojos se da cuenta de que los latidos de su corazón son erráticos. Siente pánico, y se pregunta sin alguien la está persiguiendo. El pánico se transforma rápidamente en puro terror. Piensan que Max tiene una enfermedad mental irremediable. Su primer impulso es correr hacia él y abrazarlo. Pero no puede hacerlo; todavía no. Si Max la ve, sabrá que sus miedos son reales, que ella también piensa que está loco. Y ella no quiere que él sienta eso por nada del mundo.

    Ha estado la mayoría de la noche despierta, pensando en todo lo que le ha dicho Reyes-Moreno. Danielle sigue sin creérselo, en especial los comportamientos extraños que le atribuyen a Max, comportamientos que ella no ha visto nunca. Por mucho que lo analice, no puede admitir que Max sea lo que ellos dicen que es. Sin embargo, ¿y si está equivocada? El lado derecho de su cerebro le dice que la negación es siempre la primera respuesta de un padre que recibe la devastadora noticia de que su hijo es discapacitado. Tiene que hacer todo lo posible por alejarse de la incredulidad instintiva, o de la parálisis, o del sentimentalismo. Tiene que ser una abogada, y descubrir los hechos en los que ellos han basado su diagnóstico. Cuando encuentra la dirección correcta, es mejor investigadora que ninguna otra persona que ella conozca.

Se levanta, se pone unos vaqueros, una camisa y un jersey gris. Por primera vez desde que llegaron a aquel horrible lugar, sabe exactamente lo que tiene que hacer.

Danielle se agacha junto al muro de la unidad Fountainview y se da un manotazo en el cuello para matar los mosquitos que le están picando. El aire nocturno es asfixiante, y la hierba alta forma un nido a su alrededor. La puerta trasera de metal la mira fijamente, como si supiera cuáles son sus intenciones.

No puede creer que esté haciendo algo así. ¿Y si la atrapan con las manos en la masa? Además, todo esto suscita otra pregunta: ¿Qué clase de madre se mete a escondidas en un psiquiátrico, andando a gatas en medio de la oscuridad, como si fuera una pervertida? Danielle mira a su alrededor, mientras reza por que a ninguno de los guardias de seguridad se le ocurra que aquel es el momento perfecto para hacer una ronda. Mira el reloj. Son las diez y cincuenta y dos minutos. Solo hay una enfermera en el turno de noche. A las once suele salir a fumar a la parte delantera del edificio, hasta que llega su novio y la manosea con entusiasmo en un rincón oscuro. Si Danielle tiene suerte, desaparecerán en el bosque durante quince minutos, tiempo que requieren, aparentemente, para consumar su pasión salvaje. Ella lo sabe porque se ha colado a menudo para mirar por la ventana de la habitación de Max por la noche, solo para verlo dormir. Eso le ha servido para quitarse la espina de las escasas visitas que le ha permitido Maitland.

La puerta espera, pero Danielle está paralizada. Se siente como si fuera un asunto de vida o muerte. Puede averiguar más información sobre Max, o darse la vuelta, volver a su habitación y no saber nunca por qué en Maitland dicen que su hijo está loco. El día anterior pidió los datos en los que han basado el diagnóstico de Max, pero Reyes-Moreno se los negó. Ella sabe que presentar una demanda no le serviría de nada; los servicios jurídicos del hospital siempre encontrarían la manera de ocultar la información. Lo ha visto muchas veces. En ese momento, decidió que tenía la justificación para obtener la información por sí misma.

De todos modos, vacila. Está desesperada por obtener esa información, pero, ¿justifica la desesperación el hecho de violar la ley? Por otra parte, si no averigua en qué se han basado para hacer el diagnóstico de Max, nunca sabrá si tiene algún valor. Eso es intolerable.

Danielle se saca del bolsillo trasero del pantalón una tarjeta de plástico con el logotipo de Maitland. La ha robado aquel mismo día del mostrador de las enfermeras. Respira profundamente y la inserta en la caja negra que hay en la puerta metálica. Oye un clic.

Se desliza por una rendija de la puerta. Ahora que ha cruzado la línea, lo que está haciendo le parece perfectamente natural, como si hubiera cometido allanamientos durante toda su vida. La luz es extraña e inquietante, porque la han atenuado para no alterar el sueño de los pacientes, y a Danielle le pone el vello de punta. Escruta el pasillo, y después se cuela en un pequeño despacho. Lo primero que hace es meterse debajo de la cámara de seguridad, que está en un rincón de la sala, y la inclina hacia arriba. Después pone la linterna sobre la mesa del ordenador y la cubre con su pañuelo de seda rojo. La enciende, y al instante, la linterna baña la habitación con una suave luz rosada. Hay material de oficina en un rincón, y las estanterías están llenas de libros de texto.

Danielle se sienta frente al monitor y ve una eme grande y blanca girando por la pantalla. Después de un instante, aparece un cuadro de mensaje. Hospital Psiquiátrico Maitland. Se forma un cuadro más pequeño que le requiere la contraseña. El cursor parpadea en un espacio vacío. Danielle la teclea sin el menor problema. Cuando Marianne sacó el tema de la seguridad en Maitland, porque no se sentía del todo satisfecha con él, Danielle averiguó que las enfermeras de la unidad de Fountainview escriben la contraseña diaria en un Post-it y lo pegan debajo del mostrador. Marianne contó con desdén que Maitland se enorgullecía pensando que su sistema de seguridad era completamente fiable. Dijo que en el hospital de una ciudad grande no tolerarían tanto descuido.

Después de teclear el código, Danielle intenta ignorar las horribles consecuencias a las que se enfrentaría si la sorprendieran en este momento. Es una abogada que está cometiendo un delito, y si su bufete lo averigua, el menor de sus problemas será si llega a ser socia o no. Las autoridades le retirarían la licencia para ejercer la abogacía y su carrera terminaría. No podría pagar los tratamientos de Max. Intenta apartarse de la cabeza todos aquellos pensamientos. Solo le quedan diez minutos para terminar su tarea, siempre y cuando la pareja siga retozando entre los árboles.

Sus uñas son como castañuelas sobre las teclas. Los mensajes se suceden en la pantalla, y ella los va sorteando hasta que aparece el nombre de Max, su unidad y su habitación en la parte superior de la pantalla. También aparecen su identificación de paciente y la fecha de admisión. Debajo de esos datos hay anotaciones que, seguramente, son transcripciones de las notas manuscritas que han tomado los médicos, las enfermeras y el resto de los encargados. Ve las iniciales de Fastow, de Reyes-Moreno y de la enfermera Kreng, y algunos nombres que no le resultan familiares, y que seguramente forman parte del equipo de Max. Danielle lee la primera anotación y se apoya en el respaldo bruscamente. Algo va muy mal. Comprueba el nombre en la parte superior del monitor. Max Parkman. Vuelve a leer.

6º día: P. violento; agr. con personal. Amenaza a otro p. con violencia física; tiene que ser reducido; continúa con el nuevo protocolo de med; alucinaciones paranoides; psicosis; 20 mg Valium cuatro veces al día. Centrarse en relación ma-hijo rabia/negación. JRF.

Danielle espera hasta que se le pasa la impresión. ¿Alucinaciones paranoides? ¿Psicosis? ¿Cómo han podido decidir si

Max es psicótico en tan pocos días? Ella no ha visto ni la más mínima señal de eso en sus visitas diarias. ¿Y lo de «Centrarse en relación ma-hijo»? El hecho de que Fastow sugiera que puede haber algo dañino en su relación con Max le resulta devastador. Repasa el día en que Max ingresó en Maitland. ¿Cómo actuaron el uno con el otro? Por supuesto, él estaba enfadado con ella, y nervioso, y por supuesto, se enfureció con Dwayne cuando el celador le obligó a entrar en la unidad. Max estaba muerto de miedo; eso tenía que ser algo normal en el día de ingreso de los pacientes. Sigue leyendo.

12º día: Incidente en la cafetería. P. pierde el control en la cola de la comida. Golpea niño; insulta camarero; tira bandeja. Reducido; devuelto a unidad; destructivo en habitación; aislamiento/sedación. Post: P. tiene brotes psicóticos; posible trastorno esquizoafectivo y delirio de negación (debido la depresión y desrealización del paciente). Los episodios ocurren solo por la noche. P. no recuerda al día siguiente. Tricíclicos/inhibidores no efectivos; considerar terapia electroconvulsiva. RM.

A Danielle se le escapa un jadeo. ¿Delirio de negación? ¿Terapia electroconvulsiva? Nadie le ha dicho ni una palabra de aquello, ni siquiera Reyes-Moreno cuando le dio a conocer el diagnóstico. Se le pasa una idea por la cabeza: ¿Se están inventando aquello? No, no puede ser. Es una locura. Sin embargo, ¿por qué no le ha contado nadie lo que le ha estado sucediendo a Max? ¿Con cuánta frecuencia lo han sedado, aparte de la ocasión en que le administraron una sobredosis? ¿Y cuántas veces lo han mantenido incomunicado? Reyes-Moreno solo lo ha mencionado una vez. Danielle se imagina a Max tendido sobre el suelo de una habitación acolchada, maniatado. Todo aquello le parece más una escena siniestra de *Alguien voló sobre el nido del cuco* que el modus operandi de uno de los hospitales psiquiátricos más respetados del país.

¿Y por qué no mencionan el síndrome de Asperger ni una sola vez? ¿Acaso ahora la psicosis supera al autismo? Danielle ni siquiera puede asimilar la última frase. No va a permitir que le sometan a un electroshock. Tiene que sacarlo de allí inmediatamente.

Solo le quedan unos minutos. Lee unas cuantas anotaciones más hasta que llega a la de aquel mismo día.

Reunión del equipo. P. habilidoso ocultar síntomas a ma. Admite que no ha mencionado pensamientos psicóticos. Tendencias violentas p. amenaza verdadera para sí mismo/para otros. P. experimenta alucinaciones auditivas/visuales/táctiles. Continúa amenazando con el suicidio. Diagnóstico: Trastorno esquizoafectivo, psicosis...

La pantalla se apaga de repente, y la habitación se oscurece.
Danielle se queda paralizada con las manos sobre el teclado. Alguien debe de haber descubierto que falta una tarjeta del mostrador, y está intentando que se delate asustándola. Se levanta de un salto y se golpea la cadera con la esquina de la mesa.

—Maldita sea...

Pega la oreja a la puerta y abre una rendija para mirar hacia fuera. El pasillo está completamente oscuro; Danielle no ve ni oye nada. Cierra suavemente y se mete debajo de la mesa. Aunque tiene el corazón en la garganta, consigue pensar. Apaga el ordenador. No quiere que la señora de la limpieza vea la información de Max en la pantalla al día siguiente. Apaga también la linterna, toma el pañuelo y se guarda la tarjeta en el bolsillo. Después sale al pasillo. No hay nadie.

Recorre el pasillo palpando la pared para guiarse. Cuando llega a la puerta de salida, asoma la cabeza y mira el paisaje. No parece que la estén buscando. Todas las luces de Maitland están apagadas; debe de haberse producido un apagón general. Todo está muy oscuro, salvo unos cuantos edificios que emiten un brillo verdoso. Deben de ser los generadores de emergencia. Danielle va de puntillas hasta la esquina del edificio, y oye unas voces. La enfermera corre hacia allí desde los árboles, pero a su amante no se le ve por ningún sitio.

A Danielle le late el corazón a tanta velocidad que siente náuseas y terror al mismo tiempo. Claramente, no está hecha para el delito. Es hora de rendirse o de huir. Cuando pierde de vista a la enfermera, echa a correr a toda velocidad. Los haces de luz de una linterna danzan a su alrededor; sus vaqueros oscuros y el jersey gris no son precisamente de camuflaje, pero tendrán que valer.

–Malditos ciervos –dice alguien a su espalda, gruñendo–. Son como ratas. Están por todas partes.

Danielle llega hasta unos árboles y se esconde. La luz se aparta e ilumina Fountainview. Ella se agarra el pecho y jadea. Aunque parece que tiene vía libre, se agarra a un árbol y no se mueve durante una hora.

catorce

Danielle está esperando en la sala de reuniones de Maitland, sentada junto a la enorme mesa en forma de U. Está impaciente por que comience la entrevista. En esa ocasión, ella va a tener la última palabra.

Su primer impulso después de hacer aquellos descubrimientos tan extraños la noche anterior fue ir a buscar a Max y sacarlo de allí, pero tras una reflexión, se dio cuenta de que aquello podía ser contraproducente. Lo que leyó la noche anterior ha aumentado su confusión. No sabe cómo interpretar las observaciones sobre un Max que no conoce. Aquella mañana, al leer un mensaje de Reyes-Moreno en el que la doctora le preguntaba si ya había tomado la decisión de ingresar a Max en la residencia del hospital, a Danielle se le ocurre una idea, y le responde a la psiquiatra que antes de dar ese paso, necesita una reunión cara a cara con todo el equipo.

Danielle mira el reloj. En pocos minutos tendrá que enfrentarse al grupo. Ya ha decidido que, digan lo que digan, va a llevarse a Max a Nueva York. Allí se pondrá en contacto con el doctor Leonard y le pedirá que derive a su hijo a otro especialista para obtener una segunda opinión médica. No está dispuesta a dejar ahí a Max sin una confirmación externa e irrefutable de que el diagnóstico de Maitland es correcto.

Pero, ¿y si es correcto? Tiene la sensación de que ha perdido su destacada habilidad para organizar los hechos, que le resulta tan ventajosa como abogada. Intenta de nuevo poner en orden todas las posibles situaciones que se suceden en su cabeza. Si Max es verdaderamente psicótico, ¿cómo es posible que ella nunca haya percibido ninguna señal? ¿No habría dicho o hecho algo que la hubiera puesto sobre aviso?

Entonces recuerda el día que encontró el diario de Max, y su complicado plan de suicidio, algo de lo que ella no había sospechado nada. También recuerda aquella pregunta horrible que le hizo su hijo al principio de aquella pesadilla: «¿Qué hacemos si me dicen que estoy loco de verdad?». Tal vez Max, a medida que empeoraba su estado, hizo todo lo posible por parecer normal para no verse condenado a quedarse en Maitland indefinidamente.

Danielle recuerda la anotación en la que se decía que los brotes psicóticos de Max se producían por la noche; eso podría ser la explicación de que por la mañana, según decía Reyes-Moreno, cuando ella iba a ver a su hijo, él no recordara nada de lo que había sucedido. Danielle había atribuido el agotamiento de Max al sopor producido por los medicamentos, pero podría ser consecuencia de sus… ataques nocturnos.

También le resulta asombroso que, pese a aquel diagnóstico tan negativo y aquellas malditas anotaciones, parece que Max está mejorando, por lo menos durante los pocos minutos que ellos dos pueden estar juntos por las mañanas. Danielle solo puede aplicarle eso a una variable: Fastow. Cumpliendo su petición, él le envió la lista de los medicamentos de Max. Todos le resultan familiares, y sus efectos secundarios, predecibles. Tal vez es un genio de la psicofarmacología, como dijo Marianne.

Danielle ha tomado el teléfono unas veinte veces para contarle a Georgia cuál ha sido el diagnóstico, y pedirle que vaya a su lado para darle apoyo moral, pero eso lo haría todo demasiado real. Y tiene el deseo, incluso más fuerte, de hablar con Marianne de todo aquello, debido a que su amistad se está haciendo sólida. Sin embargo, tiene miedo de que la carrera médica y los conocimientos de psiquiatría, por no mencionar los recientes encuentros de Max con Jonas, no le dejen otra opción a su amiga que decirle que acepte el diagnóstico de Maitland. Danielle no puede soportar eso. Por encima de todo, quiere explorar los problemas con Max, pero eso es imposible por el momento. Si el miedo que siente Max a perder la cordura por completo ha aumentado tanto que el niño no quiere otra cosa que matarse, entonces ella no puede arriesgarse a explorar la oscuridad de su mente.

Intenta concentrarse. Lo primero es averiguar por qué Maitland tiene la desfachatez de exigir que Max sea ingresado para someterlo a un tratamiento indefinido, con terapia de electroshock sin su conocimiento, y mucho menos sin su consentimiento. Ya está redactando mentalmente la solicitud de medidas cautelares para detener las intenciones de Maitland.

Aquella noche, Danielle ha hecho una búsqueda en Internet sobre la terapia de electroshock. Lo que ha averiguado le ha causado terror: se provocan ataques en el cerebro por medio de breves descargas de alto voltaje y corriente alterna. Eso, supuestamente, modifica los neurotransmisores que causan las enfermedades mentales graves. Existe riesgo de daños cerebrales, ataques, hemorragias, pérdida de memoria permanente, y riesgo de muerte. La explicación termina con la advertencia de que el uso de esta terapia es muy controvertido hoy en día. No es de extrañar.

–Señora Parkman –dice Reyes-Moreno con una sonrisa.

Danielle está a punto de devolverle la sonrisa, hasta que recuerda la anotación en la que se cuestiona su capacidad emocional para adaptarse a las situaciones, y su relación con Max. ¿Es ella la que ha escrito todas aquellas mentiras?

–Hola, doctora –dice con frialdad.

El resto del grupo, incluido Dwayne, va entrando en la sala. Mientras se sientan, Danielle se recuerda que hay todo tipo de tribunales en la vida, todo tipo de adversarios.

Reyes-Moreno se sienta en la cabecera de la mesa. Fastow

se sitúa a su izquierda y observa a Danielle con sus ojos gélidos y desagradables. No acerca la silla a la mesa, como si quisiera aumentar su desconexión y su desprecio con respecto a esa reunión. Ella no soporta a ese sujeto, por muy genio que sea. Los otros médicos toman asiento y miran en el interior de sus carpetas.

–¿Comenzamos? –dice Reyes-Moreno.

–Por supuesto.

–Danielle –dice la psiquiatra, mirándola directamente y con sinceridad–. Entiendo que ha solicitado esta reunión porque tiene ciertas dudas sobre la validez de nuestro diagnóstico colectivo –antes de que Danielle pueda decir nada, alza ligeramente la mano–. También entiendo que es reticente a firmar la documentación necesaria para dejar a Max a nuestro cuidado durante un año.

–Exacto. Quiero una explicación detallada de los motivos por los que el equipo ha llegado a la conclusión de que mi hijo es esquizoafectivo y psicótico.

Reyes-Moreno asiente comprensivamente.

–Danielle, le he dado ya una explicación sobre los motivos de nuestro diagnóstico. Tal vez estaba demasiado disgustada como para asimilarlos completamente. ¿Hay algo que no entienda? Se lo explicaremos todo.

–No, doctora –dice ella–. Lo que quiero es una copia del expediente de Max, con todas las anotaciones y observaciones sobre las que han basado este diagnóstico.

Reyes-Moreno pierde la sonrisa.

–Me temo que eso no es posible.

–¿Por qué no?

–No es que nosotros no queramos acceder a su petición, sino que no podemos hacerlo –dice con calma la psiquiatra, pero también con firmeza–. Estoy segura de que, como abogada, está al tanto de que el expediente de Max está protegido por el secreto médico. Aunque tenemos que explicarle el diagnóstico de Max, no tenemos la libertad de revelarle nuestras observaciones. Por supuesto, si está convencida de que necesita documentación para confirmar el diagnóstico, la insto a que utilice los medios legales apropiados.

—Por supuesto que lo haré.

Si quieren ser implacables, muy bien. Presentará la demanda y conseguirá los documentos de Max.

—Entonces, ¿qué van a explicarme ahora sobre el extraordinario diagnóstico de mi hijo?

—Estamos aquí para responder a cualquier pregunta relacionada con el protocolo de medicación de Max, las posibilidades de tratamientos fututos o la naturaleza del trastorno esquizoafectivo. Francamente, estamos muy preocupados por su reacción ante el diagnóstico de Max. Queremos ayudarla a aceptarlo, para que Max pueda ingresar y comenzar el tratamiento. Y para ello, me gustaría programar algunas sesiones con usted esta semana.

Danielle frunce el ceño.

—¿Conmigo? ¿Por qué?

Reyes-Moreno la mira de nuevo fijamente, con calma.

—Para asegurarnos de que, antes de que se vaya, pueda ayudar a Max a enfrentarse a su enfermedad en el contexto de su relación.

Danielle ignora el comentario sobre su inminente partida.

—¿Tiene alguna pregunta específica sobre mi relación con Max?

—Creemos que es algo que requiere un análisis más profundo.

—Pero no está dispuesta a decirme por qué.

Reyes-Moreno vacila por primera vez. Es algo como una ligera fisura en su compostura.

—En este momento no. Podemos hablar de ello cuando presentemos el protocolo para Max, dentro de unas semanas.

«Y un cuerno», piensa Danielle. Está claro que no va a obtener nada más de aquella tribu, y no le importa nada la magnífica reputación de Maitland. No es suficiente. Va a despedirse con aplomo, de modo que pueda sacar a Max de ese lugar.

—Doctores, quiero que sepan que les agradezco mucho todo lo que han hecho —dice Danielle, y saluda a Reyes-Moreno y a los demás. Todos le devuelven el gesto.

Ya está. Lo ha dicho. Es sensata, y siente mucha gratitud.

—No es mi intención ofenderlos, pero no puedo estar de acuerdo con sus conclusiones añade—. Max y yo nos marcharemos esta tarde.

Pone ambas manos sobre la mesa para indicar que la reunión ha terminado y que, aunque no han llegado a un acuerdo, se separan amistosamente.

–Danielle –dice Reyes-Moreno–, nosotros sabemos que no está de acuerdo con nuestro diagnóstico. Lo que parece que no entiende es que se encuentra en un estado de negación de lo que le ocurre a Max. No puedo permitir que saque a Max del hospital, cuando hemos llegado a la conclusión de que puede suicidarse en cuanto salga de aquí, por no mencionar su psicosis, que va en aumento, y la gravedad de sus ataques violentos hacia los demás. No voy a exponerme a que el hospital sea objeto de las demandas legales que podrían producirse por ese motivo, y que estarían justificadas. Tampoco voy a poner en peligro la salud mental de Max, ni su vida, dejándolo bajo su custodia.

Danielle abre mucho los ojos.

–¿Está diciendo que yo soy la culpable, o que Max no está a salvo conmigo? O tal vez es que nadie haya tenido nunca el valor de cuestionar un diagnóstico de los eminentes médicos de Maitland, incluso cuando no hay bases para ese diagnóstico.

Se hace el silencio. Todos los doctores tienen los ojos pegados a sus papeles. «Cobardes», piensa Danielle. Uno de los internos comienza a decir algo, pero Reyes-Moreno inclina ligeramente la cabeza. El médico se detiene, como si fuera un cachorrito bien adiestrado.

–Señora Parkman –dice la psiquiatra con suavidad–, la invitamos a que solicite una segunda opinión. Sin embargo, debe hacerlo inmediatamente. Estamos intentando decirle que su negativa a aceptar el diagnóstico tal vez le esté causando más perjuicios a su hijo que la propia enfermedad, que ya es lo suficientemente grave.

Danielle se enfurece.

–¿Quiere decir que no conozco a mi propio hijo? ¿Que soy tan egoísta que no estoy dispuesta a aceptar la verdad para poder dañar más a mi hijo?

–Francamente, nos resulta muy perturbador que no haya percibido las señales de advertencia. Se trata de un trastorno progresivo, y usted debería ser consciente de ello.

−¿Qué señales? Max ha sido tratado por psiquiatras muy reputados mucho antes de venir aquí. Ninguno de ellos sugirió nunca que pudiera ser violento, y mucho menos esquizoafectivo. Y nadie, salvo su equipo, ha conspirado para atar a mi hijo, meterle un trozo de plástico en la boca y darle una descarga eléctrica de cuatrocientos cincuenta voltios al cerebro −dice Danielle, y señala con el dedo índice a Reyes-Moreno−. Olvídese de pleitos, doctora. Va a ir a la cárcel −añade, y se encamina hacia la puerta.

−Max no solo tiene tendencias suicidas. Es peligroso −dice la psiquiatra.

Danielle se da la vuelta y la atraviesa con la mirada. El resto del equipo permanece inmóvil.

−¿Cómo?

−Max ha perdido el contacto con la realidad. Está convencido de que Jonas Morrison lo ha estado torturando. Cree que hay una voz en su cabeza que le advierte de que Jonas tiene un plan secreto para hacerle daño y matarlo.

−¡Eso es absurdo! −Danielle cruza la habitación y se queda frente a Reyes-Moreno−. ¿De veras esperan que me crea eso? ¿Qué quieren conseguir con estas mentiras monstruosas?

Reyes-Moreno se alarma.

−No tengo idea de a qué se refiere...

−Sabe perfectamente de qué estoy hablando. ¿Cómo sabe que Max cree que ese niño quiere matarlo? ¿Acaso se lo ha dicho mi hijo en una sesión secreta? −Danielle ha perdido toda la paciencia. Se inclina hacia delante y posa ambas manos en la mesa de una fuerte palmada. El sonido hace que la doctora retroceda. Danielle se adelanta hacia ella, de manera que su rostro queda a centímetros del de la psiquiatra−. ¿Por qué no me dice qué demonios está pasando aquí, doctora? Tiene todos los visos de ser una conspiración.

Reyes-Moreno se retira justo en el momento en que Dwayne se pone en pie y agarra a Danielle de los brazos. La doctora se levanta. Está muy agitada.

−Danielle, necesita tratamiento psicológico inmediatamente.

Danielle se aparta de Dwayne con una risa áspera.

–Ni lo sueñe. Cuando ustedes terminaran conmigo, estaría echando espuma por la boca y ladrándole a la luna –dice. Después añade, mirando fulminantemente a la médico–: Fírmele el alta a mi hijo inmediatamente, ¿me oye? Y si no tengo esos informes dentro de una hora, le traeré una orden judicial para que me los entregue. ¿Estoy hablando con claridad?

Reyes-Moreno no se inmuta.

–¿No está dispuesta a pensarlo mejor?

–No.

Reyes-Moreno se sienta, saca un documento de su carpeta y se lo entrega.

–Siento decir que habíamos previsto su reacción –dice. Danielle toma el papel y lo lee de arriba abajo–. Esta mañana hemos obtenido una orden de alejamiento contra usted. No puede acercarse a Max –dice con calma–. Espero que entienda que lamentamos mucho haber tenido que tomar estas medidas para protegerlo.

Danielle responde con la voz endurecida.

–¿Qué mentiras le han dicho al juez sobre mí? ¿Es consciente de que las injurias están penadas? ¿Se preocupan tan poco por la verdad como se preocupan por el bienestar de sus pacientes?

Reyes-Moreno agita la cabeza.

–No sé de qué está hablando. De cualquier modo, eso debe planteárselo a un juez.

–No se preocupe por eso. Tengo intención de defender los derechos de Max, y los míos, en un tribunal. Pero ahora mismo voy a llevarme a mi hijo de aquí.

Reyes-Moreno arquea una ceja.

–¿Va a desobedecer el mandato judicial?

La mente legal de Danielle analiza a toda velocidad los argumentos y la probabilidad de éxito si lucha contra esa orden. Piensa en las escuelas, en los directores, en los psiquiatras de Maitland, en las cicatrices que tiene en los brazos. Y además, ahora están también los informes absolutamente negativos sobre el comportamiento perturbado de Max y la negativa de ella a aceptar los hechos. ¿Qué juez no le daría la razón a Maitland? El pobre chico necesita desesperadamente el cuidado que le pueda proporcionar esa institución tan impecable, y necesita estar alejado de la lunática de su madre. Danielle no tiene pruebas creíbles que darle al juez y, después de su estallido, no tiene posibilidades de conseguirlas. No tiene testigos, salvo quizá Marianne, que puedan hablar en su favor. Y aunque Marianne testificara que Danielle es una buena madre, ella tiene miedo de que al ver las anotaciones, su amiga la inste a aceptar el diagnóstico de Maitland. Por no mencionar que Marianne estaría obligada a narrar los ataques violentos de Max hacia Jonas.

El mandamiento judicial tiene una validez de diez días, y después habrá una vista sobre esa orden de alejamiento, que tendrá efecto hasta que se celebre un juicio. Danielle tendrá que esperar. Ella presentará su propia demanda y una explicación bien razonada de los motivos por los que ha quebrantado la orden. Hay una cosa de la que está bien segura: no va a dejar a Max allí.

Danielle mira a Reyes-Moreno a los ojos. No tiene sentido echarse un farol. La psiquiatra tiene cara de jugar bien al póquer, y ha visto su mano. Danielle es buena abogada porque sabe cuándo callar. Esta es una batalla, no la guerra. Su objetivo más inmediato es sacar de allí a Max, tomar un avión y volver a Nueva York.

—¿Tenemos su consentimiento? —pregunta Reyes-Moreno.

—Por supuesto que no —dice Danielle—. Voy a pedir una segunda opinión, y quiero que me dé una declaración por escrito de que cooperará enteramente con la persona a quien yo elija, incluyendo la entrega de un informe de su diagnóstico y todas las observaciones en que se han basado. Y la quiero hoy, ¿entendido?

Da un portazo al salir.

quince

A Danielle le da vueltas la cabeza. Pese a su fanfarronería delante de Reyes-Moreno y de los demás médicos, siente pánico mientras se aleja del edificio. Debe controlarse. No puede dejarse vencer por el miedo y la desesperanza. Tiene que pensar en la forma de sacar de allí a Max sin que la arresten. No sabe qué le han hecho a su hijo, pero no es el mismo Max a quien ella llevó a ese hospital. Si está precipitándose en la locura de verdad, ha empezado a ocurrir desde que llegaron a ese espantoso hospital. Danielle ya no tiene dudas sobre su propio juicio de las cosas. Se queda inmóvil y después se dirige hacia el edificio blanco.

Tiene que ver a Max. No le importa que haya una orden de alejamiento temporal. Va a entrar en su habitación y se va a quedar con él. No se va a marchar de su lado hasta que compruebe con sus propios ojos si su hijo está loco o no. Sin embargo, tampoco tiene ningún motivo para provocar otra confrontación. Mira el reloj al torcer la esquina hacia la entrada trasera. Son casi las once y media. Eso significa que las enfermeras han puesto en fila a sus pacientes y los han llevado hacia la cafetería para comer. No volverán hasta dentro de media hora, o quizá más. Cabe la posibilidad de que Max haya ido con ellas, pero ella lo duda. Sabe, por las interminables horas que ha pasado en la sala de espera de la unidad, que a algunos pacientes los dejan durmiendo en su habitación, sobre todo a los que han tenido un cambio de medicación significativo. Como Max.

Entra en el edificio y lo encuentra vacío. Recorre el frío pasillo y abre la puerta de la habitación de Max. La cama está revuelta, pero vacía. Ve las sábanas retorcidas y un hueco en la almohada, y entonces se da cuenta de que hay algo nuevo. Unas gruesas correas de cuero marrón que cuelgan de la estructura de metal de la cama. Esas correas son para atar las muñecas de su hijo. ¿Cuánto tiempo llevan tratándolo así? ¿Lo hacen solo por las noches, o también durante el día? A Danielle se le encoge el corazón. Mira en el baño, pero también está vacío. Corre por el pasillo y encuentra todas las puertas cerradas. Justo antes de llegar al vestíbulo, ve que la de Jonas está entreabierta. La empuja y entra en la habitación.

La visión que abarca su mirada es dantesca, indescriptible. Se tapa la boca con ambas manos para no gritar. Hay salpicaduras de sangre que manchan las paredes hasta el techo. Jonas está tendido en la cama, ensangrentado y lleno de agujeros. Sus preciosos ojos azules se han vuelto vidriosos y están clavados en el techo. Danielle tiene que contener las ganas de vomitar. Se acerca y le toma la muñeca. Percibe un olor nauseabundo y nota la sangre fresca mojándole los dedos.

—Oh, Dios, Jonas, por favor... —gime. El niño no tiene pulso. Danielle lo agarra por los hombros y lo atrae hacia sí—. Respira, Jonas. Por favor, no te mueras.

Su cuerpo está caliente, y su olor dulce se mezcla con el de la sangre. Ella le palpa la arteria carótida, pero no le encuentra el pulso. Tiene que pedir ayuda. Tal vez todavía quede una oportunidad. Está a punto de presionar el botón para llamar a las enfermeras cuando lo ve.

Está inmóvil, en un charco de sangre ennegrecida. Está en posición fetal, y tiene los ojos cerrados.

—¡No! —Danielle se agacha sobre él y le hace girar, y le toma la cara con ambas manos. Comienza a agitarlo—. ¡Max! ¡Max!

Le busca el pulso desesperadamente, y nota las pulsaciones fuertes y constantes. Está vivo. Vivo. Entonces, comienza a buscar heridas en su cuerpo, pero no halla ninguna. La sangre es de Jonas, no suya. Entre gemidos de angustia, Danielle lo agarra para sacarlo de allí para conseguir ayuda… entonces, ve algo más.

Su hijo tiene algo en la mano, algo plateado y siniestro. Es su peine de metal, y está manchado de sangre, como el resto de la habitación. Ciega de pánico, Danielle le rasga la camiseta. Max se despierta brevemente y se agarra a ella. Intenta hablar, pero vuelve a quedarse inconsciente. Danielle le arranca el peine de la mano y lo limpia. Se mete el peine y la camiseta en el bolso. Agarra a Max por los brazos y arrastra su cuerpo por el suelo ensangrentado, y va dejando un rastro rojo por el camino. Están a pocos pasos de la puerta, cuando alguien la abre.

La enfermera Kreng está en el umbral. Su chillido acaba con el silencio, y el blanco de su uniforme grita «asesinato» contra el espantoso rojo de las paredes.

segunda parte

dieciséis

Al principio todo era azul. Lo veía a su alrededor, y por encima de ella, mientras iba desde la cárcel hacia al juzgado, flanqueada por una policía y su abogado de oficio, para comparecer ante la jueza y que esta decidiera si le concedía la libertad bajo fianza. Tal vez el cielo continúe igual, y el mundo también, pero su vida ha cambiado para siempre. Tiene la sensación de que su piel se ha vuelto gris; lleva cuatro días en una celda sin cielo, sin aire, sin Max. A estas alturas, su hijo debe de estar aterrorizado. A él lo han acusado de asesinato, y a ella, de varios delitos, entre ellos, de complicidad en el crimen y obstrucción a la justicia.

Increíblemente, consigue la libertad bajo fianza. Por lo menos, ahora puede intentar sacar a Max de Maitland; la jueza ha ordenado que permanezca allí hasta la siguiente vista. Danielle no sabe qué le aterroriza más, si la idea de que Max siga en Maitland o el hecho de saber que a los dieciséis años pueden considerarlo adulto y enviarlo a la cárcel del condado hasta que se celebre el juicio. Si lo declaran menor de edad, por lo menos no estará rodeado de criminales curtidos. Todo depende de la vista de dentro de diez días. Ella no es capaz de superar la conmoción. Es una pesadilla.

La única llamada de teléfono que hizo Danielle aquel día horrible fue a Lowell Price, el socio principal de su bufete. Como era de esperar, él se quedó aturdido y espantado al saber que habían arrestado a Max por el asesinato de otro niño, del paciente de un psiquiátrico, nada más y nada menos. Por suerte, ella consiguió hablar con él antes de que la historia llegara a oídos del *Times*. Durante la breve conversación, Danielle le pidió algo que no había pedido nunca: ayuda. Y en cualquier momento le llegará esa ayuda en la persona del abogado Sevillas. Danielle está sentada en su oficina, en Des Moines, esperando. Su secretaria le ha dicho que se va a retrasar un poco; seguramente está defendiendo a otro criminal. A Danielle le tiemblan las manos. Tiene que sacar a Max, y también a sí misma, de aquel endemoniado lío.

La puerta se abre. Danielle se gira y, por un momento, ve con horror los ojos marrones de un hombre a quien conoce, y con quien ha compartido una apasionada intimidad. Tony se queda inmóvil en la puerta, con la mano en el pomo.

—Dios mío, ¿Lauren? —pregunta, y la cara se le ilumina con una enorme sonrisa mientras camina hacia ella. Antes de que Danielle se dé cuenta, está entre sus brazos—. ¿Cómo me has encontrado? Bueno, me alegro de que lo hayas hecho. Como cancelaste la cena, pensé que...

—¡Oh, Tony! —Danielle estalla en sollozos y agita la cabeza. Él la estrecha contra sí y le susurra cosas maravillosas e ininteligibles al oído. Ella se aferra a su cuello y esconde la cara en su camisa blanca. Su olor, que ya le resulta familiar, hace que llore con más fuerza.

—Tranquila, Lauren. Sea lo que sea, deja que te ayude —dice él.

La toma por los hombros y la aparta ligeramente de sí, lo suficiente para mirarla a los ojos. Irradia una seguridad y una calma que la tranquilizan un poco. Respira profundamente y consigue hablar.

—No me llamo Lauren.

salvar a *max*

Él se queda sorprendido durante un segundo, pero se recupera rápidamente.

—Entiendo. Pero eso no puede ser lo que te tiene tan disgustada.

—No, no lo es —dice ella. Camina hasta la silla que hay frente a su escritorio y añade—: Por favor, Tony, siéntate. Tengo una larga historia que contarte.

Sevillas mira su reloj.

—Lo siento, pero va a venir una clienta. Llegará dentro de unos minutos.

Danielle niega con la cabeza.

—No lo entiendes. Ya está aquí.

Él se queda desconcertado, y después palidece.

—¿Quieres decir que...

—Yo soy Danielle Parkman.

Tony se hunde en su silla, sin apartar los ojos del rostro de Danielle.

—No puede ser.

Ella se siente avergonzada.

—Me temo que sí.

—¿Me estás diciendo que es tu hijo el chico al que han acusado de asesinar a ese niño en Maitland?

—Mi hijo no ha matado a nadie, Tony. Por favor, créeme.

Él mira el montón de alegatos que tiene sobre el escritorio, y después vuelve a mirarla a ella. Por su expresión, se nota que se siente traicionado, y también alarmado.

—Quiero creerte, pero por Dios, Laur... Danielle —en ese momento suena el interfono, y él responde con aspereza—: No quiero ninguna interrupción.

—Tony...

Él alza la mano. Está visiblemente angustiado.

—Lo primero que tengo que decidir es si puedo representaros a ti o a tu hijo, teniendo en cuenta nuestra... relación.

—Oh, Tony. Por favor. Tienes que ayudarme. Siento muchísimo haberte mentido. Siento...

—Todavía no puedo tomar una decisión —dice él con tirantez—. El sentido común me dice que no me meta en esto.

—Pero...

—Te diré lo que decida después de conocer todos los hechos. Así pues, vamos a zanjar los prolegómenos —Tony abre un cajón de su escritorio y saca de él un sobre blanco. Se lo entrega a Danielle, y ella lo toma y desliza los dedos bajo el cierre—. Tengo entendido que eres abogada —dice él secamente—. Por lo menos, tu bufete te respalda.

—Sí —murmura ella.

Lowell la informó de que, aunque el bufete iba a pagar su fianza y no la iba a despedir por el momento, está en excedencia sin sueldo, lo cual significa que van a esperar al resultado del juicio para echarla. Lowell también le dijo que el bufete no haría declaraciones a la prensa y que, por su propio bien, ella no debe intentar ponerse en contacto con ninguno de sus colegas. Ella sabe que quiere protegerla, por si acaso se incrimina a sí misma con algo que les confiese a Georgia o a otros a quienes pueda llamarse a testificar en el juicio. También sabe que nadie del bufete quiere verse remotamente involucrado en un sórdido juicio por asesinato. Mira a Tony.

—Lowell Price es un buen hombre.

Él frunce el ceño.

—¿Price? Conmigo no se ha puesto en contacto nadie llamado Price.

Ella termina de abrir el sobre y saca una tarjeta. En ella hay unas palabras escritas, y una firma en trazos negros. *Demuestra que tengo razón. E. B. M.*

—¿E. Bartlett?

El hecho de que sea él quien ha intervenido en su favor le resulta tan incomprensible como su habilidad para conseguir que los socios accedan a pagar su fianza.

—Bartlett. Ese es el hombre con quien hablé. Un tipo listo.

Danielle lo mira con ironía mientras se guarda la tarjeta en el bolso.

—Sí lo es.

—También me dijo que eres honrada en extremo.

Ella lo mira fijamente.

—Sí.

—Claro que lo eres... Lauren —dice él. Tiene cara de cansancio, como si deseara que ella no fuera como todos los demás acusados, que proclaman su inocencia por un acto reflejo. Su voz adquiere un tono distante–. Antes de que entremos en materia, quiero repasar la situación.

Danielle asiente. Se ha quedado asombrada por el cambio de actitud. Ahora, sus ojos marrones tienen una mirada fría y profesional. Él se pone unas gafas y comienza a buscar entre los papeles que tiene en el escritorio.

–Vamos a ver cuáles son los términos de tu libertad bajo fianza. La orden de alejamiento de Maitland te prohíbe acercarte al hospital y a tu hijo. Dentro de diez días, sus abogados conseguirán que la orden tenga vigencia hasta que termine el juicio.

Ella empieza a hablar, pero él levanta una mano.

–Lo sé –dice–. Quieres ver a tu hijo. Sam, ¿no?

Ella enrojece.

–Max.

–¿Max? –pregunta él, y la mira con frialdad–. Por desgracia, el hecho de que quebrantaras esa orden el mismo día que se dictó, y el hecho de que seas la madre del principal sospechoso del asesinato de un enfermo mental, no me dejan argumentos para conseguir que te permitan verlo. Y teniendo en cuenta que te sorprendieron intentando huir de la escena del crimen con tu hijo, tampoco tengo argumentos para asegurar que no hay riesgo de fuga.

–No me importa lo que me hagan a mí, pero tienes que conseguir que me dejen ver a Max –dice ella, y se le quiebra la voz–. Debe de estar aterrado. Se despertó lleno de sangre, lo arrestaron y lo metieron en una celda. Después lo llevaron al juzgado y lo devolvieron a Maitland, y todo esto, sin que él supiera dónde estaba yo, o si lo había abandonado.

Él niega con la cabeza.

–Sabes que no puedo hacerlo.

–Tony, te lo ruego. Max ha estado muy... enfermo. ¿Y si esto le lleva al límite? No me lo perdonaría nunca –dice Danielle, y se tapa la cara con las manos, entre sollozos. Cuando por fin consigue dejar de llorar y alza la vista, la mirada de Tony se suaviza por un momento.

–Vas a tener que esperar –dice en voz baja–. Yo voy a verlo

hoy, y después te diré qué tal está. Después intentaré conseguir conversaciones telefónicas, pero no te hagas ilusiones.

—Oh, Tony, gracias.

—Ahora deberíamos concentrarnos en la acusación de asesinato.

Danielle respira profundamente.

—De acuerdo.

—Antes, sin embargo, quiero dejar bien claras las restricciones de tu libertad condicional —dice él, y ella no le recuerda que es abogada. En ese momento es solo una acusada, como su hijo—. Te encontraremos un apartamento alejado de Maitland para evitar a la prensa, pero no vas a alejarte más del radio de ochenta kilómetros que se estipula en la orden judicial —dice—. Francamente, me asombró que te concedieran la libertad condicional dada la naturaleza del delito, y teniendo en cuenta el hecho de que te encontraran en la escena del crimen, intentando huir con el sospechoso en brazos.

Danielle siente la mirada de Tony clavada en ella. Baja la vista y observa el dispositivo de fibra de carbono que tiene alrededor del tobillo. El LED azul parpadea de una manera inquietante. El abogado de oficio le ofreció el uso del dispositivo a la jueza como alternativa, cuando la jueza estaba a punto de denegar la libertad condicional. La tobillera funciona en conjunción con un panel computerizado que el sheriff de Plano instalará en su nuevo apartamento. Si ella se aventura más allá del límite de ochenta kilómetros, o intenta cambiar el panel de sitio, el dispositivo alertará simultáneamente a la comisaría y al juzgado. Danielle solo puede estar en Des Moines en este momento porque se le permite visitar a su abogado. Tony debe avisar por teléfono, de antemano, de estas visitas.

La orden es clara, y no permite ni una sola infracción. Si Danielle quebranta este mandato, será encarcelada y su fianza de quinientos mil dólares, que ha depositado su bufete, será revocada. Ella cruza el tobillo libre sobre el que lleva el dispositivo, e intenta imitar el tono profesional de Tony. Ahora, él es su abogado, no su amante.

—¿Podemos hablar de su acusación contra Max? Estoy impaciente por conocer tu estrategia, y tengo algunas ideas al respecto.

Sevillas arquea una ceja.

–No te preocupes –dice ella rápidamente–. Sé que no conozco las leyes penales, pero aprendo muy rápido y soy buena abogada. Tal vez puedas pensar en mí como ayudante.

Él frunce el ceño.

–Lo siento, Danielle, pero yo no trabajo así. Creo que tú pensarías lo mismo si yo fuera tu cliente e intentara decirte cómo debes llevar un caso civil. No sería beneficioso para Max, ni para ti. Además, si voy a representarte a ti también, porque todavía no he decidido si necesitas un abogado distinto, es esencial que no parezca que tú estás involucrada en la defensa legal de tu hijo.

Danielle se inclina hacia delante.

–Tony, te pido que hagas una excepción. Te prometo que respetaré tu estrategia. Pero estamos hablando de la vida de Max, y tengo que involucrarme.

Él la mira con dureza.

–Mira, llevo mucho tiempo ejerciendo y, sinceramente, los abogados son mis peores clientes. Lo saben todo, o peor aún, saben lo suficiente como para ser peligrosos. He de tener la última palabra, o no hay trato.

–De acuerdo –dice ella en voz baja.

–Entonces, vamos a los hechos, ¿de acuerdo? –dice él. Abre una carpeta de cuero y traza una línea en la mitad de un folio. Escribe el nombre de Max en la parte izquierda del papel. Ella trabaja de la misma manera. A un lado pone lo que dice el cliente; al otro, escribe lo que seguramente es la verdad.

–El fiscal del distrito me ha dado su versión de lo ocurrido –explica Tony–. Está respaldado por el informe policial y por las declaraciones de varios empleados de Maitland. Mañana nos enviará la caja negra.

Danielle lo mira sin comprender.

–Es su caja de preciadas posesiones. Una lista de las pruebas, de las declaraciones... todo lo que, por ley, deben revelar a la defensa.

Ella asiente.

–Te voy a resumir la acusación del Estado contra vosotros dos –Sevillas mira una hoja mecanografiada y pasa el dedo por ella hasta que llega a un párrafo concreto–. Primero, Max y tú vais a Maitland para que le hagan unas pruebas diagnósticas a tu hijo, y tú te haces amiga del difunto y de su madre. Te niegas repetidamente a volver a Nueva York mientras Maitland le hace las pruebas a Max y, en numerosas ocasiones, interfieres en la labor de los médicos y el personal. Estos sucesos están documentados y reflejan lo que Maitland ha denominado tu comportamiento «cada vez más errático y desequilibrado».

Tony se apoya en el respaldo de la silla y continúa en un tono lacónico.

–Te prohíben ver a tu hijo más de una vez al día hasta que hayan concluido las pruebas. De todos modos, tú te niegas a marcharte y te pasas el día en la sala de espera que hay junto a la unidad de tu hijo. La mayor parte del tiempo estás sola con el difunto y su madre.

Tony toma aire y pasa una página.

–Ahora, Max. Cuando llega a Maitland, tiene claras tendencias suicidas. Tiene una depresión clínica, y no responde al tratamiento psiquiátrico tradicional. A partir de ese momento, su estado mental se deteriora rápida y profundamente. Comienza a tener alucinaciones auditivas y visuales, y se vuelve psicótico. Piensa que el difunto quiere matarlo, y se vuelve violento. Max ataca varias veces a la víctima, hasta el punto de que el niño necesita atención médica en dos ocasiones. Max pierde el contacto con la realidad de una forma tan acusada que el personal se ve obligado a atarlo, sobre todo por las noches.

–Tony, deja que te explique...

Sevillas hace su gesto con la mano para que ella mantenga silencio.

–Cuando te dicen que tu hijo padece trastorno esquizoafectivo, tú rechazas el diagnóstico de plano, y después te niegas a que Max permanezca en Maitland para que pueda recibir el tratamiento psiquiátrico que necesita para impedir que se suicide o agreda a terceros, sobre todo al difunto. Al día siguiente exiges tener una reunión con el equipo médico de Max y, según los que asistieron a esa reunión, te pones hecha una furia, comienzas a hacer acusaciones extrañas y amenazas violentamente a una de las psiquiatras más respetadas del país, tal vez del mundo.

—¡No fue así!

Tony la ignora y continúa con una voz completamente desprovista de emoción.

—Sales hacia la unidad de Fountainview y te encuentras a Jonas Morrison muerto en su habitación. Tu hijo está inconsciente en el suelo, cubierto de sangre del difunto. Se acusa a Max, de manera convincente, de que mató a Jonas apuñalándolo brutalmente con un peine de metal de cinco púas. En total, el forense contó trescientas diez punciones, y teniendo en cuenta el agrupamiento de las heridas, eso equivale a sesenta y dos apuñalamientos. Además, el niño presenta una herida en la arteria femoral, que está rasgada. Cuando llega la enfermera, te encuentra arrastrando a tu hijo ensangrentado fuera de la habitación, intentando escapar con él, y con todas las pruebas relevantes, el arma homicida y la ropa de Max, metidas en el bolso.

Sevillas cierra la carpeta de cuero y alza la vista. Mira a Danielle con cansancio.

—Tengo que decirte que esto tiene tan mala pinta como parece —dice—. Claramente, el arma homicida que estaba en la habitación fue la que causó la muerte de la víctima. El historial violento de Max con Jonas, y el hecho de que tu hijo pensara que la víctima quería matarlo, proporcionan el móvil. No hay pruebas de que exista otro sospechoso. Es poco probable que un jurado de Iowa le tenga simpatía a una abogada de Nueva York que ha intentado huir con su hijo y con el arma homicida, y menos a un joven que ha asesinado brutalmente a un paciente de Maitland, un hospital que le da trabajo a unos trescientos habitantes de Plano —dice—. Siento ser tan rotundo, pero tienes que saber que nadamos contracorriente desde el primer día.

Danielle se agarra a los brazos de la silla. Tiene que contener una náusea. Todo es horrible. ¿Cómo puede empezar a dar explicaciones sobre Max y sobre sí misma? Es muy importante que se sobreponga al miedo y aborde todo aquello como una abogada. Y debe convencer a Tony de que Max no mató a Jonas, para que él presente una defensa tan convincente que ningún jurado esté dispuesto a declararlo culpable. Ni siquiera va a pensar en las acusaciones contra ella; lo más importante es Max. Sin embargo, ¿por qué iba a creerla Tony? Desde que se conocieron, no ha hecho otra cosa que mentirle. Y ahora va a mentirle otra vez. Debe usar todos sus poderes de persuasión para convencerlo de que fue otro quien mató a ese niño.

Y de que el asesino no es su hijo.

–¿Y bien? –pregunta Tony.

Danielle se inclina hacia delante y comienza a hablar.

–Mira, Tony, puedo rebatir todas las declaraciones. Pero tienes que entender una cosa: Max no mató a ese niño. Sé que todo parece horrible, pero puedo explicar lo que ocurrió. Sí, estaba muy enfadada cuando salí de la reunión con Reyes-Moreno y fui a Fountainview a ver a Max, pero él no estaba en su habitación. Pensé que estaba en la cafetería con los demás pacientes. Cuando me marchaba, me di cuenta de que la puerta de Jonas estaba abierta, y me asomé a mirar. Su madre y yo somos buenas amigas. ¿Te lo han dicho?

Tony se encoge de hombros.

–Continúa.

A Danielle le tiembla la voz.

–No puedo describirte el espanto que era aquella habitación. Todo estaba lleno de sangre. Y el pobre Jonas... Lo agarré para ver si todavía estaba vivo, pero era demasiado tarde. Estaba a punto de ponerme a gritar para pedir ayuda cuando vi a Max en el suelo, cubierto de sangre. Pensé que estaba muerto. Yo... me agaché y le busqué el pulso. Estaba inconsciente, pero vivo.

–¿Dónde estaba el peine?

Danielle respira hondo. No tiene elección.

–Estaba en el suelo, en un charco de sangre.

Tony frunce el ceño.

–¿Y qué hiciste entonces?

–Como no podía despertar a Max, y ninguno de los empleados me oía gritar, intenté sacar a mi hijo de la habitación para pedir ayuda. Con toda aquella sangre, no sabía si Max también había sido apuñalado.

–¿Y cómo terminó el peine en tu bolso?

–Estaba convencida de que el asesino también tenía planeado

matar a Max, pero yo lo había interrumpido. Tomé el peine y me lo metí en el bolso porque tenía miedo de que volviera y nos matara a los dos.

–¿Y la camiseta de Max?

–Se la rasgué cuando estaba intentando comprobar si tenía alguna herida. No recuerdo haberla metido en el bolso, pero supongo que lo hice. Estaba frenética.

Él toma algunas notas, y después se detiene y la mira.

–A propósito, ¿tienes idea de cómo terminó tu peine en la habitación del hijo de la señora Morrison?

–No, no tengo idea –dice ella–. Siempre lo llevaba en el bolso. Debió de sacarlo alguien, o se me cayó en alguna parte.

–¿Dejaste el bolso desatendido por ahí?

–No.

–¿Recuerdas habérselo prestado a alguien?

–No.

–¿Recuerdas la última vez que lo usaste?

–No.

–¿Podría habérsete caído en la habitación del niño en algún momento?

–Tal vez –dice ella–. Entraba y salía de esa habitación casi todos los días, cuando iba a ver a su madre.

–Pero no recuerdas haberlo perdido.

–No.

–¿Recuperó el conocimiento Max entre el momento en que tú lo encontraste y el momento en que llegó la enfermera?

–No.

–¿Viste a alguien más en la unidad?

Ella niega con la cabeza.

–Era la hora de comer. Normalmente, a esa hora los empleados están con los pacientes en la cafetería, como ya he dicho. Que yo sepa, solo dejaban a Max y a Jonas en su habitación. Puede que hubiera otras personas. Eso es algo que tenemos que investigar.

–Ummm –murmura él–. ¿Por qué dejaban a tu hijo y al otro niño en su habitación?

Danielle se encoge de hombros.

–Max está siendo sometido a un cambio de medicación. Normalmente dormía a la hora de comer.

—¿Y la víctima?
—Eso tendrás que preguntárselo a los empleados.
—Que no hablarán con nosotros hasta que comience la investigación formal. El fiscal se encargará de ello. Y seguro que eso no ocurrirá antes de la vista —responde él—. ¿Dejaban sin vigilancia a esos niños? Eso parece una irresponsabilidad.
—Puede que hubiera alguna enfermera en esa planta. No lo sé. Pero se aseguraban de que los niños no pudieran moverse libremente. Tenían a Max amarrado con correas a la cama, y había una cámara de seguridad en su habitación. Alguien la inutilizó, desabrochó las correas y arrastró a Max a la habitación de Jonas.

Sevillas la mira con escepticismo.

—O la enfermera de servicio olvidó ponerle las correas a Max, y él desvió la cámara de seguridad, te robó el peine del bolso y apuñaló a Jonas hasta matarlo —dice. Danielle empieza a hablar, pero Sevillas la interrumpe—. No me digas que él no pudo inutilizar la cámara. Eso es exactamente lo que ocurrió en la habitación de Jonas.

Ella lo fulmina con la mirada.

—Eso no es lo que pasó.

Él se apoya lentamente en el respaldo de la silla.

—No creo que puedas hacer esa afirmación, teniendo en cuenta que Max se puso violento con Jonas en varias ocasiones, y que tenía el convencimiento de que Jonas quería matarlo. Parece mucho más probable que Max actuara guiándose por sus alucinaciones psicóticas y matara a Jonas antes de que Jonas lo matara a él.

Ella aprieta la mandíbula.

—¿Y lo hizo mientras estaba inconsciente?

Tony se encoge de hombros.

—No sabemos cuándo perdió Max el conocimiento. Pudo ser después de matar a Jonas.

Ella ni siquiera pestañea.

—O antes de que el asesino arrastrara su cuerpo inconsciente hasta la habitación de Jonas, con la intención de matar a Jonas e inculpar a Max.

—No sabremos lo que pasó hasta que tengamos ocasión de

hablar con Max −dice él−. Aunque Maitland ha documentado que Max no es consciente en absoluto de sus actos durante estos brotes psicóticos.

Danielle cabecea.

−Yo no creo en las anotaciones clínicas de Maitland.

−¿Y por qué motivo?

Ella se contiene. No es el mejor momento para confesar que entró en uno de los ordenadores de Maitland para leer información confidencial del expediente de Max.

−Solo por un presentimiento que tengo.

−Los presentimientos no son pruebas −dice él, y Danielle nota que le arden las mejillas. Tony se cruza de brazos y la observa atentamente−. Bueno, ¿y tienes alguna idea de quién puede haber hecho esto? Has tenido tiempo para pensar en ello.

A Danielle se le encoge el estómago. Ha pensado en pocas cosas desde el momento en que encontró a Max en el suelo, con el peine en la mano. Sólo ha podido pensar en que Max estaba vivo. Y eso es todo lo que está pensando en ese momento.

Además, es posible que haya otro sospechoso, aparte de Max. Danielle no se ha sacado esa idea de la manga. En la cárcel, mientras pensaba en aquella horrible escena por enésima vez, de repente recordó que había percibido la forma de una silueta pasando fugazmente por la ventana de Jonas, justo después de haber visto a Max en el suelo. Inmediatamente después del caos y el horror de encontrar muerto a Jonas, y a Max ensangrentado e inconsciente, Danielle solo tenía en la mente fragmentos inconexos de lo que había presenciado. Sin embargo, después, cuando ya la habían arrestado y estaba sentada en su celda, en silencio, cerró los ojos y se concentró en aquella silueta. La vio a través del cristal borroso, antes de que la forma desapareciera.

En ese momento, Danielle se hace la misma pregunta que se hizo en la cárcel: ¿Vio de verdad a aquel fantasma, o está desesperada por haberlo visto? Aunque no pueda creer que Max haya matado a Jonas, no sabe si está alterando el pasado para negar las afirmaciones de Maitland sobre Max. Además, no puede olvidar que encontró a Max con el peine en la mano.

Agita la cabeza. Como madre, es incapaz de creer que su hijo haya cometido un asesinato. Lo conoce mejor que nadie, y está segura de que tiene que haber otro sospechoso, el verdadero asesino. Si no lo hay, entonces solo queda lo impensable: Max pasará el resto de su vida en un hospital psiquiátrico, o en la cárcel, sin ella. No, no puede pensar en algo así, por muy desequilibrado y violento que sea según Maitland. Danielle suspira. Si un cliente le contara a ella semejante historia, ella no se la creería, y Tony tampoco se la creerá. No importa. Aunque se esté engañando a sí misma y no haya otro sospechoso, deben elaborar una defensa que pueda crearles dudas a los miembros del jurado, dudas suficientes como para que absuelvan a Max. Eso parece casi imposible, teniendo en cuenta las pruebas materiales que hay contra él, incluso con la información esencial que ella ha ocultado.

Sus siguientes pensamientos son como espinas. Todas sus convicciones y sus valores, que había proclamado inmutables, han cambiado con un solo suceso, en un solo momento de su vida. Es abogada y cree en el sistema legal, con todas sus virtudes y sus defectos. Es humana, y distingue entre el bien y el mal. Tiene el deber de decir la verdad, aunque esa verdad ponga en peligro la vida de su hijo.

Hay otro dilema moral que debe tomar en consideración, y que le produce repugnancia hacia sí misma. Si no encuentran al verdadero asesino, se verá obligada a decidir si fabrica pruebas para incriminar a personas inocentes. No pretende que condenen a ninguna otra persona, pero sí quiere crear dudas razonables sobre la culpabilidad de Max, para que lo absuelvan. Solo puede rezar para que encuentren al culpable. De no ser así, no sabe si cruzará la línea y cometerá lo que para ella es un pecado mortal. Pero está dispuesta a ir al infierno por Max.

Antes de que Danielle pueda hablar, suena el teléfono. Tony murmura unas palabras y cuelga.

—Mira, antes de que sigamos adelante, me gustaría involucrar a alguien más.

—¿A otro abogado?

Él sonríe.

–No. Se llama Doaks. Es un policía retirado y que ahora trabaja de investigador privado. Como nuestra posición es que Max no cometió el asesinato, vamos a necesitar a alguien de primera que sepa dónde están enterrados todos los huesos. Alguien que tenga contactos en la policía local.

Danielle se da cuenta de cómo ha construido Tony la frase. La inocencia de Max se enmarca en una posición legal, no en la verdad.

–Me parece buena idea. ¿Has trabajado antes con él?

Sevillas asiente.

–Lo conozco desde hace treinta y cinco años. Nos criamos juntos en Plano. Es un poco tosco y un poco áspero, pero es el mejor. Es exactamente lo que necesitamos.

–Entonces, llámalo.

Sevillas se pone en pie y camina hasta la puerta.

–Voy a decirle a mi secretaria que me dé el número, y tú puedes escuchar la conversación. Pero tengo que advertirte una cosa: le llama al pan, pan, y al vino, vino.

–Lo entiendo.

Sevillas le señala un documento que hay en el escritorio.

–¿Por qué no miras eso? Yo vuelvo en un minuto.

Danielle se pone en pie y se acerca a él rápidamente. Quiere acariciarlo, quiere que entienda lo que siente por él. Él se mueve como si fuera a abrazarla, pero se detiene.

–Tony, yo…

–Danielle –dice él en voz baja–. Creo que deberíamos concentrarnos en la defensa de Max, y en la tuya. El resto es demasiado… complicado.

–Lo sé –susurra ella–. Sin embargo, tienes que saber que la noche que pasamos juntos fue real, que fue… verdadera. Pero yo tenía demasiado miedo a dejarte entrar en mi vida.

Sus ojos marrones recobran la calidez. Él se inclina hacia delante y le da un beso en la frente.

–Te creo –dice, y retrocede mientras cabecea–. Esto es una locura. Debe de ser la primera vez en mi vida que me he enamorado tanto y tan deprisa. Y, por supuesto, esa mujer tenía que ser una de las acusadas en un caso de asesinato con la defensa más complicada que he visto –añade. Entonces, la abraza. Danielle siente el calor de su susurro en el cuello–. No estoy seguro de cómo van a salir las cosas, pero quiero que sepas que voy a hacer todo lo que pueda. En cuanto a lo demás... tal vez solo fuera una noche maravillosa. En ese caso, será un recuerdo que siempre conservaré.

Con esas palabras, él vuelve hacia la puerta y desaparece.

Danielle se deja caer sobre la silla, sin fuerzas, y se tapa la cara con las manos. Comienza a llorar silenciosamente. Intenta controlar el pánico, que es enorme ahora que Tony ha expuesto con objetividad los hechos. Respira profundamente. Max... Debe pensar solo en Max. Se concentra en la sonrisa de su hijo, en sus ojos grises, en la curva de su mejilla. Poco a poco, recupera el control.

Cuando va a tomar el documento que Tony le ha pedido que lea, ve un artículo en una esquina del escritorio. *Reforma de la Ley del Menor en Iowa: ¿Demasiado jóvenes para la pena de muerte?* Mira hacia la puerta, que continúa cerrada, y se mete el artículo en el bolso. Después lee el documento, que resulta ser la acusación de Max: *El Estado de Iowa contra Maxwell A. Parkman.* Siente de nuevo un terror que la deja entumecida. Pasa la mirada, frenéticamente, por las hojas, y siente un alivio abrumador al constatar que no hay petición de pena de muerte.

Sin embargo, un pensamiento negro se abre paso por su cerebro: No es que no le vayan a pedir al jurado que lo condene a muerte.

Es que no lo han hecho todavía.

Sevillas le lleva una taza de café y se sienta tras su escritorio.

–¿Lista?

Ella toma un sorbo y asiente.

–Por supuesto.

–Allá vamos –dice él, y aprieta un botón.

Danielle oye un ruido de cristales rotos a través del interfono, y una imprecación.

–¿Por qué carajo se casa uno? Mierda de figuritas. Tenía

que haberlas tirado todas cuando la eché de aquí –dice alguien, y después, se produce otro ruido, como si esa persona estuviera barriendo cristales en un suelo de madera. Después parece que se abre una lata de cerveza. Danielle arquea las cejas. Sevillas se encoge de hombros. Después de varios segundos, alguien gruñe al teléfono–: Aquí Doaks, y mejor será que se trate de algo interesante.

Sevillas sonríe, y Danielle se apoya en el respaldo de la silla.
–¿Qué tal, amigo?
–Demonios, sabía que tenía que haber desconectado el teléfono –dice, y se oye un sorbido–. Sea lo que sea, no estoy.
–Vaya, Doaks –dice Sevillas–, ¿es que no puede enterarse un viejo amigo de cómo le trata la vida a lo mejor de todo Plano?

Doaks se carcajea.
–No tienes tiempo para eso, listo. Siempre que abro el periódico veo tu fea cara en algún juzgado, después de haber salvado a algún príncipe de la cárcel. Además, si me estás llamando, es que no hay nadie más en quien puedas confiar.
–Intuitivo, como siempre –dice Sevillas.
–Ni hablar –responde Doaks–. Ya no me dedico a eso. ¿Es que no te enseñaron esa palabra en la universidad? R-e-t-i-r-a-d-o.
–Vamos, Doaks. Ni siquiera sabes por qué te estoy llamando.
–No hay que ser un genio. Necesitas un detective privado, eso es lo que necesitas.
–¿Y si tienes razón?

Doaks se echa a reír.
–Te diría que te fueras a la mierda. Como he hecho mil veces.
–Vamos, sabes que lo echas de menos.
–Sí, claro. Todas las mañanas me despierto deseando haberme pasado toda la noche metido en el coche con un café frío, persiguiendo a algún idiota. Olvídalo.
–Solo esta vez, amigo –le dice Sevillas–. Necesito al mejor, y ese eres tú.
–Ya –dice Doaks. Después se oye el inconfundible sonido

de una lata de cerveza cuando la estrujan. Danielle casi puede oler la cerveza–. Vamos a engatusar al viejo Doaks para ver si puede hacer lo que no son capaces de hacer esos otros idiotas, que encima cobran más de lo que deben. ¿Es que te crees que soy tonto?

Sevillas suspira.

–¿Te has enterado del asesinato de Maitland?

El tono de voz de Doaks se vuelve cauteloso.

–¿Te refieres a ese chiflado que le hizo mil agujeros a un niño loco?

Danielle cierra los ojos. Suena incluso peor cuando lo dice ese hombre que cuando Sevillas lo expuso, poco tiempo antes. Ella enrojece de vergüenza.

Sevillas se vuelve hacia Danielle pidiéndole excusas con la mirada.

–Ten cuidado, Doaks, estás hablando del hijo de nuestra nueva clienta, la señora Danielle Parkman, abogada, que casualmente, está sentada frente a mí.

–Quítame del altavoz, idiota.

Sevillas finge que lo hace. Le guiña un ojo a Danielle mientras toma el auricular, y después vuelve a colgar.

–¿Mejor?

–Sí –gruñe Doaks–, pero de todos modos no voy a aceptar el caso.

–Este es diferente.

–Sí, claro. ¿Cuántas veces habré oído eso?

–Al niño lo mataron con un peine de metal.

–Una interesante elección de arma homicida –admite Doaks–. Pero no lo suficientemente interesante como para volverme loco. ¿Tienes algún otro sospechoso?

–Estás picando.

–Ni lo sueñes.

–Mira, John, sé que todavía tienes cuentas que arreglar con Maitland.

Hay una pausa.

–¿Y qué?

–No te llamo para pedirte que me devuelvas ningún favor...

–Pues lo parece.

—Sólo estoy intentando ayudarte.
—Y un cuerno. Necesitas a alguien que conozca bien ese antro, por dentro y por fuera.
—Por supuesto que sí —dice Sevillas, y pregunta—: ¿Qué tal está Madeleine?
Silencio.
—Ten cuidado, imbécil —dice Doaks, con una voz irritada, oscura.
Danielle arquea las cejas, pero no dice nada.
—Bueno, ¿vas a venir a mi despacho mañana por la mañana? —pregunta suavemente Sevillas—. Es cuando vamos a recibir la caja negra y a comenzar a planificar la defensa. ¿Y por qué no les preguntas por este asunto a tus colegas del Departamento de Policía de Plano esta misma tarde?
—No me digas cómo tengo que llevar una investigación —ruge Doaks—. Voy a ver la lección de golf de Johnny Miller esta tarde. Ni sueñes que voy a permitir que esta mierda estropee mi *swing*.
Sevillas se ríe.
—La venganza sabe mejor fría, Doaks.
—Que te den morcilla —gruñe el detective—. Acabas de estropear por completo un día estupendo.

diecisiete

A la mañana siguiente, Danielle sonríe a la secretaria de Sevillas y acepta el café y el donut que le ofrece. Cuando se cierra la puerta, se acomoda en su silla y observa el traje pantalón de color azul marino que se ha puesto esa mañana. Piensa que, salvo por el dispositivo de control que lleva alrededor del tobillo, es el día que más clara tiene la cabeza desde que ha comenzado toda aquella pesadilla. Está impaciente por empezar. A las nueve llegará Sevillas, y comenzarán a elaborar la estrategia de la defensa de Max, y de la suya también.

Intenta no dejarse dominar por la angustia y mira a su alrededor. En el suelo, junto a la mesa de Tony, hay una caja oscura. Está a punto de descifrar las palabras que hay escritas en la tapa cuando él entra en el despacho.

Lleva un traje gris de rayas, y da una imagen fresca y profesional. Se acerca a ella y le aprieta un hombro. El contacto con él es eléctrico.

–Buenos días –dice–. Tienes aspecto de haber dormido bien.

–Pues sí. Estaba más cansada de lo que pensaba.
Él se sienta en su silla y se sirve café de un termo.
–Es lógico.
–Tony, ¿has conseguido ver a Max? ¿Está bien? ¿Puedo verlo yo?
Él asiente.
–Sí a las dos primeras preguntas. No a la tercera.
Ella se queda consternada.
–Primero dime cómo está.
–Parece que está bien, pero está ansioso por ti y por la muerte de Jonas –dice–. Le he dicho que tú estás muy bien, y que yo iba a representaros a los dos, y que podría hablar contigo dentro de muy poco tiempo. Creo que cuando me fui se sentía mucho mejor.
–¿Puedo hablar con él?
–Te han concedido una conversación telefónica por día. Han admitido que es lo mejor para Max.
Danielle siente un enorme alivio.
–Oh, Tony, no sé cómo darte las gracias. ¿Puedo llamarlo ahora?
–Esta tarde. Y tienes que ser breve.
–¿Cuánto tiempo tendré?
–La jueza ha ordenado que la enfermera de servicio tenga la potestad de terminar la conversación cuando lo crea conveniente.
Danielle gruñe.
–La enfermera Kreng. No me dará ni cinco minutos.
Tony se encoge de hombros.
–No tenemos otra opción. Con suerte, podremos convencerlos de que nos concedan conversaciones más largas. E intentaré conseguirte un encuentro. Supervisado, por supuesto.
Ella respira profundamente.
–No es mucho, pero tendré que conformarme. Bueno, ahora háblame de tu visita.
Él le cuenta que Max se ha quedado horrorizado al conocer las acusaciones que pesan sobre ellos dos, y al saber que se celebrará una vista dentro de pocos días. Al ser interrogado, Max respondió rotundamente que no recordaba aquel suceso en ab-

soluto. Se puso a llorar de miedo, pero se calmó cuando Tony le aseguró que hablaría con él todos los días, y que Danielle iba a llamarlo muy pronto. Tony ha estado reunido con él durante una hora, porque Max no ha conseguido mantenerse despierto más tiempo. Estuvo con él hasta que se quedó dormido. Su voz se suaviza.

−Es un buen chico, Danielle. Haré todo lo posible para que vuelva a tu lado.

A ella se le llenan los ojos de lágrimas, y comienza a levantarse para ir hacia él.

−Oh, Tony, ¿cómo voy a soportar esto?

Él le señala la silla.

−Manteniéndote despejada y ayudándonos a elaborar una buena defensa −le dice, y ella vuelve a sentarse−. Y sin acercarte a mí, porque me harías imposible concentrarme.

Ella le devuelve la sonrisa.

−Como usted diga, abogado. ¿Por dónde empezamos?

Sevillas mira la caja que está junto a su escritorio.

−Por aquí mismo. En cuanto...

Se abre la puerta, y entra un hombre despeinado que lleva una camisa de golf y unos pantalones de algodón con una mancha de café en la pernera derecha. Tiene el pelo blanco y de punta. Su voz es muy ronca.

−Buenos días.

Danielle mira a Sevillas, esperando que le indique al individuo el camino de vuelta al ascensor. Sin embargo, Sevillas se levanta y sonríe.

−Doaks, me alegro de verte. Me gustaría presentarte a Danielle Parkman.

El hombre se gira hacia Danielle y le tiende la mano. Su gesto ceñudo se convierte en una sonrisa al instante, como si su cara ya estuviera acostumbrada.

−Me alegro de conocerla.

Estrecharle la mano es como apretar una lija.

−Buenos días, señor Doaks.

−Llámeme Doaks −le indica él−. Con eso vale.

Se acomoda en la silla de al lado, pasea la vista por el despacho y emite un suave silbido. Danielle sigue su mirada. No hay duda de que aquella estancia irradia poder, y también transmite sensación de riqueza. Los enormes ventanales ofrecen una vista panorámica del centro de Des Moines, y las cristaleras de los edificios cercanos reflejan la luz y la arrojan hacia la habitación. Las pareces acogen cuatro lienzos de arte moderno, de colores fuertes.

–Vaya, vaya –dice el detective–. Menudo garito te has agenciado.

–Gracias –dice Sevillas. Se quita la chaqueta del traje y deja sus gemelos en un cenicero de cristal. Después se remanga y mira los pantalones de Doaks con cautela, y le guiña un ojo a Danielle–. Las apariencias no lo son todo.

–Que te den –responde Doaks; después mira de reojo a Danielle y sonríe–. Disculpe. Algunas veces el chico se cree superior, y yo tengo que ponerle en su sitio –explica, y se dirige nuevamente a Sevillas–. ¿Hay café en este tugurio?

Sevillas aprieta el botón de su teléfono y se apoya en el respaldo de la silla. La secretaria les lleva una bandeja con más café, y en pocos minutos, Doaks ha consumido su primera taza y tiene la camisa llena de migas.

–Bueno, el tiempo vuela. Vamos a empezar.

Sevillas se gira hacia Danielle.

–Ya he puesto al corriente a Doaks sobre todo lo que tú y yo hablamos ayer, pero antes de que comencemos con la caja negra, me gustaría que él nos contara todo lo que averiguó del Departamento de Policía de Plano. ¿Doaks?

–Fue una conversación escabrosa, y yo necesito saber cuáles son las normas de circulación aquí. ¿Queréis que os cuente la verdad sin adornos, o lo edulcoro un poco?

–Quiero la verdad sin adornos. Soy abogada, señor Doaks, y soy más dura de lo que parezco. Sé que mi hijo y yo estamos en una situación muy difícil, y que necesitamos su ayuda y la del señor Sevillas. Así que, adelante.

Doaks mira a Sevillas, que asiente. Después, el detective clava sus ojos azules en ella.

–Yo solo tengo una norma –dice.

–¿Y cuál es?

–No me mienta. Si me dice la verdad, sin tonterías, nos llevaremos muy bien.

—Yo no miento, señor Doaks. Y mi hijo no es un asesino.
Doaks sonríe.
—Entonces, esto va a ser muy fácil.
Danielle señala la caja con un gesto de la cabeza.
—Empecemos a trabajar.
—De acuerdo. Ayer tomé una cerveza y jugué al billar con mi amigo Barnes.
—¿Quién es Barnes? —pregunta Danielle.
—Mi compañero de cuando yo estaba en el cuerpo —dice Doaks—. Él sabe que soy muy buen sabueso y que, sepa lo que sepa, yo terminaré sabiéndolo también. En resumen, Barnes sabe que yo vengo del mismo sitio que él: de la policía. Es como ser católico, señora. Cuando te agarran, eres suyo para siempre —afirma. Después mira al techo y continúa, como si fuera un monaguillo recitando el catecismo—: No voy a hacer un refrito de lo que Sevillas y usted hablaron ayer. Solo voy a explicar las pruebas materiales. Y no son favorables.

Danielle se pone tensa bajo la mirada de Doaks.

—Por si no fuera suficientemente nefasto que su hijo estuviera todo lleno de sangre en la habitación de la víctima, y que la encontraran a usted sacándolo a rastras de la escena del crimen, con el arma homicida en el bolso, hay otras cosas en nuestra contra, que seguro que están en esa caja de ahí —dice el detective, y extiende el dedo índice retorcido de su mano derecha—. En primer lugar, tienen grabaciones.

Danielle recuerda las cámaras blancas que vigilan todas y cada una de las habitaciones de Maitland. Oh, Dios. Eso significa que ya saben que Max tenía el peine en la mano antes de que ella entrara en la habitación, o que... Dios no lo quiera, que tienen la grabación de Max matando a Jonas. Pero si Max no lo hizo, entonces ellos deben saber quién fue. Intenta mantener un tono de voz calmado.

—¿Qué grabaciones?

Doaks se encoge de hombros.

—Tienen cámaras en todas las habitaciones y en las salidas. Mandan las imágenes al mostrador de enfermeras y al puesto de seguridad principal.

–Entonces, ¿nos estás diciendo que tienen grabado el asesinato? –pregunta Sevillas.

Danielle contiene el aliento. Doaks toma un sorbo de café.

–¿Esos idiotas? No, esa cinta está completamente vacía.

Ella recupera la respiración.

–¿Falló la cámara?

–Más bien, alguien la deshabilitó –dice él, y la mira con perspicacia.

A Danielle no le importa. Max está a salvo. Y una cinta en blanco es mejor que el hecho de que todo el jurado vea a Max con el peine en la mano. Por lo menos, la situación no es peor que hace unos minutos. Ella decide no pensar en lo rápidamente que ha sopesado la posibilidad de que esa cinta muestre a su hijo matando a Jonas. Cuando todo aquello termine, tal vez esa sea la trágica verdad. Tal vez sea ella la que está loca por negar la culpabilidad de Max, cuando las pruebas lo señalan de una manera abrumadora.

Doaks extiende el segundo dedo en el aire.

–Pero, según Barnes, las cintas que tienen son reveladoras. Max, a la caza del difunto y perdiendo la chaveta por las noches; usted, negando todo lo que le dicen los médicos. Pida algo; lo tienen –afirma el hombre, y mira a Danielle–. Necesitamos verlas todas. Juntos.

Ella asiente.

–Escuchad, tengo que deciros algo. Creo que vi a alguien fuera de la ventana de la habitación de Jonas mientras yo estaba allí.

Sevillas se inclina hacia delante con una mirada ávida.

–¿Quién era?

–No pude verle la cara. Fue solo una mancha de color, un borrón –explica Danielle, agitando la cabeza–. Lo siento. Solo podía concentrarme en Jonas y en Max.

Tony la observa con perplejidad.

–¿Y por qué no nos lo habías dicho antes?

–Porque no estaba segura.

–¿Y ahora sí lo estás?

–Lo suficiente como para mencionarlo.

Doaks y Sevillas se miran. Doaks se dirige hacia la cafetera.

—Bueno, eso no sirve de mucho.

Danielle se irrita.

—Demuestra que pudo haber alguien más en la habitación, y que salió corriendo cuando me oyó llegar.

Él vuelve a su silla, derramando el café de la taza en el platillo.

—¿Como quién? ¿El jinete sin cabeza?

—Como la persona que mató a Jonas y estaba allí para incriminar o matar también a Max —replica ella, mirándolo con agudeza—. Y que seguramente me habría matado a mí también si hubiera llegado cinco minutos antes.

Doaks alza su taza en un brindis y sonríe.

—*Touché*, señora Parkman.

Ella, sin poder evitarlo, le devuelve la sonrisa.

Suena el teléfono. Sevillas aprieta el botón y escucha.

—Póngalo al habla —dice. Hay una ligera pausa—. Sí, soy el abogado de la señora Parkman. Un momento, por favor.

A Danielle se le acelera el corazón cuando Sevillas le hace un gesto para que tome el auricular, pero compartiéndolo con él, para que él también pueda escuchar. Con las manos temblorosas, ella agarra el auricular negro.

—¿Max? Max, ¿eres tú, cariño?

—¡Mamá! —responde el niño. La voz que ella adora por encima de todas las cosas es tan fuerte, tan real, que casi puede tocarla. Y, de no ser por lo horrible de la situación, Danielle piensa que nunca se ha sentido tan entusiasmada al oírla—. ¿Dónde estás? ¿Cuándo puedo verte?

—Shh, cariño, no te preocupes —dice ella, obligándose a hablar con un tono calmado—. Todo se va a arreglar. Estoy aquí, en el despacho de tu abogado, y estamos trabajando mucho para sacarte de allí.

—Pero no puedo... —responde Max, y se le quiebra la voz—. Tengo miedo, mamá.

—Ya lo sé, Max. Por favor, tienes que creerme cuando te digo que todo se va a arreglar.

—Pero, ¿por qué creen que yo maté a Jonas? ¡Tú sabes que no lo hice! ¡Yo no sé por qué me desperté con toda esa sangre!

—Cariño, escúchame. ¿Recuerdas algo de lo que ocurrió ese día? Tienes que calmarte para que podamos aclarar esto.

Danielle oye un sollozo por el auricular, y le da tiempo a Max para que se calme.

—Lo único que recuerdo es que estuve dormido toda la mañana. Y antes de la hora de la comida, creo que alguien me ató las correas en las manos y los pies. Volví a desmayarme. Entonces viniste tú, o el policía me agarró, y había sangre por todas partes...

—¿No viste ni oíste a nadie antes de eso? ¿Te acuerdas de cómo llegaste a la habitación de Jonas?

—¡No! ¡No me acuerdo de nada! Me tienen drogado todo el tiempo, y tengo un lío en la cabeza. De repente me pongo furioso... me vuelvo loco. No sé lo que me pasa. Tienes que venir a buscarme, mamá.

—No puedo, cariño. Hay una orden de alejamiento contra mí.

—Pero, ¿cuándo voy a poder verte? ¿Ni siquiera puedo llamarte?

—En este momento no.

—Entonces, quiero mi iPhone, y mi ordenador.

—Cariño, si me obligaron a llevármelos cuando te ingresaron, no habrá manera de que te permitan tenerlos ahora.

—Tú hazlo —dice él—. Yo ya me las arreglaré para llamarte, y para hacer otras cosas que ellos no sabrán nunca.

—Max...

—Olvídalo, mamá.

Ella suspira. Como algunas personas con Asperger, Max es un genio de la informática. Seguramente podría lanzar misiles nucleares con su iPhone.

—Le pediré a Tony que te lleve el teléfono la próxima vez que vaya a verte, pero no creo que sirva de nada.

—¿Sevillas? Es un tipo guay.

Tony sonríe y agarra el auricular.

—Hola, Max. Olvídate del ordenador y del iPhone. La jueza ya está lo suficientemente mosqueada, y no me voy a jugar el trasero para que tú puedas navegar por Internet.

—Bueno —dice Max—. El iPhone es un ordenador, así que no necesito el portátil —explica. Hay una pequeña pausa—. Mira, tengo mi Game Boy. Las dos cosas son negras. Podemos intercambiarlas –propone. Hay otra pausa, y susurra–: Viene la Gestapo –espera un poco, y después de unos momentos, vuelve a hablar–. Ya se han marchado.

Danielle le quita el auricular a Sevillas.

–Max, tengo que preguntarte esto otra vez. Es muy importante. ¿Por qué querías pegar a Jonas?

–¡No quería! –gruñe él–. Mira, mamá, ese chico era muy raro, pero a mí no me importaba nada.

–Ya hemos hablado de esto más veces. ¿No te acuerdas de lo que pasó en la unidad ese día, y cuando yo me fui a Nueva York? Y el hospital tiene anotaciones de otros... incidentes –le dice Danielle, y respira profundamente–. Necesito saber la verdad.

–¿Por qué sigues haciéndome esas preguntas tan estúpidas? –grita él con rabia–. ¿Es que todo el mundo se ha vuelto loco?

–Cálmate, cariño, sólo estoy intentando... –balbucea Danielle. De repente hay un sonido suave–. ¿Max? ¡Max!

–Señora Parkman –dice alguien. Danielle oye la voz de la enfermera Kreng, que añade–: Esta conversación ha terminado.

Danielle se enfurece.

–Ponga a mi hijo al teléfono inmediatamente.

La enfermera responde con calma.

–Tengo autoridad para interrumpir las conversaciones telefónicas si el paciente se altera. Adiós, señora Parkman.

La comunicación se corta. Danielle se gira hacia Sevillas.

–¡Me ha colgado! Tony, Max...

Tony cuelga el auricular. Danielle se tapa los ojos con las manos y solloza. Tony la abraza con fuerza. Ella no puede dejar de llorar. No puede soportar la situación. Aprieta la cara contra el pecho de Tony hasta que los latidos de su corazón la calman un poco. Alza la vista y Tony le toma la cara entre las manos, y la mira con sus ojos cálidos. Antes de que ella pueda decir nada, él la besa con ternura.

–Todo se va a arreglar –le dice, con las mismas palabras que ella le ha dicho a su hijo–. Yo te cuidaré. Os cuidaré a los dos.

Ella asiente. No consigue decir nada. Tony la lleva hasta su silla. Cuando está sentada, Danielle mira a Doaks. El detective tiene las cejas arqueadas, como queriendo decir: «Así están las cosas».

–Bueno –dice Sevillas–, vamos a empezar.

Danielle se frota los ojos. Tiene que controlar lo que siente, o no podrá ayudar a Max. Respira profundamente y asiente.

Sevillas habla con energía.

—¿Recuerda algo, Danielle?

Ella niega con la cabeza.

—No.

Doaks sonríe.

—Aquí es donde intervengo yo. Si lo hizo otra persona, la encontraré.

Ella asiente.

—Se lo agradezco.

—Muy bien. Ahora, escuche —prosigue Doaks—. Barnes me dijo una cosa que no me cuadra. Después del asesinato, registraron la habitación de Max, y tengo algunas preguntas sobre lo que encontraron.

—¿Como por ejemplo? —inquiere Sevillas.

—Como por ejemplo, ¿por qué encontraron la cadena con la medalla de St. Christopher de Jonas debajo de la almohada de Max?

A ella se le encoge el corazón. Ni siquiera recuerda que Jonas tuviera una medalla. Respira hondo.

—Alguien debió de ponerla ahí. Alguien que quería inculpar a Max.

—¿Tenía huellas? —pregunta Sevillas.

—Todavía no lo sé, pero seguro que ellos nos lo van a decir si lo averiguan. Y eso no es todo —dice el detective. Se saca un pedazo de papel arrugado del bolsillo de la camisa y se lo entrega a Danielle. Ella lo toma con las manos temblorosas, lo extiende y lo lee. La impaciencia y la incredulidad le atenazan la garganta.

Sevillas se inclina hacia delante con curiosidad.

—¿Qué es, Doaks?

—Una hoja de la historia clínica de Jonas. La encontraron debajo del colchón de Max.

—¿Y qué dice?

—Es una copia del horario de la víctima. Del día del asesinato.

dieciocho

Danielle mira ciegamente los platos de papel vacíos. Han terminado de comer. Ella ha hecho todo lo posible por contarles a Sevillas y a Doaks lo que ocurrió en Maitland, incluidas sus sospechas sobre el tratamiento que estaban recibiendo Max y Jonas en Maitland. Habla de la sobredosis que le administró Fastow a Max, del uso de las correas que hacen en secreto, de su negativa a permitirle a ella que participara en el proceso, y finalmente, el hecho de que le prohibieran ver a su propio hijo. Subrayó que Max había estado deprimido, pero que no había sido violento, y que su estado se había deteriorado drásticamente después de ingresar en Maitland.

Lo que le preocupa de verdad es lo que no les ha dicho.

Ha omitido el comportamiento violento que Max tuvo con ella, y los comentarios perjudiciales que había leído en el ordenador, por no mencionar que había cometido un delito al colarse en Maitland y hurgar en su sistema informático. Tiene que recordarse constantemente que no debe exponerse a que la acusen de otro delito más, revelando cosas que no debería saber. El Estado ya tiene suficiente cuerda para colgarla.

La omisión más importante, por supuesto, es que halló a Max en el suelo, acurrucado entre sangre, con el arma homicida en la mano. Eso se lo llevará a la tumba.

Sevillas y Doaks han vuelto del servicio. Ella se pregunta por qué parece que los hombres siempre mantienen sus conversaciones más importantes mientras están en un urinario. En aquella ocasión, está claro que han estado repasando la historia que ella les ha contado. Para ver si se la creen. Para ver si pueden construir una defensa con esa base.

Sevillas se sirve otra taza de café antes de acercarse a ella. Doaks se deja caer en su silla y pincha los restos de su empanada con el tenedor. La caja negra está en un extremo de la mesa de reuniones, esperando.

—Bueno —dice Sevillas—, ya hemos analizado sus pruebas. Hemos oído tu versión. Lo que no hemos tratado todavía es si tienes alguna idea de quién podría haber hecho esto.

Danielle siente sus ojos clavados en ella. Se obliga a olvidar a Max y a pensar como una abogada.

—Creo que debemos tener en cuenta que puede haber sido cualquiera. Tenemos que explorar todas las posibilidades, investigar a todos los empleados, desde el conserje hasta los médicos, a cualquiera que tenga antecedentes violentos y que tuviera la oportunidad de estar allí, aunque no sepamos si tiene o no tiene un móvil.

—Buena idea —dice Sevillas.

—También deberíamos pedir los expedientes de otros pacientes que estuvieran en la unidad, y que tuvieran tendencias violentas —prosigue Danielle—. Recordad lo que os conté sobre esa chica, Naomi, que estaba presente cuando Max tuvo el... altercado con Jonas, y a la que tuvieron que sacar a rastras de la habitación. Era muy rara y violenta, por no mencionar que era cinturón marrón de kárate. Los enfermeros pueden testificarlo. Y ella misma me contó que corta a la gente. Necesitamos su historia clínica y la información sobre su pasado. Además hay un chico llamado Chris, que le rompió el brazo a su madre, aunque solo lo he visto una vez en la unidad. No estoy segura de si sigue allí. Para estar seguros, creo que deberíamos pedir los registros y las historias médicas de todos los pacientes de la unidad. Estoy segura de que se negarán alegando el secreto médico, pero tenemos derecho a conocer los detalles de quienes estaban en la unidad ese día, y también si sus historias psiquiátricas incluyen violencia de algún tipo.

Sevillas asiente.

—¿Y la madre del niño? ¿Hay alguna prueba de que haya tenido comportamientos violentos con su hijo?

—No —dice ella, pero entonces se queda callada. Danielle no ha presenciado nada que le haga pensar ni siquiera remotamente que Marianne sintiera nada malo por Jonas. De hecho, su impresión es exactamente lo contrario. De todos modos, tiene que encontrar otros sospechosos para desviar la investigación de Max. Odia lo que está a punto de hacer, pero no tiene más remedio—. No podemos ignorar a nadie en este punto. También me gustaría hablar sobre mi participación activa en la investigación.

Doaks arranca una hoja de su cuaderno y niega con la cabeza.

—No se ofenda, pero llevo en esto desde hace muchos años, y no hay manera de que acepte que alguien se inmiscuya en mi parte del show.

Sevillas aparta la mirada y tose, pero Danielle alcanza a ver su sonrisa. Se gira hacia Doaks.

—Entenderá usted que lo que está en juego aquí es la vida de mi hijo. Yo no voy a interferir, pero tengo información que usted no tiene, y hay mucha gente con la que hablar, y a la que seguirle el rastro.

Doaks agita la mano huesuda.

—Ni hablar. Tal vez no lo parezca, señorita, pero yo tengo todo lo que necesito, aquí mismo —dice, dándose un golpecito en la sien con el dedo—. No he precisado ayuda en treinta años, y soy muy viejo para empezar ahora.

—Vamos, Doaks —interviene Sevillas—. Por una vez tienes una clienta lista. Es la mejor fuente de información que tenemos. Tal vez pueda ayudarte. Además, así la mantendré alejada de la faceta legal.

Doaks fulmina a Sevillas con la mirada.

–Tú no te metas en esto.

Sevillas mira a Danielle.

–¿Prometes que no vas a inmiscuirte en los asuntos de Doaks?

–Por supuesto –dice ella.

–Entonces, búscate otro detective –zanja Doaks. Toma su cuaderno y comienza a levantarse de la silla.

–John, no podemos olvidar por qué estamos aquí –dice Sevillas, y lo mira significativamente.

–No me presiones, Tony. No me importa lo que hicieras para sacar a Madeleine de ese sitio. Ya usaste ese comodín hace mucho tiempo –responde Doaks. Vuelve a sentarse, y mira a Danielle, que ha presenciado aquella conversación en silencio, consciente de que está llena de un significado que ella no comprende–. Mire, señora Parkman...

Ella le sonríe.

–Llámeme Danielle, por favor.

–Sí, sí, Danielle –murmura él–. Si vas a meterse en mis cosas, tenemos que poner unos límites claros. Líneas que no puedes cruzar.

–Tienes razón –dice ella–. ¿Qué me sugieres?

–Hay algunos sitios a los que no vas a ir. Y hay algunas cosas que tengo que hacer solo, como por ejemplo entrevistar a los testigos importantes.

Ella asiente.

–No es nada personal –continúa él–, pero tengo contactos que me estropearías si alguien supiera que yo estoy...

–¿Escuchando lo que opina una mujer?

–No –responde él con irritación–. Esto no es una cuestión de machismo. Lo que pasa es que mis confidentes saben que trabajo solo. Por eso confían en mí.

Sevillas mira a Danielle.

–Seguro que la señora Parkman respetará tu relación con las fuentes, y se esforzará en preservar tu reputación impecable.

Doaks le lanza una mirada de maldad.

–No estaba hablando contigo, idiota. Si quieres saber lo que está pasando, vas a tener que hablar con tu cliente.

Sevillas se pone serio al mirar la caja negra.
—Vamos a ver lo que tenemos.

Danielle observa a Doaks mientras él saca una navaja del bolsillo y abre la tapa de la caja. Sevillas mira a Danielle.
—Nada de lo que hay en esa caja va a ser bueno. Tú eres abogada, y tal vez creas que no te va a afectar como le afectaría a un profano en la materia. No es así.
Ella nota una presión en la garganta. Asiente.
Doaks saca un taco de papeles de la caja. Mientras los mira, se los va pasando a Sevillas, que hace lo propio y se los da a Danielle. Doaks murmulla mientras observa los documentos.
—Aquí no hay mucho. El informe es muy incompleto. Hay algunos diagramas de la escena del crimen, pero no adjunta la autopsia, ni los análisis del laboratorio.
Danielle se pone de puntillas y mira por encima del hombro de Sevillas. Lo que ve es algo que ha estado intentando borrarse de la memoria; salpicaduras de sangre, paredes manchadas, la cama ensangrentada. Cierra los ojos. Cuando los abre de nuevo, ve los ojos vidriosos de Jonas mirándola. Se le encoge el estómago. Danielle se obliga a estudiar aquellos primeros planos. Hay punciones pequeñas, pero horrendas, en ambos antebrazos. Se muestran diferentes ángulos del cadáver ensangrentado. Jonas tiene agujeros profundos en los muslos, y rasgaduras oscuras y sanguinolentas a ambos lados de los genitales. Y un corte junto a la arteria femoral.
Doaks señala aquello.
—Parece que la mayoría de la sangre proviene de aquí –dice, y les muestra imágenes de las salpicaduras que hay en la pared y en el techo. Silba en voz baja.
A Danielle se le revuelve el estómago. Vuelve a su silla, que está al otro extremo de la mesa, lejos de la caja. Respira profundamente varias veces y se concentra en los papeles que tiene delante. Los va colocando en grupos ordenados. Aquello la tranquiliza, y cuando Sevillas le entrega el montón de fotografías de la escena del crimen, es capaz de mirarlas casi con indiferencia.

Las observa una por una, y se estremece al ver la camiseta ensangrentada de Max y el contenido de su propio bolso. Hay algo que le produce inquietud. Abre mucho los ojos, y vuelve a mirar las fotografías una por una.

—No está aquí —susurra—. Oh, Dios mío, no está.
—¿El qué? —pregunta Doaks.
Sevillas rodea la mesa y se acerca a ella.
—¿Qué ocurre, Danielle?
Ella le da las fotografías.
—El peine.
Sevillas repasa las imágenes junto a Doaks.
—¡Vaya!
—Dios mío —dice Doaks—. Debería haber un millón de fotografías de ese peine. De antes de que alguien lo guardara en una bolsa y clasificara las pruebas, y mucho antes de que lo enviaran a la central.
Sevillas cabecea.
—Tiene que ser una casualidad. No es posible que lo hayan pasado por alto. Debe de ser que no nos han entregado todas las fotografías.
—Sí —dice Doaks—. O el fotógrafo era un completo inútil, o algún idiota de la oficina del fiscal se olvidó de incluirlas en la caja.
—¿Y si no es un error? —pregunta Danielle.
Doaks se ríe.
—Eso significaría que sería mucho más fácil componer esta defensa. Significaría que uno de los chicos de Barnes la ha pifiado a base de bien.
Sevillas le devuelve las fotografías a Danielle.
—No te hagas ilusiones, Danielle. Tienen el peine. Aunque se les hubiera olvidado fotografiarlo, los policías testificarán que lo encontraron cuando registraron tu bolso. Seguramente, alguien lo guardó en una bolsa muy pronto para protegerlo, y por eso no aparece en las fotografías.
—Creo que después me voy a pasar por el Departamento de Policía de Plano para asegurarme —dice Doaks—. No os podéis imaginar las cosas tan raras que han pasado en ese sitio.
—Claro. ¿Qué mal puede hacernos? —dice Sevillas. En ese

momento suena el teléfono. Después de una conversación en voz baja, cuelga y se vuelve hacia Danielle.

—¿Qué ocurre, Tony?

—Han llamado del juzgado —dice él—. La jueza nos ha denegado la petición. No puedes ver a Max.

Ella nota una punzada de dolor en el corazón.

—¿Durante cuánto tiempo?

—Hasta después de la vista.

Danielle se da la vuelta mientras las lágrimas se le derraman por las mejillas. Sevillas mira a Doaks.

—Vamos a seguir.

Doaks toma su cuaderno.

—Está bien. Tenemos los registros informáticos de las entradas y salidas de Danielle, incluyendo las del día del asesinato. Tenemos los registros de Max; vamos a ver lo que dicen —sugiere, y los busca por la caja. Después empieza a leer—: «Paciente sufre aumento de agitación y alucinaciones... Paciente violento 2:00 madrugada/ precisa inmovilización...».

Danielle respira profundamente y se gira hacia ellos.

—¿Quién ha escrito esas notas?

Doaks mira una de las páginas.

—Una enfermera... ¿Krang?

—Kreng —dice ella, y mira a Sevillas—. Puedo explicarlo.

Sevillas alza una mano.

—Después analizaremos eso.

Pasan las siguientes horas revisando el contenido de la caja negra. Danielle tiene que apretar los dientes cuando Doaks lee las anotaciones de Reyes-Moreno, que detallan el comportamiento psicótico de Max, de un Max a quien ella no reconoce. El fiscal del distrito debe de haber hecho su agosto en Maitland.

Para en seco al ver una serie de anotaciones que describen varios episodios violentos entre Max y Jonas. Por esas anotaciones es imposible saber quién provocó esos enfrentamientos, aunque se da a entender que fue Max, y que Jonas tuvo que defenderse. Ella no lo cree. De haber sido así, Marianne habría hablado con ella. Observa la historia clínica de Max. Hay una anotación hecha por la enfermera que estaba de servicio el día del asesinato. *Paciente inmovilizado con correas. Permanece en su habitación durante la hora de la comida.* Danielle suspira de alivio. Vuelve a prestar atención a Doaks y a Sevillas, que están hablando sobre lo que la policía encontró en la habitación de Max.

—Estoy pensando una cosa —dice Sevillas—. Vamos a pedir la impugnación de todas las pruebas que encontraron en la habitación de Max. Tenían mucho tiempo para poner a un oficial de policía en la puerta del cuarto y pedir una orden de registro. Han alegado que las circunstancias eran apremiantes, pero nosotros argumentaremos que el tribunal debe rechazar ese argumento —explica, y se encoge de hombros—. Merece la pena intentarlo.

Tony se pone en pie y se estira. Debajo de sus ojos han aparecido las primeras señales oscuras de fatiga, y tiene la sombra de la barba en la mandíbula. Parece que es el único que no se ha dado cuenta de que el sol se está poniendo por el horizonte.

—Doaks, el informe del forense no está aquí.

—He pensado en ir a ver al viejo Smythe a primera hora de la mañana.

—Muy bien —dice Sevillas—. Entonces quiero que pases por la policía y averigües lo que puedas, sobre todo en relación a ese peine.

—Ya he dicho que lo voy a hacer —refunfuña el detective.

—También quiero que pidas unos análisis de sangre para Max —dice Danielle—. Tengo la sospecha de que la medicación que le están dando contribuyó a su desequilibrio en Maitland, y tal vez causó su... comportamiento violento.

Sevillas la mira fijamente. Danielle baja la cabeza. Ha admitido que Max tuvo un comportamiento violento, fuera cual fuera la causa, y eso implica que tal violencia pudo llevarlo al asesinato.

Es la primera vez que ha sugerido, aunque sea implícitamente, que cabe la posibilidad de que Max matara a Jonas.

—No espero que Maitland colabore —dice Sevillas—, pero incluiré la petición en nuestro requerimiento de pruebas. Seguramente no conseguiremos el permiso hasta que la jueza lo decida en la vista.

—Le pedí a una amiga mía que investigara a Fastow, el farmacólogo que le administró la sobredosis a Max, pero ella solo ha podido averiguar que su último trabajo fue en Viena, donde estaba investigando sobre psicotrópicos. Creo que deberíamos hacer una investigación más minuciosa sobre su pasado.

Sevillas la mira.

—¿Sospechas que la sobredosis fue intencionada?

—No lo sé. No pondría la mano en el fuego, pero Fastow tiene algo malo.

—¿Por qué lo crees?

—Me lo dice el instinto.

—¿Algo más objetivo que eso?

—No.

Sevillas asiente a Doaks, que toma nota.

—Con el argumento de que es demasiado antipático como para no ser culpable, ¿no?

Sevillas se frota la nuca.

—También me he dado cuenta de que sólo tenemos parte del informe de Max, y nada de la historia clínica de la víctima. Si están intentando crear un móvil introduciendo pruebas de violencia entre Max y Jonas, necesitamos ambos expedientes completos.

Danielle guarda silencio. Si Sevillas consigue la historia de Max a través de una solicitud, ella no tendrá que admitir que entró ilegalmente en el sistema informático de Maitland para poder justificar su afirmación de que el hospital ha debido de tener algo que ver con la muerte de Jonas. Tal vez, cuando Tony vea las extrañas anotaciones que hay en la historia de Max y las compare con el chico a quien ha conocido, entienda el motivo de su furia contra Maitland, por el trato que le ha dispensado el hospital a su hijo.

Doaks se acomoda en la silla.

—Se me ocurren varias cosas. Si tienen el peine, quiero verlo. Y también quiero visitar a esa mujer, a la enfermera Krang.

—Kreng —dice Danielle—. Te acompañaré. Tengo mucha información que tú desconoces.

Doaks le lanza a Sevillas una mirada venenosa, y se vuelve hacia Danielle.

—¿Te acuerdas de esas cosas que tengo que hacer solo? Pues

este no es un buen motivo para que nosotros fortalezcamos nuestros vínculos.

—Danielle, es evidente que no puedes acercarte a Maitland —dice Sevillas—. Y de todos modos, dudo que la enfermera hable con Doaks. No tiene por qué hacerlo, si no quiere.

—Claro que hablará conmigo —dice Doaks sonriendo—. Tengo mis encantos.

—Pero Danielle también tiene razón en lo de querer prepararte —dice Sevillas.

Doaks mira al cielo.

—¿Por qué yo, Señor?

Danielle se cruza de brazos y espera. Doaks suelta un gruñido.

—Está bien, está bien. Te recogeré a las siete en punto, y por el camino puedes ir hablándome de Kreng. Voy a aparcar lejos de Maitland, y tienes que prometerme que te vas a quedar en el coche hasta que haya terminado.

Danielle sonríe.

—Claro.

—Me temo que tengo más noticias malas —dice Sevillas, y señala unos documentos que hay sobre su escritorio—. La fiscalía ha pedido que se te retire la libertad bajo fianza. Quieren que se discuta durante la vista preliminar.

—¿Y con qué argumentos?

Sevillas se encoge de hombros.

—Parece que tienen una información de la que no disponían en el momento en que la jueza te concedió la libertad bajo fianza.

Danielle piensa febrilmente. ¿Es posible que hayan averiguado que se coló en el hospital y accedió ilegalmente al sistema informático?

—¿Y cómo podemos enterarnos de lo que tienen?

—Intenta no pensar en ello, Danielle. Necesito que sigas razonando como una abogada de modo que podamos hacer un buen plan de defensa.

Danielle asiente. Sin embargo, el pánico se ha apoderado de ella. Tiene que seguir fuera de la cárcel. Si la meten entre rejas, ¿cómo va a dirigir la investigación? Y de ser necesario, ¿cómo va a encontrar otro sospechoso para el jurado?

La cruda verdad de ese último pensamiento le hiere el corazón. En algún momento ha vacilado en su absoluta convicción de que Max es inocente. Se ha visto obligada a aceptar que Max ha podido matar a Jonas, aunque se deba a la medicación o a otra cosa.

Sin embargo, hará lo que sea necesario para liberarlo.

diecinueve

−Bueno −dice Sevillas−, creo que ya lo hemos visto todo.
−Dios, eso espero −responde Danielle, y se masajea la nuca después de pasar otra agotadora mañana de preparación. En algún momento, Sevillas ha decidido permitir que participe en el aspecto legal del caso. Ella no pregunta el porqué.
−Bien, este es el plan −dice él−. Vamos a averiguar todo lo que podamos antes de la vista, para poder ir con tranquilidad. Haremos trizas todos los documentos de que disponga el Estado, y como el propósito de esta vista es que la jueza decida si el Estado tiene suficientes argumentos como para revocar tu libertad bajo fianza, el fiscal del distrito tendrá que presentar testigos clave y expertos, para que demuestren de qué color es su ropa interior, como diría nuestro buen amigo John Doaks.
Ella asiente.
−Y así podemos debilitar la posición de la fiscalía antes del juicio. Lo mejor es que tendremos una estupenda oportunidad de conocer la situación de antemano.
−Y todo esto tendrá lugar antes del juicio −añade Sevillas−.

La jueza lo oirá todo sola. No tendremos que preocuparnos por el jurado mientras conocemos con detalle la acusación del Estado.

–¿Cuándo crees que fijará la jueza la audiencia?

Sevillas se encoge de hombros.

–Supongo que tardará un poco, pero no nos vendría mal comprobarlo en el juzgado, para ver dónde estamos.

Se da la vuelta y murmura algo en el teléfono.

La puerta se abre y entra Doaks. Saluda a Danielle y deja una bolsa blanca de papel con manchas de grasa sobre la mesa de reuniones de Sevillas.

–Buenos días a todo el mundo –dice.

Se deja caer sobre una silla y extiende una servilleta que parece tan grasienta como la bolsa. Después saca una hamburguesa enorme e intenta ponerle mostaza de un sobrecito, pero la mostaza le cae en los pantalones en vez de caer entre el pan. Danielle sonríe disimuladamente. Está empezando a ver lo que hay detrás de la dura fachada de Doaks. Seguro que es tierno, pero prefiere que le peguen un tiro antes que admitirlo.

Sevillas lo mira a él, y después mira a Danielle.

–Bueno, ¿has averiguado algo en la comisaría?

–Tranquilo, Sevillas. Estoy comiendo –dice Doaks. Mastica un pedazo de pepinillo y se extiende la mancha de mostaza en el pantalón. Tiene el pelo muy revuelto, como si acabara de salir de un tsunami. Cuando habla por fin, tiene la boca llena de hamburguesa sin masticar. La última patata frita desaparece–. Me vais a besar los pies por esto. No tienen fotos del peine porque esos idiotas lo han perdido.

Sevillas se inclina hacia delante.

–¿Estás seguro?

Doaks gruñe.

–Sí, demonios, estoy seguro. Barnes todavía está tambaleándose por la bronca que le ha echado el jefe esta mañana. Y eso, sin tener en cuenta lo que va a hacer el fiscal del distrito cuando lo sepa.

Danielle se siente eufórica.

–¿Y cómo lo han perdido?

–Algún novato se encargó de transportar las pruebas hasta

la comisaría –dice Doaks, encogiéndose de hombros–. Lo perdió, simple y llanamente. Supongo que se le cayó por el camino.

–Pero si lo han perdido, no pueden cumplir con la carga de la prueba, ¿no?

–No te hagas demasiadas ilusiones –dice Sevillas–. Lo encontrarán. Siempre lo consiguen.

–Sí, pero de todos modos, es estupendo poder reírse del fiscal del distrito durante un rato –dice Doaks, y se sirve una taza de café solo–. Y aparte de eso tengo otra noticia que demuestra lo magnífico detective que soy.

–No nos tortures –le pide Sevillas.

Doaks vuelve a su silla y se acomoda.

–Pues, estaba caminando por el pasillo del Departamento de Policía, ocupándome de mis asuntos, cuando voy y me encuentro con... Te acuerdas de Floyd J., ¿verdad, Tony? –le pregunta a Sevillas. Sevillas hace un gesto negativo–. Claro que te acuerdas. El conserje. Ese tipo bajito que tiene un poco de cojera. Lleva allí mil años.

–Ah, sí.

–Bueno, pues Floyd J. y yo estábamos poniéndonos al día, charlando, cuando le cuento que estoy trabajando en el caso de Maitland. Y de repente pone cara rara. Cuando le pregunto que qué pasa, toma la escoba y me agarra del brazo, y en secreto me lleva hasta la sala de reuniones. Ya sabes, esa que tiene un ventanal grande con persianas.

–Sí, sí.

–Así que Floyd J. comienza a contarme en voz baja que las cosas no son como deberían ser, y que a él nadie le hace caso porque solo es un conserje y todo eso. Y entonces va y abre la puerta y me deja entrar. Y me dice que va a hacer guardia hasta que vea lo que está pasando allí –dice, y se queda callado.

–Vamos, Doaks –le insta Sevillas–. Esto no es *Los Soprano*, ¿sabes?

–Eso es lo que tú te crees. En cuanto se cierra la puerta voy y enciendo la luz. Y no te imaginas el uso que le están dando a la sala de juntas.

–No, no me lo imagino.

Doaks sonríe.
—Como sala de secado, ni más ni menos.
Sevillas abre unos ojos como platos.
—Ah, ahora estás empezando a entenderlo —dice Doaks—. Y eso que todavía no sabes lo que había allí.
—¿Qué es una sala de secado? —pregunta Danielle.
Doaks se gira hacia ella.
—Esto es Plano, señora. Nunca cambia. Verás, las pruebas hay que manipularlas con muchísimo cuidado. No puedes meterlas en una bolsa de plástico y ponerles la etiqueta sin más. Hay que transportarlas rápidamente desde la escena del crimen, en bolsas de papel para que no creen moho, y después, ponerlas en un sitio adecuado para que se sequen. En las ciudades grandes hay una sala especial para eso, con ventiladores e instrumentos de alta tecnología para secar sangre, semen, orina, vómitos... todos los ingredientes que hay en una buena escena del crimen. En agujeros como Plano, cuelgan las pruebas donde encuentran un gancho. Hoy era la sala de juntas. Mañana será el retrete.
Sevillas rodea su escritorio. Está mirando a Doaks con suma atención.
—¿Y qué viste, John?
—Ah, ahora soy John, ¿eh? Bueno, te diré lo que vi. Sábanas ensangrentadas, toallas y otras cosas que solo podían ser de la escena del crimen de Maitland. Estaban extendidas sobre sillas, y colgadas de las paredes —dice Doaks con un guiño para Sevillas—. Y ahora viene lo bueno. Empecé a moverlo todo con el lapicero, y, ¿sabes lo que vi entre las cosas ensangrentadas? La medalla de St. Christopher, las sábanas llenas de sangre de Jonas, la ropa de Max y otras cosas de su habitación...
—Jesús —susurra Sevillas.
—Jesús, María y José, gracias —dice Doaks.
—Las pruebas se están contaminando unas a otras.
Danielle alza la mano.
—Un momento. ¿Qué significa eso legalmente?
—Significa que podemos impugnar todas esas pruebas —dice Sevillas—. Es una metedura de pata garrafal.
Doaks sonríe.

—Tampoco es para tanto, teniendo en cuenta que son los idiotas de Plano.

Sevillas frunce el ceño.

—Pero no podemos probarlo. No podemos decir que decidiste meterte en su sala de pruebas y sacarte a testificar sobre lo que viste.

La sonrisa de Doaks se ensancha.

—Ahí es donde entra en juego mi genio —dice, y se mete la mano en el bolsillo—. Justo ayer decidí que iba a necesitar algo de alta tecnología para este caso. Así que me compré un teléfono móvil, y uno de estos —explica, y muestra algo muy fino, del tamaño de una tarjeta de crédito gruesa.

—¿Qué es? —pregunta Danielle.

—Una cámara, ¿te lo puedes creer? —responde Doaks. Enfoca a Danielle, aprieta un botón, y el flash relampaguea—. Así que, mientras estaba allí, me acordé de que tenía esta maravilla en el bolsillo, y saqué un montón de fotos. Es digital, así que no lleva carrete. Una señora del Walgreen me dijo que me las revelaría en papel en una hora. Me dijo que podía enviármelas por correo electrónico, pero yo no quiero saber nada de los ordenadores. Me ponen enfermo.

Danielle agita la cabeza.

—Pero de todos modos, no sirven como prueba.

—Demonios, os entrego el diamante de la Esperanza y vosotros me decís que no tiene exactamente el color azul que queríais —dice él, rascándose las patillas blancas. Entonces se detiene y chasquea los dedos—. Ya lo tengo. Floyd J. puede testificar.

—¿Y arriesgarse a perder el empleo? —pregunta Sevillas.

—Lo va a dejar de todos modos —responde Doaks—. Está harto. No tiene derecho a ninguna prestación, ni siquiera a una pensión. Testificará si se lo pido.

Sevillas asiente y lo anota en su cuaderno legal.

—Has hecho un buen trabajo, Doaks, pero vamos a intentar no volver a entrar ilegalmente en ningún edificio gubernamental, ¿de acuerdo?

—Fue idea de Floyd J., no mía.

—¿Qué significa todo esto? —pregunta Danielle—. ¿Podemos conseguir invalidar todas las pruebas?

—No es probable —le dice Sevillas—. Vamos a esperar a ver las fotos antes de entusiasmarnos. Y ahora, John, cuéntanos cómo ha ido tu reunión con Smythe.

—¿Quién es? —pregunta Danielle.

—El forense. Él ha sido el primero en examinar el cuerpo de Jonas.

Doaks saca su cuaderno y le da un sorbo a su café. Cuenta lo bueno y lo malo de su entrevista con Smythe: las pruebas contradictorias sobre la causa de la muerte, porque Smythe halló hemorragia petequial, que son pequeños puntos de sangre en los ojos, y eso indica que hubo asfixia, y la arteria femoral lacerada, lesión que habría terminado con Jonas en cuestión de minutos. Doaks también relata el examen que ha hecho Smythe de una réplica del peine, y sus averiguaciones.

—Peor, ¿cómo iba a hacer Max una agresión así? —pregunta Danielle—. Jonas pesaba por lo menos diez kilos más que él.

Doaks cabecea.

—Lo siento, pero ya sabes lo que van a decir. Van a decir que, una vez que un psicópata enloquece...

Sevillas se percata de la expresión de angustia de Danielle.

—Lo que quiere decir Doaks es que...

—Que puede levantar un tren de carga si quiere —termina Doaks, mirando a Sevillas con desagrado—. Y no me interrumpas.

Danielle continúa.

—Pero, ¿por qué iba a querer el asesino, el verdadero asesino, asfixiar a Jonas, si ya tenía cortada la arteria femoral? Eso le habría matado más rápidamente.

Doaks se encoge de hombros.

—El forense lo achaca a que los asesinos no siempre piensan con claridad cuando están matando a alguien.

—¿Hay heridas defensivas? —pregunta Sevillas.

—Puede que sí, pero el forense se inclina a pensar que se las infligió él mismo. Jonas tenía un historial de ese tipo, ¿sabes?

Danielle está desanimada.

—¿No hay nada positivo?

—Nunca se sabe lo que podrá tener Smythe cuando redacte el informe final —dice Sevillas.

—Ah, sí —interviene Doaks—. Smythe tenía curiosidad por una cosa más. Quiere hacer algunos análisis, porque parece que Jonas tenía niveles sanguíneos raros.

—¿Y qué significa eso?

Doaks se encoge de hombros.

—Seguramente nada, pero eso le causó curiosidad, nada más.

Danielle siente una pequeña esperanza.

—Como ya he dicho, quiero saber qué medicación estaban tomando Jonas y Max. Eso podría explicar muchas cosas.

—Pero el hecho de que la víctima estuviera recibiendo una medicación adecuada o inadecuada no tiene nada que ver con cómo fue asesinado —dice Sevillas.

—Claro que sí —dice Danielle—. Si existe la posibilidad de que él mismo se infligiera las heridas, entonces el estado mental de Jonas a la hora de su muerte es crítico. Si estaba bajo la influencia de medicamentos psicotrópicos, esto pudo influir en sus actos directamente.

—Buena observación —dice Sevillas—. Pero no nos sirve de nada con las señales de asfixia.

—No es fácil asfixiarse a uno mismo —murmura Doaks.

Sevillas lo ignora.

—Sí, tal y como plantea Smythe, Jonas murió por asfixia antes de desangrarse, ¿cuál es nuestro argumento? ¿Que Jonas se apuñaló a sí mismo repetidamente, que se laceró la arteria femoral y que después agarró a alguien por el pasillo para que lo asfixiara? ¿Y cómo explica eso la presencia de Max en su habitación, sin heridas defensivas, cubierto de sangre de Jonas?

Danielle intenta no dejar entrever su frustración.

—De acuerdo, de acuerdo.

Sevillas la mira comprensivamente.

—Vamos a esperar a que Smythe termine su informe. No te desanimes.

Entonces, hace una anotación en su cuaderno. Suena el teléfono y él rodea el escritorio para responder. Con la cabeza agachada, murmura algo en el auricular. Sus palabras son inaudibles.

Doaks se pone en pie, se estira y asiente hacia Danielle.

—Me voy. Lo primero que tengo que hacer mañana es hablar con Kreng.

−¿A qué hora?
Doaks gruñe.
−¿De verdad me vas a obligar a que te lleve?
−Sólo iré a acompañarte durante el trayecto −responde ella−. Quiero estar segura de que le preguntas algunas cosas a la enfermera.
Doaks agita la cabeza.
−Me recuerdas a mi hija, ¿lo sabías?
Danielle lo mira con sorpresa, pero entonces recuerda que Sevillas la mencionó cuando ella conoció a Doaks.
−¿Estuvo en Maitland?
Él frunce el ceño.
−Sí. Tuvo una crisis nerviosa, pero no le vino nada bien ese hospital. Ahora está bien. Es cabezota, como tú.
−Me tomaré eso como un cumplido.
Él la mira con una inesperada ternura.
−Lo es.
Ella le dedica una sonrisa de gratitud.
−Eso significa mucho para mí. Entonces, ¿nos vemos mañana por la mañana?
−Estás decidida a amargarme la vida, ¿no? Ya te he dicho que puedes venir, pero déjame en paz hasta mañana. ¿Podrás hacerlo?
Ella sonríe.
−Lo intentaré con todas mis fuerzas.
Doaks se va hacia la puerta, farfullando.
−Mujeres… ¿Es que Dios no tenía nada mejor que hacer?

veinte

Danielle observa a cierta distancia a Doaks, que camina hacia la entrada principal de Fountainview con su cuaderno en la mano. El resplandor del sol está empeorando su dolor de cabeza dentro del Old Nova del detective. Cuando baja la visera, las llaves caen al asiento del conductor. Ella mira a su alrededor por la calle desierta donde ha aparcado Doaks, bastante lejos de Maitland.

Siente pánico e indignación por las medidas draconianas que ha adoptado el Estado para amenazar a Max. Mira ese lugar blanco y perverso en el que Max y ella comenzaron ese camino tortuoso que puede llevarlos a los dos a la cárcel, o a la muerte. Aunque cree que a Max no le condenarán a muerte debido a su edad, no sabe qué otra sentencia puede dictar el jurado. Después de todo, lo encontraron junto a la cama de Jonas cubierto de sangre. Ella sabe que, si estuviera en ese jurado, sin conocer a Max ni a Jonas, sopesaría la cadena perpetua.

Danielle coloca la visera en su sitio de nuevo, con brusquedad. Al diablo con la orden de alejamiento. No puede soportar estar tan cerca de Max y no verlo. Las llamadas vigiladas que les han concedido no sirven para disminuir el terror de Max, ni el suyo.

Pasa al asiento del conductor y arranca el motor. Da marcha atrás lentamente y toma la vía de servicio que discurre por detrás de Maitland. Cuando llega hasta la unidad, apaga el motor y se recuesta en el respaldo. El sol brilla con fuerza en el día despejado y azul de Iowa, y eso significa que la visibilidad es perfecta. Cualquiera que esté por la unidad podrá identificarla: una mujer delgada con un traje pantalón negro y con un dispositivo de control en el tobillo. Gracias a Dios, aquella tobillera no dispone de GPS; Sevillas le ha explicado que el GPS es muy caro, y que el condado no puede permitirse su uso. La tobillera solo se activa si ella intenta salir de la jurisdicción, del radio de unos ochenta kilómetros alrededor de su apartamento. No le impide adentrarse en la propiedad de Maitland, y Maitland está dentro de ese radio. Aunque parece ilógico, es Maitland quien tiene que darse cuenta de si ella quebranta la orden de alejamiento e informar de ello a la jueza, que en ese caso, revocaría su libertad bajo fianza y le impondría una multa.

Le asusta ese impulso que la empuja a arrancar de nuevo y cruzar la frontera invisible. Con solo pisar el acelerador podría decidir su futuro. El Estado puede encarcelarla si la sorprenden. Pero Max tiene problemas, y algo le dice a Danielle que la necesita a ella, y solo a ella.

La gravilla cruje bajo los neumáticos del coche cuando Danielle se detiene en el aparcamiento lateral. Ha elegido esa situación porque espera que los árboles la oculten mientras intenta meterse a escondidas en la unidad. Es una estupidez; lo sabe. La enfermera de servicio la verá y llamará a la policía. Intenta pensar con claridad; sabe que no puede permitir que un impulso como ese la lleve a la cárcel. ¿Cómo va a ayudar entonces a Max? Justo cuando está a punto de salir del aparcamiento, capta un movimiento. Pisa el freno y mira: uno de los celadores ha abierto la puerta metálica con el pie. Está lidiando con un cubo de la basura industrial, que utiliza para que la puerta se mantenga abierta. Grita algo hacia el interior del edificio, y desaparece. La puerta sigue abierta.

Danielle intenta pensar adónde da esa puerta en la unidad: da con ello. Aparca, toma el bolso y camina rápidamente hacia el edifico, aunque intentando aparentar calma. Se esconde detrás de la puerta.
–¡Maldita sea! –grita un hombre–. Yo tengo que sacar la basura. ¡Dile a Percy que lo haga él!
Oye que los pasos se alejan de la puerta. Asoma la cabeza. Nadie. Se desliza al interior del edificio y entra en un almacén que está en penumbra. Pasa entre montones ordenados de sábanas, toallas y jabón, sin que sus pisadas hagan ruido en el suelo de cemento. La puerta que comunica el almacén con la unidad está cerrada. Contiene el aliento y gira el pomo. Abre la puerta y sale a un pasillo. Entre ella y la habitación de Max solo hay otro dormitorio. Si es que no lo han cambiado de sitio.
Siente el pulso de la sangre en los oídos. La adrenalina le recorre las venas con tanta fuerza que todos los nervios de su cuerpo están preparados para huir o luchar. Mira a ambos lados del pasillo y ve la espalda de una de las enfermeras, que va en dirección contraria. Las puertas de las habitaciones de los pacientes están cerradas. Son las diez en punto; la hora en que las enfermeras supervisan a los pacientes en su higiene diaria: ducha, cepillado de dientes, vestido. Si el paciente no puede participar, la enfermera se limita a cambiarle las sábanas y va a la habitación siguiente. Danielle no sabe en qué momento del ciclo están. No sabe cuándo entrarán en la habitación de Max, si es que entran, suponiendo que él siga allí. Pero ya es demasiado tarde para darse la vuelta. Camina junto a la pared con la cabeza agachada y se detiene. Mira por la pequeña ventana. Está allí. Y está solo.
Vuelve a mirar a ambos extremos del pasillo y se cuela en la habitación. No es posible cerrar la puerta por dentro. Avanza con la espalda pegada a la pared, por debajo de la cámara. Se quita la chaqueta y la cuelga sobre la lente. Max está dormido, y tiene los brazos y las piernas sujetas con las correas. Parece que está muy sedado. Ella desabrocha las correas y lo abraza. Siente los latidos de su corazón, fuertes y claros. Él no se mueve. Ella vuelve a dejarlo sobre la cama y ve unas marcas moradas en el interior de su codo derecho. Pinchazos. Se le en-

coge el corazón. El delgado brazo de Max tiene las señales torturadas de un heroinómano. ¿Qué le están haciendo? El pánico la invade, pero se controla para mantener la cabeza clara.

Mira el mostrador. La hoja de su historial está allí, además de dos cápsulas de color azul que ella no reconoce. Se las mete en el bolso. Después ve el paquete de una jeringuilla desechable junto a un tubo de ensayo con un tapón de goma. Alguien le va a extraer sangre otra vez, pero, ¿por qué?

No tiene tiempo de leer todas las anotaciones, pero lo que está escrito en la portada capta su atención. Es el horario de medicación y de extracción de sangre. Danielle toma el paquete, rasga el plástico y saca la jeringuilla. Toma aire; sabe que aunque ha estado años viendo a las enfermeras sacarle sangre a Max, ella nunca lo ha hecho. Sin embargo, no tiene otra elección. Tiene que saber lo que le están haciendo.

Con las manos temblorosas, le extiende el brazo izquierdo a Max. No puede soportar clavarle la aguja en el derecho, que ya tiene suficientes heridas. Rasga un pedazo de tela de la camisa que lleva Max, y le hace un torniquete en el brazo. Cuando la vena sobresale, pincha la aguja cuidadosamente y va aflojando el torniquete. Max gime y la mira directamente a los ojos, pero no la ve. Mientras ella observa el líquido rojo entrando en el tubo de ensayo, Max parpadea. Ella retira la aguja, aprieta la diminuta herida con el dedo y le pone el tapón a la aguja.

Siente miedo por el estupor de Max, y lo agita suavemente por los hombros.

–Max –dice.

En aquella ocasión, ella percibe reconocimiento y alegría en sus ojos.

–Mamá.

Le pasa los brazos con fuerza por el cuello y se deshace en sollozos. Danielle oye pasos a lo lejos. Toma la cara pálida y preciosa de su hijo entre las manos.

–Cariño, lo siento muchísimo. Sé que esto es horrible para ti, pero te prometo que no vas a estar mucho más tiempo aquí. Ahora tengo que marcharme. Por favor, no te preocupes.

–¡No! –exclama Max, e intenta abrazarse a ella de nuevo.

Habla arrastrando las palabras–. Mamá, me están drogando. No sé qué me están dando, pero me pone furioso, y después pierdo el conocimiento.

Se incorpora y se frota los ojos. Los tiene hinchados y enrojecidos.

Danielle le pone una mano en el brazo y hace que la mire a los ojos.

–Escucha, cariño, ahora no te lo puedo explicar, pero si me encuentran aquí me quitarán la libertad bajo fianza y no estaré libre para poder salvarte.

En la cara de Max se reflejan el horror y la incredulidad.

–¡Ni hablar! Me voy a vestir y me voy a ir contigo.

Baja las piernas de la cama e intenta ponerse en pie, pero no se sostiene. Cae en brazos de Danielle.

–Mamá, yo...

–Te prometo que te sacaré de aquí –dice ella, y lo tumba en la cama–. ¿Dónde está tu Game Boy?

Él señala con un dedo tembloroso hacia el mostrador, y entonces ve que ella saca su iPhone del bolso y mete el cargador en un cajón de la mesilla. Él sonríe débilmente y se aferra al teléfono.

Ella se inclina y le da un beso. Tiene las mejillas llenas de lágrimas.

–Úsalo para llamarme o mandarme mensajes. Para decirme que estás bien.

Él está luchando por mantener los ojos abiertos, por oír sus palabras, pero está perdiendo la batalla. Ella vuelve a agitarlo.

–Max, necesito que averigües todo lo posible de Fastow, de las pastillas que te dan, de lo que puedas. No sé qué es lo que contienen, pero creo que tienen algo que ver con el motivo por el que te has estado... comportando así.

Él abre mucho los ojos. Empieza a hablar, pero Danielle lo interrumpe.

–Y no les dejes que te den más pastillas.

–¿Cómo...

Ella vuelve a tomarle la cara entre las manos.

–Guárdatelas debajo de la lengua y después tíralas por el váter. Te están poniendo enfermo. Te están drogando.

—Pero, ¿por qué, mamá? ¿Por qué iban a...
—Hazlo, Max. Por favor. Y finge que colaboras.
—¿Qué?
Ella agita la cabeza.
—Si no te resistes, no te atarán... —dice Danielle, pero no puede terminar la frase porque se le quiebra la voz.
A él se le llenan los ojos de lágrimas. Le tiemblan los labios.
—No me dejes aquí solo, mamá. No puedo con esto. No puedo, de verdad.
Ella lo abraza.
—No vas a estar solo. Tony vendrá a verte cada pocos días. Y su amigo Doaks también vendrá. Ya he puesto sus números en tu teléfono. Intentaré que venga tu tía Georgia, y a ella podrás verla todo lo que quieras —le dice Danielle, y mientras lo abraza con fuerza, solloza sin poder evitarlo—. Arreglaré esto, te lo prometo. Y tendré el teléfono encendido todo el tiempo.
Él asiente con resignación. Se le cierran los ojos de nuevo, pero mientras se queda dormido sigue aferrado a ella. Danielle le ata las correas entre lágrimas y después se libera suavemente de sus dedos y le tapa con la manta azul de Maitland. ¿Cómo va a ser capaz de dejarlo allí?
—Tengo que ocuparme de Max Parkman. Órdenes de Fastow —dice alguien por el pasillo.
Danielle se queda paralizada. Toma su bolso y se tira al suelo, y avanza a gatas por debajo de la cámara. Consigue llegar a la ducha; lo último que ve antes de cerrar la cortina son los restos de la funda de plástico de la jeringuilla y el tubo de ensayo sobre la cama de Max. Y la chaqueta, que ha quedado colgada de la cámara. Con el corazón en un puño, reza por que la enfermera no se fije en ella mientras hace su trabajo en la habitación.
—Michelle siempre se retrasa —dice la mujer, justo al lado de la entrada de la habitación—. Pero a mí nadie me paga doble por hacer su trabajo.
Danielle contiene la respiración. Oye entrar a la enfermera. Hay ruido de actividad, y después un murmullo de enfado.
—Mira. Saca sangre y lo deja todo tirado. ¡En la cama del paciente, ni más ni menos! A Kreng le va a dar un ataque.

salvar a *max*

Un silencio repentino convence a Danielle de que la enfermera se ha ido. Parece que la visión del supuesto error de su compañera la ha distraído lo suficiente como para que no se haya fijado en la chaqueta negra que estaba colgada de la cámara. Ella vuelve hacia la cama y mete la aguja y todo lo demás, incluso el jirón de camiseta de Max, en su bolso. Se arrastra hacia Max y le da un beso en la frente pálida y húmeda. Inspira profundamente. Sigue siendo Max. Y está vivo. Y ella lo va a sacar de allí. Se desliza hacia la pared, se agacha debajo de la cámara y descuelga la chaqueta desde abajo. Sale de la misma manera que ha entrado.

Milagrosamente, se las arregla para llegar al coche de Doaks sin ser vista. O eso espera. Se agacha en el asiento y saca el Old Nova, lentamente, del recinto del hospital. El corazón le late violentamente por el riesgo que ha corrido. Por las heridas del brazo de Max. Por el hecho de saber que tiene que dejarlo allí. Durante los veinte minutos siguientes no deja de sudar, con la mirada fija en el retrovisor, esperando a que la policía la arreste y se la lleve.

Como la ladrona que es.

veintiuno

A la mañana siguiente, Sevillas ocupa su lugar de costumbre a la cabecera de la mesa. Doaks se coloca en la mitad, con los pies sobre el tablero, y Danielle se sienta junto a Tony, intentando disimular su nerviosismo. Sevillas los ha llamado para contarles lo que ha sucedido durante su reunión con el fiscal del distrito. Tiene una expresión severa.
 –Bueno, lo más importante es que creo que el fiscal quiere forzar a Danielle a aceptar un trato.
 –¿Qué quieres decir?
 –Quieren hacer un trato. No quieren llegar a juicio.
 –¿En serio? –pregunta Doaks.
 A Danielle se le acelera el corazón.
 –¿Y por qué? Creía que iban a querer que se celebrara un juicio por todo lo alto, sobre todo tratándose de Maitland.
 Sevillas niega con la cabeza.
 –Es precisamente por Maitland por lo que quieren que aceptemos un trato. Maitland es la institución que proporciona más empleos en Plano, Danielle. Un paciente fue brutalmente ase-

sinado en su habitación, y no había nadie de vigilancia en la unidad. Otro paciente, que debería haber estado inmovilizado con correas, fue hallado cubierto de sangre, junto al arma homicida, en la habitación de la víctima. La demanda civil por negligencia, que seguramente está preparando el abogado de la señora Morrison en este mismo momento, será de millones. Teniendo en cuenta que el principal sospechoso es otro paciente sin antecedentes penales, Maitland no va a recibir muy buena publicidad de este caso, y su reputación también será dañada por la demanda de Morrison. Maitland tiene que proteger su buen nombre, y rápido.

Doaks se encoge de hombros.

–Tiene sentido.

–No puedo creerlo –dice Danielle.

–El fiscal está usando la amenaza de pedir que te retiren la libertad condicional –dice Sevillas–. Con una acusación de asesinato, hay muchas posibilidades de que la jueza les conceda la solicitud, y te meta en la cárcel hasta el juicio.

A Danielle se le escapa un jadeo. Si eso sucede, no podrá encontrar otro sospechoso. Estará en la cárcel, sin poder hablar con Max, ni siquiera podrá asistir a su juicio. Mira con ojos frenéticos a Sevillas y se prepara.

–Dime lo que quieren.

–Te ofrecen una suspensión del fallo para las acusaciones de obstrucción a la justicia y de encubrimiento.

–Suena demasiado bueno para ser cierto –dice ella, mirándolo con intensidad–. ¿Y Max?

Sevillas le toma la mano por encima de la mesa.

–El Estado aceptará retirar la acusación contra Max a cambio de que aleguemos enajenación mental, y solicitará al tribunal una orden para que Max ingrese indefinidamente en una institución privada o estatal, hasta que se determine que es competente.

–Dios Santo –murmura Doaks.

Danielle ya no siente el contacto cálido de Sevillas. Se ha quedado helada.

–Te refieres a Maitland.

Sevillas le toma ambas manos y se las estrecha. La mira con solemnidad.

—Sí. El fiscal del distrito dejó bien claro que le pedirán a la jueza que mantenga a Max en Maitland hasta que crean que está lo suficientemente bien como para poder vivir con el resto de la población. Maitland ha aceptado hacerse cargo del tratamiento de Max de manera gratuita, pero solo si los términos del acuerdo se mantienen en secreto.

Danielle libera sus manos.

—¿Quieres que les permita encerrar a Max para siempre en ese manicomio? ¡Ellos son los que le han vuelto loco! —exclama con la voz trémula—. ¿Y el hospital público?

—Está en Des Moines, y tiene la peor reputación del mundo —dice Sevillas en voz baja—. La jueza no enviará allí a Max.

Danielle se levanta y camina hasta el otro lado de la habitación. Después se da la vuelta con los puños apretados.

—No pienso aceptarlo. No me importa que me metan en la cárcel.

Sevillas suspira.

—¿Y estás dispuesta a arriesgarte a que Max también tenga que pasarse el resto de su vida en la cárcel? Aunque le redujeran la pena por buen comportamiento, tendría que cumplir quince años como mínimo.

Danielle se apoya contra la pared y siente el sabor amargo de la bilis en la garganta. Treinta y un años. Max tendrá treinta y un años cuando salga. Toda su vida quedará marcada. Sólo sabrá lo que haya aprendido encerrado con otros... asesinos. Y si ella quebranta la orden de alejamiento, ellos la juzgarán por obstrucción a la justicia y complicidad. Si la condenan, se pasará años sin verlo. Se pone una mano fría en la frente, y vuelve a la silla.

—No lo haré. Es demasiado pronto como para un trato.

Sevillas niega con la cabeza.

—Quieren una respuesta antes de la vista. Nos han dado dos semanas. Si no, retirarán la oferta.

Danielle se cruza de brazos y mira a Tony a los ojos.

—Eso significa que tenemos catorce días para encontrar a un asesino.

Después de la comida, Sevillas y Doaks están en la sala de reuniones, preparando pruebas para la vista. Danielle ha en-

salvar a *max*

trado a la oficina de Tony para llamar a Max. Ahora que Max tiene su iPhone, puede llamarlo, pero sabe que es peligroso. Kreng y el resto de los empleados podrían pillarlo hablando, y le confiscarían el teléfono, por no mencionar lo que haría Sevillas si supiera lo que ella había hecho el día anterior. Aunque solo ha pasado un día desde que lo vio, Danielle necesita oír su voz. Se cuela en el despacho de Tony y cierra la puerta. Max responde inmediatamente.

–Hola, mamá.

Su voz suena tan normal que ella se queda asombrada.

–¿Cómo estás, cariño?

–Para estar en este antro, bien –dice él. Ella oye que está dando golpecitos–. He encontrado unas cosas que no te vas a poder creer.

–¿Qué es ese ruido?

–Estoy investigando –responde Max. Parece preocupado.

–¿Qué?

Hay una pausa en los golpecitos.

–Estoy investigando a Fastow, ¿qué va a ser?

–¿Y cómo lo estás haciendo?

Él gruñe.

–Con el iPhone.

–¿En Internet?

Max se ríe en voz baja.

–Vamos, mamá. Ten imaginación.

Ella intenta controlar su irritación.

–Max, dime qué tal estás. Me preocupo constantemente por ti.

Se oye un suspiro por el auricular.

–Estoy bien. He dejado de tomar las medicinas, y me comporto como un bobo cada vez que están cerca.

–¿Y te han sacado sangre? ¿Sólo te sacan sangre o te inyectan algo?

–Ninguna de las dos cosas. No sé por qué.

–¿Has averiguado muchas cosas sobre Fastow?

–No demasiado –responde él–. Solo he encontrado páginas donde se habla de lo maravilloso que es. Ha ganado muchos premios.

–¿Y has averiguado algo sobre las medicinas?

—Estoy en ello. Les hice unas fotografías con el teléfono, pero no veo nada que se parezca a esas píldoras azules en Pharmacology Flash Cards, en Skyscape o en Epocrates. Esto último me sorprende, porque normalmente metes cualquier pastilla misteriosa y te da la solución en tres segundos.

Danielle se sienta.

—Max, ¿de qué demonios estás hablando?

Otro suspiro de exasperación.

—Te lo explico. El iPhone te da acceso a muchas aplicaciones. He descargado las que pensé que iba a necesitar, usando tu tarjeta de crédito, por supuesto...

Ella ignora aquello último.

—¿Qué aplicaciones?

—Por ejemplo, The Pharmacology Flash Cards está muy bien. Tienen las novedades de medicinas psiquiátricas, las pruebas clínicas... todo ese tipo de cosas.

—Max, ¿cuánto tiempo llevas haciendo esto?

Danielle oye un resoplido.

—Vamos, mamá, ¿qué pensabas? ¿Que podías darme esas pastillas asquerosas durante años y que yo no iba a investigar lo que eran? Hasta un idiota se hubiera dado cuenta de que no son aspirinas.

Danielle palidece. Así que Max sabe que ha estado tomando antipsicóticos.

—Es genial, mamá —continúa él—. Skyscape es otro programa de medicamentos, como Epocrates, pero Epocrates tiene fotografías.

—¿De qué?

—De las medicinas, mamá.

—¿Has averiguado lo que son?

—No, y eso es lo raro. He buscado todas las medicinas que pudieran parecerse a las que me ha estado dando Fastow, y no encajan con ninguna. Por lo menos, las medicinas para la locura no.

Ella no dice nada con respecto a eso.

—Tal vez esto sea muy importante, Max. ¿Has podido hacer una comparación visual con...

—¿Con otros antipsicóticos atípicos?

A ella casi se le para el corazón. Oh, su hijo no es ningún tonto.

—Sí —dice débilmente.

—Ninguno se parece a estos. No tienen código impreso, ni nada por el estilo. Incluso he leído los estudios clínicos y las descripciones de las medicinas convencionales, y he comparado los efectos secundarios y las interacciones entre los fármacos.

«Dios Santo, ¿cuánto tiempo lleva haciendo esto? Parece un licenciado en Medicina por Harvard».

—Debe de ser algo experimental. Max, no quiero que tomes ni una sola de las medicinas que te están dando, ni siquiera las que tomabas antes. Y cuanta más información puedas recopilar, más oportunidades tendremos de sacarte de ahí.

—Dios, mamá, eso espero. Intento no pensarlo, pero…

—¿Pensar en qué?

El silencio es frágil. Si la tristeza fuera un color, sería un lazo azul atado alrededor de la voz de Max.

—En si estoy o no estoy loco, incluso sin las medicinas raras que me está dando Fastow.

Danielle se pone una mano en la frente y cierra los ojos. Por lo menos no tiene que verlo. No podría soportarlo.

—¿Mamá?

—Sí, cariño —dice ella. Hay una pausa larga—. Yo no creo que tú estés psicótico, Max. Creo que ellos están equivocados.

—Pero, ¿y si no lo están? Por las noches pierdo el conocimiento, como me ocurrió cuando dicen que maté a Jonas.

—Max, ya basta.

Él se queda callado un instante.

—Está bien. Entonces, deja que te diga las otras cosas que he averiguado, y después tengo que colgar. Es la hora de que la Dama Dragón venga a ver si he cumplido con mi higiene personal.

Danielle se echa a reír.

—En casa no lo haces. ¿Por qué ibas a hacerlo ahí?

—Claro. Bueno, aquí está la primicia con Sylvius y Osirix.

Danielle suspira. Por experiencia sabe que está a punto de recibir otro discurso típico de Asperger, lleno de detalles que seguramente no necesita. Es como si la psicofarmacología hubiera sido mucho tiempo la obsesión de Max.

–He entrado en la base de datos de Maitland con mi iPhone y he descargado mis resonancias magnéticas con el Osirix.

–¿Cómo has conseguido eso?

–He tenido suerte –responde él–. El mostrador de las enfermeras está justo al lado de mi habitación, y les birlé la contraseña cuando no miraba nadie. Son unas inútiles.

«De tal palo, tal astilla», piensa ella.

–Bueno, de todos modos –prosigue Max–, puedes recorrer la resonancia y ver cómo se ilumina tu cerebro cuando tomas ciertas medicinas, y...

–Max...

–Lo sé, lo sé, pero esto es importante. Con Sylvius dividí en secciones la imagen de mi cerebro para intentar averiguar qué es lo que se ilumina, y qué fármacos pueden haber... Bueno, eso era lo que estaba haciendo cuando me has llamado –dice él, y exhala un suspiro, como si sus pensamientos fueran por delante de sus conclusiones.

Danielle oye un ruido. Sevillas abre la puerta y le señala la sala de reuniones con un dedo. Danielle espera hasta que Sevillas se ha marchado de nuevo y susurra algo en el auricular.

–Max, tengo que colgar. Estás haciendo cosas asombrosas. Envíame todo lo que consigas, y yo se lo enseñaré a Sevillas y a Doaks para que piensen si podemos usarlo. Creo que está claro que Fastow esconde algo.

–¿Crees que fue él quien mató a Jonas? –pregunta Max con nerviosismo.

Danielle no puede soportarlo más.

–Cariño, tengo que colgar. Llámame después.

–¿Mamá?

–¿Sí?

–Si puedo demostrar que fue Fastow, entonces sabré que no he sido yo.

Ella se pone la mano en la frente.

–Max, tú no lo hiciste –le dice en voz baja.

Él se queda en silencio durante un momento.

–Ya no lo sé, mamá –susurra.

—Cariño, te conozco mejor que nadie en el mundo, y no lo creo.

La voz triste que le llega desde el otro lado de la línea es la de un hombre.

—Tú eres mi madre. Tienes que decir eso.

—No, no es verdad –replica ella–. Y ahora, deja de preocuparte de esto un rato y descansa un poco.

Le dice adiós y se escabulle hacia el servicio. Allí llora como si se le estuviera rompiendo el corazón.

Ya está de vuelta en el campo de batalla, donde han pasado las últimas horas revisando el resto de los documentos del Estado.

—No hay mucho –dice Sevillas.

—No esperaba que hubiera mucho –dice Danielle–. Lo único que he encontrado son discrepancias en el formulario de solicitud de Jonas para Maitland.

—¿Qué te parece, Doaks?

—Siempre hay que investigar a la familia lo primero cuando se habla de asesinato. La mayoría de la gente mata a aquellos a los que quiere.

—Una visión optimista del mundo –dice Sevillas–, pero no parece que este sea el caso.

—Pues no. Según Barnes y los chicos de la policía, la madre de Jonas es la Madre Teresa de Calcuta.

Llaman a la puerta, y la secretaria de Sevillas entra con un sobre que le entrega a Doaks. Después se marcha. Él abre el sobre y saca una hoja. La mira y la arruga.

—Olvidadlo. No hay nada que hacer con la madre. Demonios, solo necesitamos a una apestosa persona que haya podido hacerlo, que haya querido hacerlo... y no lo conseguimos.

—¿Qué era eso? –pregunta Sevillas.

—Me lo ha enviado Barnes. Me dijo que tenía una sorpresa para mí. Justo cuando piensas que son más tontos que Picio, resulta que van y hacen algo inteligente.

—Explícanoslo, John.

Él suspira.

—Los polis usaron luminol con todo el mundo en el hospital, cuando llegaron. Y todos salieron limpios como una patena.

—¿Luminol? —pregunta Danielle—. ¿Qué es eso?

Sevillas toma su bolígrafo y anota algo.

—El luminol es un químico que se usa para detectar restos de sangre. Cuando se coloca debajo de una luz negra, se pueden ver las zonas en las que la sangre se ha adherido a una superficie. Se usa normalmente en la escena del crimen para ver si un asesino ha intentado limpiarse.

—Sí —dice Doaks—. Pero no te imaginas lo que hicieron los polis. No solo usaron luminol en la ropa, sino también en las manos —añade, cabeceando—. ¿Habías oído semejante tontería?

Sevillas se queda mirando a Doaks.

—¿En las manos?

—Sí —dice Doaks—. Ni siquiera sabía que el luminol funcionaba en la piel. ¿Y tú?

—Nunca he tenido un caso en que lo usaran en el cuerpo.

—No importa. Todos estaban limpios.

—Tendré que investigar para saber si los resultados son fiables cuando se usa el luminol en la piel humana —dice Sevillas—. Ese no es el uso recomendado por el fabricante.

—Bueno, no te hagas muchas ilusiones —responde Doaks, frotándose la nuca—. Estoy investigando otros frentes. Esa chica, ¿Naomi? Ella ni siquiera estaba en la unidad el día del asesinato. Estaba en la cafetería, comiendo pollo frito delante de cincuenta testigos —añade, y se encoge de hombros—. Es una pena. Solo con verla, al jurado le encantaría meterla en la cárcel.

—¿Y no pudo entrar de alguna forma? —pregunta Sevillas.

—¿Quién sabe? Lo único que sé es que hasta el momento no tenemos nada. Bueno, por lo menos es pronto.

Sevillas tose y mueve algunos papeles. Doaks se le queda mirando fijamente.

—¿Qué pasa? ¿Por qué no me miras cuando te hablo?

Sevillas mira primero a Doaks, y después a Danielle.

—Bueno, me temo que tengo malas noticias. Me han llamado del juzgado esta mañana. La jueza ha adelantado la vista al martes que viene.

—¿Cómo? —pregunta Doaks—. ¿No acabo de decirte que no tenemos nada? ¿Es que tengo que traducírtelo?

Sevillas se encoge de hombros.

—Es Hempstead. Ya sabes lo que quiere decir eso.

—¿Quién es Hempstead? —pregunta Danielle—. ¿La jueza?

Doaks pone los ojos en blanco.

—Exactamente. Hay que tener cuidado con ella.

Danielle siente una punzada de pánico.

—¿Qué quiere decir eso?

Sevillas respira profundamente.

—La jueza que lleva tu caso es Clarissa L. Hempstead, la jueza más joven y más dura del juzgado. Toma un papel activo en sus casos, lo que quiere decir que si quiere celebrar la vista el martes, la tendremos el martes. No te preocupes, Danielle, todavía tenemos unos días para investigar y fortalecer nuestra posición legal.

Danielle lo mira con preocupación.

—¿Nos hará mucho daño el no tener al menos un sospechoso viable?

—Todavía podemos levantar sospechas sobre los otros pacientes y los empleados —dice él—. Ella sabe que es el principio del caso. Obviamente, no es bueno que el único sospechoso sea Max. No te voy a engañar, Danielle. Los hechos son muy perjudiciales. Lo que más me preocupa es que no tengamos ni un solo testigo a quien llamar.

A Danielle se le encoge el corazón. El único que puede decirles lo que ocurrió es Max, y su hijo no recuerda nada. Necesitan pruebas, y las necesitan rápido. Y puede que ella las tenga.

—Tony, creo que tengo algo que puede ayudarnos.

—Que Dios nos proteja —murmulla Doaks.

Danielle toma su bolso y se lo pone en el regazo. No había pensando en divulgar los frutos de su incursión en Maitland hasta que hubiera tenido ocasión de enviar la medicación y la muestra de sangre a un laboratorio y pudiera darle a Tony pruebas concretas. Sin embargo, teniendo en cuenta esa reducción drástica del plazo, no le queda más remedio. Saca una pequeña bolsa de plástico del bolso y la muestra. Las píldoras azules reflejan la luz.

Sevillas la mira con desconcierto.

–¿Qué es eso?

–La medicación que Fastow le ha estado administrando a mi hijo –dice ella–. Y seguramente, también a Jonas. Creo que esto es lo que ha provocado el comportamiento violento de Max. No sé cómo le afectó a Jonas, ni si pudo contribuir a su muerte.

Doaks baja los pies de la silla y se acerca para inspeccionar el contenido de la bolsa.

–¿Por qué piensas eso?

–Sé que el comportamiento de Max cambió drásticamente después de ingresar en Maitland.

Sevillas arquea las cejas.

–¿Y dónde has conseguido estas píldoras?

Danielle piensa rápidamente.

–Tomé unas cuantas de un frasco cuando la enfermera no miraba –dice, y se encoge de hombros–. No se parecían a ningún otro fármaco que Max hubiera tomado antes. Les hice fotografías con el iPhone y las envié a uno de los médicos de Max de Nueva York. Él nunca las ha visto. No conoce ni el color, ni esa forma asimétrica y extraña –dice, y le entrega a Sevillas la bolsita.

Sevillas mira las píldoras.

–Pero –dice él, lentamente–, esto no tiene importancia en cuanto a las pruebas materiales de la culpabilidad de Max. Sólo tiene relevancia en cuanto al comportamiento errático de Max en Maitland y tu teoría de que Fastow, y supuestamente Maitland, están usando fármacos experimentales con sus pacientes. Y eso es solo si resulta cierto que esta medicación no está recomendada por la Administración de Alimentos y Medicamentos, cosa que es bastante improbable.

–Estoy de acuerdo contigo en cuanto a las ramificaciones legales. No estoy de acuerdo contigo en cuanto a la medicación. Por eso necesito que la envíes a un laboratorio para que la analicen.

Sevillas y Doaks se miran.

–Sí, sí –dice el detective–. Pediré algunos favores.

–Muy bien –dice Sevillas–. Pero, ¿cómo vamos a demostrar que se las estaban dando a Max?

Danielle elige cuidadosamente sus palabras.

–Creo que he resuelto ese problema.

Lentamente, extrae el tubo de ensayo con la sangre, que ha mantenido en el refrigerador toda la noche, y que ha metido en una bolsa especial para frío.

Doaks gruñe.

—¿Qué es eso?

Danielle saca cuidadosamente el tubo y se lo entrega a Sevillas.

—Esto tiene que ir al laboratorio junto a las píldoras.

Doaks mira por encima del hombro de Sevillas.

—¿Es sangre? ¿De quién?

Danielle se agarra las manos.

—De Max.

—¿Y cómo demonios has conseguido la sangre de Max? —pregunta Doaks, mirándola con los ojos entornados.

Sevillas sujeta el tubo de ensayo como si fuera nitroglicerina. Tiene una expresión severa.

—Danielle, creo que es mejor que nos digas qué está pasando.

Ella asiente.

—Ayer, mientras Doaks estaba hablando con la enfermera Kreng, yo entré en la habitación de Max y encontré las pastillas y su historial. Max estaba inconsciente, y tenía pinchazos por todo el brazo derecho. No sé si le están sacando sangre para hacerle análisis o si le están inyectando algo. Por eso necesitamos que analicen las pastillas. Cuando averigüemos lo que hay en su sangre, podemos ir al tribunal con nuestras pruebas y solicitar que el forense analice una muestra de sangre de Jonas. Así sabremos qué está haciendo Fastow —explica Danielle, y toma aire profundamente—. No creo que sea descabellado decir que Fastow ha estado haciendo un ensayo con Max, administrándole psicotrópicos experimentales, y que esos fármacos provocaron el comportamiento violento de Max.

Doaks parece un cohete a punto de explotar.

—¡Maldita sea! ¡Sabía que había algo raro! ¡No me tragué lo de que habías cambiado el coche de sitio porque te molestaba el sol en los ojos! ¿Es que no te das cuenta de lo estúpido que es lo que has hecho? ¡Me dan ganas de denunciarte!

Sevillas le pone una mano en el brazo.

—Basta, Doaks. Siéntate.

Doaks obedece, sin dejar de gesticular y de murmurar. Sevillas la mira con enfado.

—Es increíble. ¿Entiendes que has puesto en peligro todo aquello por lo que estamos trabajando? ¿Cómo se supone que voy a mantenerte fuera de la cárcel si corres riesgos absurdos como este? ¿Y cómo conseguiste la muestra de sangre? ¿Estaba abandonada en su habitación?

Ella se siente dolida por su ira, y sacude la cabeza.

—Se la extraje yo. Había una jeringuilla nueva y...

Doaks se da un golpe en la frente.

—¡Magnífico! A Hempstead le va a encantar esto. La madre del sospechoso se cuela en el hospital, saltándose la libertad bajo fianza y la orden de alejamiento, y le saca sangre a su hijo. ¿Puede ser peor?

—He dicho que ya basta, Doaks. Ella sabe exactamente lo que ha hecho, y los riesgos que ha corrido —dice Sevillas, sin dejar de mirarla.

—No me vio nadie.

—Sí, claro.

—¿Y las cámaras? —pregunta Doaks—. ¿Pensaste en eso, o vamos a ser tan afortunados de que tu delito esté bien grabado en una cinta?

—No —dice ella—. Tapé la cámara.

—¿Cómo?

—Puse la chaqueta encima.

—¿Como el asesino el día del asesinato? —le espeta Doaks.

—Ya está bien —interviene Sevillas.

Danielle toma el tubo de ensayo de manos de Sevillas y lo pone en la bolsa para que se conserve fría. Se la devuelve a Sevillas, temblando. Sabe que ha traicionado su confianza, pero también sabe que tiene razón.

—Sé que estás enfadado conmigo, Tony, pero tienes que admitir una cosa. Por lo menos ahora tenemos un sospechoso de asesinato.

Sevillas la mira con los ojos llenos de tristeza.

—Creo que no lo entiendes, Danielle. Ellos han tenido uno durante todo el tiempo.

veintidós

Danielle está sentada en el suelo del apartamento pequeño e impersonal que le ha alquilado Sevillas. Lleva un viejo chándal gris y está descalza. A su alrededor hay hojas y hojas, de las que ha seleccionado tres montones bien ordenados. Mira el reloj. Son las ocho de la mañana. Se frota los ojos y suspira. Ha estado toda la noche trabajando.

Cuando salió de la oficina de Sevillas, el día anterior, se llevó el expediente de Jonas, un enorme taco de documentos que Maitland les envió el día anterior en respuesta a la solicitud presentada por Sevillas, y el contenido de la caja negra. Ha seguido buscando pruebas que exoneren a Max, pero ha ignorado todos los documentos relacionados con él. Están debajo de la mesa de centro, en un montón. Sin embargo, ha sentido dudas durante toda la noche. Sin previo aviso, esas dudas hacían que clavara los ojos en el montón de papeles. Y ahora, por la mañana, su corazón le dice que lo único que ocurre es que tiene miedo de leerlos, que tiene miedo de que puedan decirle que las cosas están peor de lo que ella piensa.

Hasta el momento, los otros documentos no le han revelado nada. Danielle se pone en pie y se estira. Debería dormir un poco. Tiene otro taco de documentos; una respuesta adicional de Maitland, que Sevillas recibió justo antes de que ella saliera de su despacho. Se acerca hacia la encimera de la cocina y se sirve una taza de café frío. Mientras toma un sorbo, intenta no pensar en los últimos comentarios de Sevillas. Fue muy rotundo en cuanto a una cosa: Doaks y él van a seguir preparando la vista, que se celebrará dentro de tres días, pero ella va a quedarse en su apartamento. En otras palabras, va a dejar que hagan su trabajo y no va a cometer más delitos. Reza para que los análisis de las medicinas y la sangre de Max confirmen su afirmación de que el comportamiento de su hijo, fuera cual fuera, estaba más allá de su control. Aunque Doaks le dice que los resultados tardarán una semana en estar listos, sobre todo si la medicación es experimental, ella no tiene nada más a lo que aferrarse. Se lleva la taza de café a los labios otra vez. Es como alquitrán.

Toma el último taco de documentos que les ha enviado la fiscalía, que Sevillas le ha fotocopiado, y se sienta en el sofá. Va leyéndolos lenta, pero minuciosamente. Hay algo que le llama la atención en uno de los formularios de ingreso: una nota que menciona al doctor de Jonas de Chicago. Lee la solicitud de ingreso en Maitland de Jonas con mucho más detenimiento; en ella, el lugar de residencia que figura es Reading, Pennsylvania. Danielle está casi segura de que Marianne le dijo que habían vuelto a Texas antes de ir a Maitland. Aunque no fuera así, ¿por qué iba a vivir Marianne en Pennsylvania y tener el médico de Jonas en Chicago?

Aunque aquella discrepancia es insignificante, ella recuerda que no ha encontrado nada con lo que desmentir la gran cantidad de pruebas que hay contra Max. Observa el papel. Seguramente, el doctor Boris Jojanovich es algún especialista al que Marianne llevó a Jonas. Tal vez él pueda decirle algo sobre si el niño tenía o no tenía tendencias suicidas. El forense dijo que el ángulo de las heridas sugería que se las podía haber infligido él mismo, aunque fuera una posibilidad muy remota. Si ella es capaz de encontrar alguna prueba, tal vez pueda contrarrestar el peso de las evidencias que hay contra Max.

Ya no cree que el hecho de que Fastow pudiera ser el principal sospechoso pueda servirles. Tal y como están las cosas, no importa que cuando analicen la sangre de Max constaten que las extrañas píldoras azules del farmacólogo estén en su organismo. O que un experto independiente pueda llegar a la conclusión de que las medicinas le han provocado a Max episodios psicóticos. Aunque Tony se sienta satisfecho con esa defensa, ella no. Lo único que demostraría es que Max tenía un motivo para matar a Jonas, no que no lo matara, y eso seguiría teniendo las mismas consecuencias para él: lo encerrarían en algún lugar durante un periodo de tiempo indefinido, en otro tipo de prisión. Pero, ¿y si verdaderamente es psicótico y las medicinas no tienen nada que ver con su comportamiento? No. Eso no puede pensarlo. Agarra con fuerza el formulario de admisión de Jonas. Puede que sea todo lo que tiene.

Suspira, toma el teléfono y llama a Doaks.

—Váyase a la mierda, sea quien sea —dice el detective, con voz somnolienta.

—Soy yo, Danielle. He encontrado una cosa que tienes que comprobar —dice, y le habla sobre Jojanovich. Después le da la dirección del médico, en Chicago.

—Olvídalo —murmura él—. Estoy hasta arriba de trabajo.

—Pero esto es importante.

A él se le suaviza la voz.

—Vamos, Danielle, ya tenemos suficientes cosas importantes que investigar. No remuevas algo tan descabellado.

—John, por favor, hazlo por mí.

Él suspira.

—Mira, lo haría si pudiera, pero no tenemos tiempo para investigar eso antes de la vista.

—Lo sé. Sólo quería...

—Hacer todo lo que sea posible para ayudar a tu hijo —dice él con delicadeza—. Vamos, ten paciencia. Tienes que confiar en nosotros.

A ella se le caen las lágrimas.

—Lo intentaré.

—Bueno, intenta relajarte —le dice él—. Te llamaré si surge algo nuevo.

Ella murmura unas palabras, y cuelga. Comienza a pasearse de un lado a otro con frustración. En este momento solo puede pensar en Max, en si está bien o no. ¿Cómo va a estar bien, si la última vez que ella lo vio estaba pálido y prácticamente inconsciente? No le han permitido más llamadas telefónicas, y él no la ha llamado, pese a que ella le ha enviado muchos mensajes de texto. Deben de estar vigilándolo estrechamente. Danielle se siente como si no pudiera respirar.

Va a cumplir su promesa de sacarlo de allí. Tiene que investigar todas las pistas, por muy improbables que sean. Toma el móvil y llama a la consulta del doctor Jojanovich. Como es muy temprano, deja su nombre y su número de teléfono en el contestador, junto a un mensaje en el que dice que es una nueva paciente que necesita ver urgentemente al doctor.

Está agotada. Entra en la ducha. Mientras siente el chorro de agua caliente en la espalda y la nuca, y el vapor la rodea, oye el timbre de su móvil en el salón. Se envuelve en una toalla y corre hacia el teléfono. Responde a la llamada, pero ya han colgado.

Escucha el mensaje del contestador y se queda boquiabierta. Una vocecita la informa de que ha habido una cancelación, y le dice que si es conveniente para ella, el doctor Jojanovich le dará cita a la mañana siguiente.

Danielle cuelga y vuelve a pasearse por la habitación. No sabe qué hacer. No puede llamar a Sevillas; él le prohibiría terminantemente que fuera. Observa el dispositivo negro que lleva en el tobillo, y se da cuenta de que tiene que hacer algo con él. Entra corriendo al dormitorio y abre el ordenador portátil. Busca uno de sus archivos y selecciona un documento. Una mujer, Sheila Reynolds, demandó a uno de los clientes de Danielle, Langston Manufacturing, Inc., por ocho millones de dólares, a causa de los defectos de diseño de una prótesis ortopédica que funcionó mal y que provocó que ella cayera por un tramo de escaleras de cemento en el edificio de su oficina. La demandante sufrió lesiones cerebrales graves como resultado de esa caída, y su familia presentó la demanda.

—Vamos, vamos —murmura Danielle. Está buscando el nombre de la filial de Langston Manufacturing, una empresa pequeña que le servía los componentes de las prótesis a Langston. Lo encuentra: Prosthetics, Inc.–. Qué original.

Toma el listín telefónico de Plano y se sienta en el sofá a buscar en la sección de Páginas Amarillas. Encuentra un candidato probable en el apartado de Productos Médicos; una tienda que está a dos manzanas de su apartamento. Mira el reloj otra vez. Son las nueve. Tal vez ya estén abiertos. Hace la llamada y sí, la tienda ya está abierta. Después de unos segundos, cuelga el teléfono con el corazón acelerado.

Entra en la cocina y toma el bolso, que está sobre la encimera. En la cartera tiene una tarjeta que le dieron el día en que salió de la cárcel. Mira el número que hay impreso en la parte inferior, y lo marca en el teléfono.

–Oficina del Sheriff de Plano –dice una voz femenina.

–Sí –responde ella–. Me llamo Danielle Parkman, y me gustaría hablar con alguien sobre mi dispositivo de control. Lo llevo en el tobillo.

–¿Número de identificación?

–¿Disculpe?

–Tiene que haber un número de siete cifras en el reverso de la tarjeta de su libertad condicional.

Danielle mira la tarjeta por el derecho y por el revés.

–No, no hay nada.

–Eso no puede ser. ¿Está segura?

De repente, a Danielle se le ocurre algo.

–Oh, espere. El mío es de un tipo nuevo de dispositivo.

–¿Uno de los experimentales?

–Sí –dice ella–, y tengo un problema. Estoy aquí sentada, en mi apartamento, pero la tobillera no deja de pitar.

–Oh, demonios, siempre tiene que pasar algo –murmura la telefonista–. Espere un minuto –añade, y Danielle oye un ruido en el auricular–. ¿Otis? Otis, tienes que ir a arreglar uno de los dispositivos modernos. No, no ha llegado nadie todavía –dice la mujer, y hay una pausa–. De acuerdo, voy a preguntarlo –Danielle oye otro ruido, y después la telefonista vuelve a la línea–. Otis, el oficial Reever, dice que irá a llevarle uno nuevo esta misma mañana. ¿Va a estar ahí, o quiere acercarse a la comisaría?

Danielle responde rápidamente.
–Estaré aquí. Mi dirección es…
–El número 4578 de Lilac Lane, apartamento 4S. Junto al centro comercial nuevo, ¿no?
–Sí, exactamente –responde Danielle–. ¿Sabe cuándo llegará el oficial?
–Lo he visto tomar sus llaves, así que supongo que está a punto de ir a desayunar a Ernie's. Así que yo diría que llegará a su casa dentro de una hora y media, más o menos.
–Perfecto.
–Que tenga un buen día –le dice la telefonista.
–Oh, eso pienso hacer –responde Danielle.

Después de muchos resoplidos, el oficial Reever se agacha con dificultad frente a Danielle. Tiene la cara tan congestionada que ella teme que sufra un infarto de miocardio. Danielle levanta el pie de la tobillera para que él no tenga que inclinarse tanto. Él asiente para darle las gracias mientras saca de una funda una herramienta poco corriente que tiene una cuchilla de sierra. Con ella, corta la banda de poliuretano.
–Bueno –dice el policía–. Ya he desactivado el aparato. Eso provocará un gran escándalo en la comisaría, pero Lily sabe que estoy aquí, sustituyéndole el dispositivo, así que no pasa nada.
Danielle asiente mientras se frota el tobillo ya liberado, que asoma por debajo del bajo de sus pantalones. Lleva un grueso calcetín de algodón.
–Me pregunto si podría ponerme el dispositivo nuevo en el otro tobillo.
El oficial Reeves gruñe.
–Sí, ya sé que estas cosas son un poco molestas.
Danielle le ofrece el otro pie.
–¿Y puede ponérmelo por encima del calcetín?
El oficial la mira.
–No, señora. Tenemos que ponerlo en contacto con su piel, ¿sabe? Para que no pueda quitárselo. Pero le daré tres centímetros de holgura. Así estará más cómoda.

–Gracias, oficial –dice ella–. Soy muy friolera y siempre llevo calcetines, aunque haga calor en la calle.

Él le baja el calcetín de la otra pierna hasta el talón, y le pone el nuevo dispositivo en el tobillo dejando la holgura que ha prometido. Cuando termina, se pone en pie con dificultad, entre resoplidos, y se da unas palmadas en la abultada barriga.

–Bueno, señora, ya está.

Ella se baja la pernera del pantalón y lo acompaña hasta la puerta.

–Gracias de nuevo, oficial. Ha sido muy amable.

Él se toca el ala del sombrero.

–Pórtese bien. No haga nada que yo no haría.

Ella le sonríe.

–Claro que no, oficial. Usted ya se ha ocupado de eso.

Una vez que el policía se ha ido, Danielle entra rápidamente en su habitación. Saca una caja de cartón con una etiqueta blanca en la que pone *Prosthetics, Inc.* de debajo de la cama. Se quita los zapatos, los pantalones y los calcetines de algodón. Su pierna izquierda, la que ahora lleva el dispositivo, tiene un aspecto muy diferente del de la derecha. Se agacha y se saca la tobillera con facilidad. La cuelga en el gancho de la puerta. Después abre los broches de Velcro que tiene detrás de la rodilla y se quita la capa de espuma especial que cubre su pierna. Lo pone todo en la caja de cartón. Ve las instrucciones y la descripción de su compra.

Todas las fundas de prótesis son personalizadas y fabricadas de una mezcla única de polímeros de silicona, y funcionan como una segunda piel. La silicona resiste las altas y bajas temperaturas y es perfectamente tolerada por el cuerpo humano. Es fácil de reparar, y tiene una apariencia traslúcida con una pigmentación especial y duradera. Presenta incluso venas y pecas que se dibujan en la cera. Sólo usted sabrá que no es real.

–Qué razón tienes –murmura Danielle.

Sonríe al recordar la mirada de confusión de la dependienta cuando le dijo que sólo quería comprar la funda de la prótesis, y no la prótesis en sí. Esconde la caja debajo de la cama, vuelve a ponerse los pantalones y los zapatos y va hacia el armario del recibidor. Allí ha puesto una bolsa de viaje, su bolso, el ordenador, sus papeles, el teléfono móvil y su billete de avión, que acaba de imprimir.

En el mejor de los casos, puede que averigüe exactamente lo que necesita para crear dudas razonables en el pensamiento de los miembros del jurado. Quiere demostrar que Jonas se infligía lesiones a sí mismo, y que tenía tendencias suicidas ya antes de llegar a Maitland. Y también quiere averiguar por qué fue el doctor Jojanovich quien envió a Jonas a Maitland, y por qué Marianne eligió a un médico de Chicago si vivía en Pennsylvania. Tal vez él pueda darle el nombre de otros psiquiatras que puedan confirmar su teoría.

En el peor de los casos, habrá vuelto al apartamento esa misma noche sin que nadie se entere de nada. Su teléfono móvil no le va a revelar su situación a Sevillas ni a Doaks si ellos la llaman, y si quieren verla, dirá que se encuentra mal. Le hace una rápida llamada a Georgia y le ruega que tome un vuelo desde Nueva York esa tarde. Georgia intenta que Danielle le explique por qué necesita que vaya con tanta urgencia, pero Danielle le dice que no puede contárselo en ese momento, y que Georgia tiene que confiar en ella. Su presencia en Iowa es muy importante. Parece que el tono de desesperación de Danielle convence a Georgia, y su amiga accede a tomar el primer vuelo disponible.

Danielle toma la llave de su apartamento, abre la puerta y la mete debajo del felpudo. Georgia estará allí por la noche, y Danielle siente un gran alivio. No podría alejarse de Max sin saber que alguien que lo quiere tanto como ella estará presente.

Antes de que pueda cambiar de opinión, cierra la puerta con firmeza. Al hacerlo, la cerradura resuena con una rotundidad ominosa.

veintitrés

Danielle se pasea de un lado a otro por su habitación del hotel de Chicago. Mira por la ventana y recuerda la última vez que estuvo allí. Fue dos años antes, por un caso de desfalco que la llevó a ese mismo hotel. El Whitehall le recuerda todo lo que ella era antes, le recuerda la pelea intelectual durante el día, y las largas cenas con sus clientes en buenos restaurantes por las noches. Aquel establecimiento tiene un lujo a la vieja usanza, que está ausente en la mayoría de los hoteles estadounidenses. La nota escrita a mano que hay sobre la almohada de su cama; el grueso albornoz blanco que cuelga de la puerta del baño; y una copa de su coñac favorito servida en una mesa auxiliar. Todos esos detalles le recuerdan su última visita. El hotel está en Michigan Avenue, en Gold Coast, y le habla de tiempos pasados, que quizá no vuelvan nunca.

Tiene que resistirse a responder a las llamadas de Tony. Sabe que se va a subir por las paredes si averigua que ella ha vuelto a quebrantar las estipulaciones de su libertad condicional. Con suerte, estará de vuelta en Plano esa misma noche, con una información que impedirá que la vista sea desastrosa para ellos. Es una mujer desesperada que se aferra a cualquier cosa. No puede dejar de investigar ni una sola pista.

La noche anterior, cuando estaba segura de que Sevillas dormía, Danielle le dejó un mensaje en el contestador para informarle sobre Georgia y decirle que debía ponerla en la lista de visitas de Max en calidad de asistente de la defensa. Le indicó que permitiera a Georgia que visitara a Max siempre que quisiera, y siempre que Max la necesitara. Danielle se estremece al pensar en cómo habrá reaccionado Tony ante aquella orden unilateral. Se alegra de no estar allí cuando él averigüe dónde ha ido, y lo que está haciendo. Si todo sale según sus planes, él no lo sabrá nunca. Ha hecho prometerle a Georgia que le dirá a Tony que está enferma, en cama.

Se sienta con una taza de café en la mano, y en ese preciso instante, recibe una llamada de Max. Siente una punzada de pánico en el corazón.

—Cariño, ¿estás bien?

La voz de Max es de miedo y de ira.

—¿Qué estás haciendo en Chicago? ¿Cómo puedes dejarme aquí y marcharte sin decirme nada?

—Max, no pasa nada. Espera, ¿cómo sabes que estoy en Chicago? ¿Te lo ha dicho Tony?

—¿Sevillas? —dice él con un resoplido desdeñoso—. No. Lo he visto en mi GPS.

—¿Qué GPS?

—Los dos tenemos un GPS en el iPhone, ¿es que no lo sabes? Y ahora deja de distraerme y dime qué estás haciendo.

Danielle agita la cabeza.

—Estoy buscando pruebas para la vista.

—¿Y por qué te has ido a Chicago? Sevillas me habló de Fastow, y yo estoy investigándolo.

Danielle pasa la siguiente media hora intentando convencer a Max de que estará de vuelta a tiempo para la vista, de que es importante que siga esa pista sobre Marianne, y de que él debería ordenar toda la información que tiene y enviársela por correo electrónico a Sevillas. Así, si ella no descubre nada, al menos podrán seguir la pista de Fastow, cosa que harán de todos modos. Le insta a que continúe su investigación y mantenga los ojos bien abiertos, sobre todo con respecto a Fastow. Espera que esto le proporcione a Max una buena distracción y que disminuya el terror que siente su hijo por la vista y la posibilidad de que ella no esté allí a tiempo. También toma nota de que debe hablar con Georgia para pedirle que esté con él el mayor tiempo posible hoy. Si no puede tenerla a ella, al menos, que Max tenga a su lado a lo más parecido a su madre.

Después, vuelve a pasearse por la habitación, esperando una llamada que le diga que el nuevo delito que ha cometido volando hasta Chicago no haya sido en vano. Las sábanas revueltas de la cama son un reflejo de que ha pasado otra noche sin dormir. Se obliga a sentarse en el sofá y enciende un cigarro. El humo le sabe amargo. Justo cuando cierra los ojos y empieza a relajarse, suena el teléfono móvil otra vez. Mira la pantalla y responde.

–¿Diga?
–¿Señora Talbert?
–Sí, soy yo.
–Soy Marcia, la enfermera del doctor Jojanovich.
–Sí, Marcia –dice ella–. Gracias por llamarme con tanta rapidez.
–Bueno, como usted dijo que su caso es urgente, el doctor dice que puede atenderla durante unos minutos a las doce y media.
–Muy bien –responde Danielle, y toma la libreta y el bolígrafo que hay en la mesa de centro de cristal–. ¿Podría darme la dirección, por favor?
–La consulta está en el número 5896 de Polanski Avenue –le explica la enfermera–. Ah, y el doctor pidió que le trajera su historia, dado que es una paciente nueva.
–Muy bien –dice Danielle–. Le llevaré todo lo que tengo.

Danielle mira por la ventanilla del taxi. Están pasando rápidamente desde las lujosas tiendas de Michigan Avenue hacia zonas menos prósperas de Chicago. Llegan a un edificio estrecho y ruinoso. La placa de bronce que hay sobre el timbre ha perdido todo el lustre y el letrero apenas resulta legible. *Boris Jojanovich, Doctor en Medicina.* Presiona el botón y oye la voz de la enfermera a través del interfono.

−¿En qué puedo ayudarla?

−Soy la señora Talbert. Tengo consulta con el doctor.

−Ah, sí. Pase, por favor.

Suena un timbre, y Danielle empuja la puerta. Pasa al portal y se dirige al ascensor, pero hay un cartel que indica que está estropeado. Sube por las escaleras y, cuando llega a la puerta de la consulta, está sin aliento, pero ya no siente tantos nervios. Se alisa el pelo y camina hacia el mostrador de recepción.

−Buenos días, señora Talbert −dice Marcia, la enfermera. Es una muchacha de veintitantos años, que lleva un vestido azul marino y que le ofrece un vaso de agua−. Todo el mundo lo necesita después de subir esas escaleras. Tenga.

Danielle toma un buen trago.

−Gracias.

−Llega justo a tiempo. Siéntese, y yo le diré al doctor que está aquí.

Camina hacia tres sillas de madera vacías, y acaba de sentarse en una de ellas cuando se abre una puerta lateral y aparece un hombre mayor con una bata blanca. Lleva gafas y tiene una expresión severa.

Ella se pone en pie y le tiende la mano.

−¿Doctor Jojanovich?

−Sí. Usted es la señora Talbert, ¿no? −dice el médico−. No estoy muy seguro de cómo puedo servirle de ayuda, pero pase, por favor. No me pase llamadas, Marcia.

−Muy bien, doctor.

Danielle pasa a un despacho sorprendentemente grande. Hay un ordenador cubierto de polvo sobre un viejo escritorio, con un cable grueso enrollado en su base, como si fuera un cordón umbilical. El doctor Jojanovich le señala una silla y, cuando ella ha tomado asiento, él se acomoda en una butaca de cuero muy vieja y la observa con atención.

−Y bien, señora Talbert, ¿qué puedo hacer por usted? Marcia me ha dicho que quería verme con urgencia.

Danielle respira profundamente y sonríe.

—En realidad, doctor Jojanovich, yo no soy la paciente. Soy abogada. Me llamo Danielle Parkman.
Él arquea una ceja.
—¿Una abogada?
—Sí –dice ella–. Me encuentro en una situación difícil, doctor. Deje que se le explique.
—Sí, por favor –responde el médico, y apoya las manos huesudas sobre la mesa–. No les tengo especial estima a los abogados.
Ella sonríe.
—Como la mayoría de la gente. Represento a un cliente que se ha metido en problemas en Plano, Iowa.
Él agita la cabeza.
—Yo nunca he ejercido en Iowa, señora Parkman.
—Bueno, en realidad el problema es un homicidio en el que siento decir que está involucrado uno de sus antiguos pacientes.
Jojanovich abre mucho los ojos.
—¿Un homicidio?
—Posiblemente, un suicidio.
—Vamos a ver si lo entiendo bien, señora Parkman –dice el médico lentamente–. Me ha pedido una cita de urgencia cuando, en realidad, lo que quería era hablar de un posible suicidio o asesinato en Iowa, donde yo nunca he ejercido mi profesión. Como abogada, usted debe saber que yo no puedo hablar de mis pacientes –añade, y agitando la cabeza, se pone en pie–. Me temo que no puedo ayudarla. Y ahora, si me disculpa…
Danielle se interpone en su camino rápidamente.
—Por favor, Doctor. Mi cliente puede ser condenado a muerte por el asesinato de su paciente, si yo no consigo la información que necesito –le dice, y vuelve a su asiento. Tal vez, si ve que ella se sienta, él lo haga también.
El doctor permanece en pie.
—¿Qué paciente?
—Se llamaba Jonas Morrison –dice ella, pero no ve ninguna reacción en el semblante de Jojanovich–. Tenía diecisiete años. Lo admitieron en un hospital psiquiátrico de Iowa este verano y murió de… lesiones muy graves. La autopsia no es conclu-

yente, así que no sabemos si las heridas se las infligió él mismo, o fueron resultado de un homicidio. Mi cliente está acusado de haberlo asesinado –explica, y mira al médico a los ojos–. Yo estoy intentando averiguar lo que usted pueda saber para poder aclarar la situación.

Jojanovich mira su silla y se sienta.

–¿Y qué es lo que la ha traído hasta mí?

Danielle saca una hoja de su bolso.

–He estado buscando información sobre el pasado del niño, pero solo he encontrado este documento con su firma, como el médico que lo envió a un hospital psiquiátrico, Maitland.

–Ummm –dice Jojanovich. Toma el papel y lo estudia. Cuando termina, alza la vista–. Creo que ha cometido un error, señora Parkman.

–Doctor, si lo que le preocupa es la confidencialidad de su paciente...

–No, señora Parkman. No es ese el problema.

–Entonces, ¿cuál es? Si quiere confirmación fehaciente de que soy abogada...

–No, no. Usted no lo entiende. Yo no he tenido ningún paciente llamado Jonas Morrison.

Danielle se queda mirándolo fijamente.

–Además, yo no soy psiquiatra, ni ejerzo de pediatra. Nunca lo he hecho.

Danielle se queda asombrada y mira el papel mientras el médico se lo devuelve. Está allí escrito, con tinta negra sobre blanco.

–Doctor, por favor, explíquemelo. Esto no tiene sentido. ¿No es su nombre el que figura en la solicitud de admisión para el Hospital Psiquiátrico de Maitland en Plano, Iowa?

Jojanovich se pone en pie.

–Lo lamento, señora Parkman. Me gustaría ayudarla, pero no tengo ni idea de dónde ha salido esto, y nunca he tenido un paciente que se llamara así. Y ahora, si me disculpa... –el médico camina hacia la puerta.

Danielle dobla la hoja de papel y se la guarda en el bolso.

–Doctor, tal vez recuerde a su madre, Marianne Morrison.

–No. Lo siento.

—Deje que se la describa. Es de estatura media, rubia, con los azules, y tiene unos cuarenta años...
—No, ya le he dicho que...
—Tal vez, si intenta hacer memoria...
Jojanovich la mira con paciencia.
—¿Cómo dice que se llama?
—Marianne Morrison.
El médico vuelve a su escritorio con el ceño fruncido. Ella se da cuenta de que va a intentar contentarla para que ceda y se marche. Obviamente, pertenece a una generación de hombres que no están acostumbrados a echar a una mujer de su despacho.
—¿Cómo habla? ¿Y cómo viste?
—Es del sur, de Texas. Lleva ropa cara y elegante, pero... colorida. Normalmente usa trajes y joyas. Es viuda y estudió medicina, pero finalmente se hizo enfermera. Sé que es una experta con los ordenadores. Los usaba mucho cuando trabajaba de enfermera. Su hijo, Jonas, tenía graves problemas mentales. Nació en Pennsylvania —explica Danielle, y su voz se acalla.
Jojanovich la mira con tristeza.
—Lo siento mucho, señora Parkman. Ojalá pudiera ayudarla.
Danielle suspira. Sin decir nada más, se encamina hacia la puerta y le estrecha la mano. Mientras se despide de Marcia y empieza a bajar las escaleras hacia la calle, su mente es un torbellino. ¿Qué va a hacer ahora? Lo único que le queda es una dirección casi ilegible de Chicago que encontró garabateada en el margen de un documento de Maitland. Ni siquiera sabe si tiene algo que ver con Jonas. Si aquella visita a Jojanovich es un ejemplo, esa pista es otro callejón sin salida. ¿Por qué iba Marianne a falsificar referencias para poder ingresar a Jonas? No hay duda de que necesitaba estar en un hospital psiquiátrico. El doctor debe de estar mintiendo. O tal vez es que no quiere involucrarse. Sin embargo, si lo único que hizo fue enviar a Jonas a Maitland, ¿por qué teme que lo acusen de una negligencia médica? Danielle sabe la respuesta antes de que la pregunta termine de formarse en su mente. Porque cualquiera puede demandar a cualquiera por cualquier cosa. Están en Estados Unidos.

Para a un taxi y se envuelve en su gabardina. El cielo está encapotado. Mientras le da la dirección del hotel al taxista, suena su teléfono móvil. Es Doaks. Debe de pensar que está en su apartamento, haciendo exactamente lo que le han pedido que haga: dejarles trabajar. Ignora la llamada.

No puede volver con las manos vacías.

veinticuatro

Cuando Danielle entra en el vestíbulo del hotel, el cielo se está despejando. En el mostrador de la entrada, el recepcionista le entrega la llave de la habitación con una sonrisa y una pregunta amable sobre su día. Ella murmura alguna respuesta y, por costumbre, pregunta si tiene mensajes. Hay uno de Max: «Llámame». ¿Cómo sabe en qué hotel se aloja? En este momento no puede llamarlo, porque todavía no ha conseguido ni lo más mínimo que justifique aquel viaje impulsivo a Chicago, y porque tiene que asimilar el hecho de que esa locura puede costarle la cárcel, donde no podrá hacer nada por salvarlo. Tampoco puede decirle que tal vez su mejor opción sea aceptar el trato que les ha ofrecido el fiscal, y que eso significaría que él va a quedar encerrado en Maitland, seguramente durante varios años. Georgia la llamó el día anterior, y Danielle le dijo qué era lo que estaba haciendo en Chicago. Georgia se quedó horrorizada al saber que Danielle se había arriesgado de esa manera, pero prometió que no diría nada sobre su paradero. Le aseguró a Danielle que Max estaba bien, pero Danielle supo, por el tono de voz de su amiga, que el estado de ánimo de su hijo no debía de ser el mejor. Danielle sabe que debe de estar frenético porque ella se ha marchado. Le envía un mensaje de texto diciéndole que lo quiere y que lo llamará pronto.

Lo único que quiere hacer es subir a la habitación y darse un baño caliente, y olvidar la desesperanza que se ha apoderado de su vida. El ascensor está vacío. Cuando llega a su piso, está agotada. Mete la llave en la cerradura y entra. Las cortinas están cerradas. Se quita los zapatos y la chaqueta. De repente se siente tan cansada que no tiene fuerzas ni siquiera para bañarse. Va hacia el dormitorio, pero antes de entrar, oye algo. Parece que viene de la sala de estar. Se detiene. Escucha. Nada. Va de nuevo hacia el dormitorio, pero lo oye de nuevo. Vuelve de puntillas al salón. Está oscuro.

Hay alguien sentado en el sofá de cuero. Es un hombre. Tiene los pies sobre la mesa de centro de cristal.

–¿Tienes idea de lo tonta que eres?

Ella enciende la luz.

–¡Doaks!

–Sí, Doaks. ¿A quién te esperabas? ¿A los federales?

–¿Cómo me...

–Soy detective, ¿o es que no te acuerdas? Convencí a la chica de la recepción para que me diera una llave extra de tu habitación. Le dije que era tu marido, ni más ni menos –dice él, sonriendo–. Además, es mi trabajo; encontrar a graciosillas como tú, que quieren hacer proezas, y volver a llevarlas a donde tienen que estar. Tampoco me ha venido mal que ese niño tuyo te esté siguiendo la pista y confíe en mí, por lo menos lo suficiente como para decirnos dónde estabas –Doaks agita la cabeza y prosigue–: Es un genio con ese cacharro, sin duda. Y se enfadó mucho cuando se enteró de dónde estabas.

Danielle no sabe por qué ha pensado en algún momento que podía mantener aquel viaje en secreto.

Doaks lleva una gabardina y un sombrero de fieltro viejo, y parece que le ha pasado por encima un rebaño de alces.

–¿Sabes lo enfadado que está Sevillas contigo? Alégrate de que consiguiera convencerlo para que me dejara venir aquí y llevarte a rastras a casa. Si se hubiera salido con la suya, habría enviado a la policía para que te pusiera unos grilletes y te llevaran a Plano –dice, y se saca un sobre del bolsillo de la gabardina–. De Tony.

Ella abre el sobre y se encuentra con unas palabras escritas a toda prisa en una hoja.

Danielle:
Por favor, vuelve ahora mismo. Sabes lo que siento por ti, pero no puedo proteger a Max de esta manera. Todo saldrá bien, pero tienes que hacerme caso. Es la única forma de poder ayudar a Max.
Tony.

Danielle se sienta frente a Doaks. Lo único que siente es cansancio. Agotamiento.

–No voy a intentar defenderme.

–No, seguro que no. Pero ¿qué demonios estás haciendo aquí? Tengo que concederte que has sido muy lista para quitarte la tobillera; si lo averiguan antes de que volvamos, cosa que dudo, el viejo Reever va a ser el hazmerreír del cuerpo. Cuando vi la caja debajo de tu cama, pensé en ponerle un lazo rojo y mandársela por Navidad.

–¿Cómo entraste en mi apartamento?

Él se limita a mirarla.

–Está bien, está bien –dice ella, con un suspiro.

–Deberías haber respondido al teléfono móvil –le dice él suavemente–. Habernos dicho que tenías problemas femeninos, o algo de eso. Nos habrías alejado durante unos días.

–Tenía una pista –respondió ella–. Te pedí que lo investigaras, pero tú no quisiste.

–Una pista, ¿eh? Pareces Perry Mason. Entonces, ¿ahí es donde has estado todo el día? ¿Siguiendo tu pista?

Ella asiente.

–¿Y has conseguido algo?

Ella niega con la cabeza.

–Ummm –murmura Doaks. Baja los pies al suelo y mira a su alrededor por la habitación–. ¿Tienes algo de beber aquí? Estoy seco.

Ella se levanta y saca varias botellitas de alcohol del minibar. Él señala dos de ellas. Danielle saca dos copas y sirve las bebidas. Después de dar el primer trago, Doaks mira los papeles que hay sobre la mesa, y su bolsa de viaje.

—Bueno, señorita, termine la bebida y haga su equipaje. Tenemos un vuelo a las seis de la tarde. Si puedo llevarte al apartamento sin que los de la comisaría se den cuenta, tal vez salgamos de esta con el trasero intacto.

Danielle toma un buen sorbo de su copa.

—No voy a volver. Tengo una cosa más que investigar.

—No te pongas burra. Vas a hacer la maleta y vas a venir conmigo. Vamos a volver a casa a prepararnos para la vista. No tengo tiempo de andar vigilándote para que no te metas en líos.

Ella deja el vaso en la mesa y responde:

—Mira, John, te agradezco mucho lo que estás tratando de hacer, pero tengo que investigar esta última pista. Después iré contigo, te lo prometo.

Él apura su copa y hace ademán de tomar la de ella. Antes de que Danielle se la entregue, le estrecha la mano.

—Me alegro mucho de que estés aquí. En este momento no se me ocurre otra persona con la que quisiera estar.

Él tiene la voz ronca, pero su mirada se ablanda.

—Está bien, nenita, será mejor que me expliques lo que pasa —dice. Alza la mano derecha y añade—: No digo que vaya a hacerte caso. Sólo digo que tienes cinco minutos antes de que te eche a mi hombro y te lleve a casa. Dispara.

Ella le muestra el papel y la dirección que está escrita debajo del nombre de Jonas. Le habla de lo extraño que es el hecho de que el doctor Jojanovich enviara a Jonas a Maitland, de su entrevista con el médico y de lo que reflejan los documentos de admisión de Maitland. Él lo estudia todo durante un momento.

—Esto no es importante. Lo sabes.

Ella suspira.

—Sé que no parece mucho, pero es lo único que tengo. En alguna parte tiene que haber información sobre si Jonas tenía tendencias suicidas o no.

—Pero eso no demuestra que Max no estuviera tendido junto

al chico, ni que tú no estuvieras intentando sacarlo de la habitación con el arma homicida en el bolso. ¿Y qué tienes pensado hacer ahora, señorita James Bond? ¿Meterte en alguna casa que ni siquiera sabes si tiene algo que ver con el niño muerto? Llevo toda mi vida trabajando en la investigación, y sé que esto es una pérdida de tiempo.

–Puede que sí, pero es mi tiempo –dice ella. Se pone en pie y se calza–. Y voy a comprobar lo que hay en esa dirección antes de volver a Iowa.

–¿No quieres saber lo que hemos averiguado nosotros desde que tú volaste del nido?

Danielle se detiene.

–¿Qué?

Doaks se acomoda en el sofá y se pone las manos detrás de la cabeza.

–Hemos investigado un poco sobre nuestro querido Fastow. No está tan limpio como piensa esa vieja bruja de enfermera.

Danielle se sienta.

–¿Qué?

–No he sido yo. Ha sido ese genio de niño tuyo. Con su teléfono barrió con Google toda la Internet, aunque no tengo ni idea de qué significa eso. Nunca he tenido ordenador, ¿sabes? Bueno, pues parece que tú tenías razón. Está metido hasta el cuello en algún tipo de investigación.

–Pero ya sabíamos que está haciendo investigación sobre psicotrópicos. ¿No hay nada más concreto?

–¿Y cómo voy a saberlo? –protesta él–. Estaba justo en mitad de ese asunto cuando he tenido que salir corriendo para apagar otro de tus fuegos.

–¿Has conseguido que analicen la sangre de Max?

–He movido algunos hilos. Supongo que tendremos los resultados mañana, aunque todavía no sé cómo los vas a usar.

–Tendré que explicarle a la jueza cómo conseguí la muestra. Me revocarán la libertad bajo fianza, pero Tony podrá hacer una petición para que realicen otro análisis de sangre que confirme los resultados del de la muestra que tomé yo.

–¿Y crees que el tribunal se la concederá?

–Eso espero. Si los análisis dan el resultado que creo que

van a dar, podremos aportarlos como prueba de que lo que hiciera Max fue culpa de las medicinas que le estaba dando Fastow. Diremos que no hay ninguna otra explicación para la agresividad de Max, y los demás comportamientos extraños que tuvo.

Doaks agita la mano.

—Como sea.

—¿Y las pastillas? —pregunta Danielle.

—Lo mismo.

—¿Llegarán a tiempo para la vista?

—En teoría sí —dice él, y se pone en pie—. Y esa es otra de las razones por las que tenemos que salir corriendo de aquí y tomar ese avión. Vamos.

Ella no se mueve.

—No te lo voy a decir dos veces, Danielle.

Ella se levanta.

—Volveré a Iowa en cuanto haya ido a investigar esa dirección.

—Maldita sea. Mujeres —dice él. Toma su sombrero y extiende la mano para tomar el papel—. Vamos, dámelo.

—No.

Él se acerca a ella.

—He dicho que me lo des.

Danielle obedece.

—No importa. Me sé de memoria la dirección.

—Eres un prodigio —dice él, y se mete el papel en un bolsillo de la gabardina—. Si no tuviéramos tiempo de sobra, no haría esto. Ahora, siéntate en ese sofá y no te muevas de aquí hasta que yo vuelva.

Danielle empieza a discutir con él, pero mira su mandíbula apretada y lo piensa mejor. Él se va hacia la puerta. Ella lo sigue con un sentimiento de frustración.

—¿Estás seguro de que no quieres que vaya contigo?

Él la mira.

—Doaks, yo... —a Danielle se le quedan las palabras en la garganta.

—Sí, me debes una, ya lo sé —dice él, y aunque gruñe, ella ve afecto verdadero en sus ojos—. Hazme un favor, ¿quieres?

—Por supuesto.
—Ten el teléfono móvil encendido y responde cuando te llame.

Le guiña un ojo y sale de la habitación. Ella cierra la puerta. Y espera.

veinticinco

El cielo está tan negro como el humor de Doaks. Sobre el parabrisas cae una lluvia intensa que emborrona las imágenes. El taxi recorre calles poco cuidadas. El pavimento tiene baches y agujeros, y las casas adosadas asoman detrás de aceras torcidas y cubos de basura llenos. Allí, el moho es un olor y un color. Sube desde el suelo y trepa hasta las vigas.

Doaks conoce aquellas casas, aquella gente. Son personas trabajadoras que tienen miedo de esperar que las cosas mejoren, y más miedo todavía de que esa esperanza no las haga mejorar. Por fin, el taxista se detiene junto al bordillo y señala. Doaks le dice que espere un rato. Toma su gabardina, sale del coche y se dirige hacia una casa vieja de ladrillo, que parece igual que las demás. Sube al porche y saluda a un perro labrador que está muy mojado. Después llama a la puerta. No responde nadie.

Mira por una ventana sucia con las manos ahuecadas alrededor de los ojos. Al frotar el cristal con la manga para ver mejor, se da cuenta de que la porquería no está por fuera. Guiña los ojos y distingue algo de luz en el vestíbulo. Llama al timbre. Mientras espera, observa los porches de las casas contiguas, pero no ve a nadie. Seguramente están trabajando. Si no lloviera tanto, habría niños jugando en la calle o ancianos meciéndose y fumando; alguien con quien él pudiera hablar.

Después de cinco minutos llamando, Doaks suelta una maldición. Se ha quedado helado. Bueno, ya lo ha hecho. Tal y como le dijo a Danielle, un callejón sin salida. Mira el reloj; tiene tiempo suficiente para ir a recogerla y marchar al aeropuerto.

Empieza a bajar las escaleras cuando oye un ruido a sus espaldas. Ve una figura detrás de la ventana y se acerca de nuevo. La puerta se abre una rendija, y habla una mujer con la voz ronca.

–¿Qué quiere?

–Buenas tardes, señora –dice Doaks, quitándose el sombrero y poniéndoselo en el pecho–. Estoy…

–¿Intentando vender algo? –pregunta la mujer, mientras la puerta se abre un poco más–. Pues mejor será que se vaya.

Doaks entrevé a una mujer de estatura baja y pelo gris. Cuando ella empieza a cerrar la puerta, él hace el clásico movimiento de la puntera del zapato y se lo impide. Antes de que la mujer reaccione, él ya está hablando.

–Siento molestarla, pero estoy buscando a una mujer que vive aquí, o que vivía aquí. Si tiene un minuto para ayudarme, se lo agradecería mucho.

La anciana empieza a cerrar de nuevo.

–No hablo con nadie de este vecindario, señor. Váyase.

–Por favor, señora, es mi esposa –dice él–. Se ha largado, y usted es la única que puede ayudarme.

La puerta permanece abierta. La mujer lo mira de arriba abajo por encima de la cadena. Doaks pone ojos de cordero.

–Eh, me quedaré ahí fuera, bajo la lluvia. Sólo soy un tipo que está buscando a su hijo, eso es todo.

Bingo.

La puerta se abre, y la mujer aparece por completo. Él calcula que tiene unos setenta y cinco años, tal vez ochenta. Lleva una bata de chenilla muy desgastada.

—¿Cómo se llama usted? —le pregunta.

—Edwin Johnson, señora. Soy fontanero, de Norman, Oklahoma.

—¿Y a quién está buscando?

—A una señora. A mi exmujer.

—¿Y ella cómo se llama?

—Marianne Morrison. Es así de alta —dice él, y se pone la mano en el pecho—, rubia, de ojos azules. Cuarenta años.

—Aquí no hay nadie así.

—Sí, señora, lo sé, pero vivió aquí hace un tiempo. Escribió esta dirección en este formulario médico de mi hijo.

—Aquí no ha habido rubias. Una morena, sí. ¿Cuántos años tiene su hijo?

—Diecisiete años.

A ella se le encienden los ojos. Abre la puerta un poco más y sale al porche. Él vuelve a sonreír, pero ella ignora su patético intento de hacerse el simpático.

—Tengo que preguntarle una cosa —dice la anciana.

—¿Sí, señora?

—¿Su hijo tenía algo especial?

—Sí, claro que sí —responde él—. Se llama Jonas, y tiene algunos... problemas. Es autista y se comporta de una forma un poco rara...

—¿Está dispuesto a pagar sus deudas? —pregunta ella con una mirada aguda y clara—. Como es su marido...

—Claro que sí, señora —dice él, y se agarra las manos como un predicador—. No tengo ni un dólar, pero siempre cumplo con mis obligaciones familiares.

Ella lo mira con impaciencia.

—Esa zorra me dejó a deber dos meses de alquiler. Supongo que no es difícil para las morenas volverse rubias, y al revés.

Doaks no puede creer que Danielle haya dado con algo de verdad, aunque no sea demasiado. Sigue a la mujer hacia el interior del vestíbulo, y la anciana hace que se limpie los pies en una toalla vieja que usa como felpudo. Él cuelga la gabardina mojada y el sombrero en un perchero desvencijado y va tras ella hacia el salón. La anciana se sienta en una butaca reclinable del tiempo en que Eisenhower era presidente, que tiene el relleno salido. Sobre una mesita hay un cenicero y un paquete de Lucky Strikes sin filtro. Ella saca uno y lo enciende. Inhala profundamente y cierra los ojos, sin inmutarse ante el primer choque de tabaco puro. Él saca uno de sus cigarros Marlboro light y lo enciende. Permanecen sentados, fumando, mirándose el uno al otro.

El salón es agobiante. La lámpara del techo emite una luz mortecina que ilumina los cuerpos de las polillas que han muerto dentro del cristal durante los últimos cincuenta años. En la pared hay manchas de humedad. La televisión está sobre un cajón de plástico, y parece tan vieja que él se pregunta si es en color. Echa hacia atrás la silla e intenta ver algo más de las escaleras.

–¡Deje de hacer eso! –le dice la anciana–. No intente fisgonear. Esta no es su casa, señor. Es mía.

Doaks vuelve a poner cara de contrito.

–Disculpe, señora. Solo estaba intentando imaginarme aquí a mi mujer y a mi hijo, pensar en cómo vivían y adónde han podido ir...

–Tonterías.

–¿Cómo?

–He dicho «tonterías». Vamos a dejarnos de bobadas, ¿eh, señor Johnson? –dice la señora, con una sonrisa que muestra su dentadura estropeada. Ya se ha terminado el cigarro, y apaga la colilla con los dedos amarillentos en el cenicero–. O mejor dicho, sea usted quien sea. No es malo, pero yo soy mejor. No sabe absolutamente nada de esa mujer y de su hijo, ¿verdad?

Doaks se queda callado.

Ella sonríe con astucia.

–Tiene cara de detective privado.

Doaks sonríe también. No le importa que lo haya descubierto, siempre y cuando hable.

–Sí, tiene razón.

Ella asiente, como si él hubiera pasado una prueba.

–¿Y por qué ha venido a molestar a una anciana? –pregunta ella, y al ver la dirección de su mirada, le hace un gesto hacia una botella de whiskey y un vaso sucio que hay sobre la televisión. Él le lleva ambas cosas. Ella sirve una buena cantidad y le ofrece el vaso a Doaks.

—No se preocupe. Beba usted.
Ella niega con la cabeza.
—Tómelo.
—¿Quiere que vaya por otro vaso? —pregunta él. Si ella le permite ir a la cocina, podrá echar un vistazo.
—No, a mí me gusta beber de la botella —dice la mujer. Entonces le da un trago al whiskey y frunce los labios con satisfacción—. Vamos a hablar de negocios.
—Muy bien —dice él—. Sin tonterías. Un niño autista de diecisiete años ha sido asesinado, o se suicidó, en una clínica mental de Iowa. El niño vivió aquí. Yo estoy intentando encontrar a la madre.
—¿Y por qué?
—Represento a otro chico que estaba en el mismo hospital, y a quien están intentando condenar por el asesinato. Yo no creo que lo hiciera él. Quiero recopilar información sobre el niño que murió para poder demostrar que se suicidó. ¿Puede decirme algo usted? ¿Cuánto tiempo vivió aquí esa mujer? ¿Se dejó algo cuando se marchó?
La anciana sonríe.
—¿Y qué saco yo?
La sorpresa es que no lo haya preguntado antes.
—¿Qué le parece justo? —dice él, y alza una mano—. Nada de locuras. Lo justo.
Ella alza los brazos.
—Mire a su alrededor, señor. Soy una vieja sin dinero, sin familia, sin nada —dice, y se toca la sien con el dedo índice—. Salvo lo que tengo aquí y los pocos dólares que consigo de llevarle el alquilar de este sitio asqueroso a un pez gordo de la ciudad. ¿Le parece que eso es justo?
—Veinte dólares —dice él. Hace mucho tiempo que dejó de pagar buen dinero por las historias de las viejas. El dinero que le dé a aquella mujer solo servirá para agrandarle el agujero que tiene en el hígado en cuanto él salga por la puerta.
—Cincuenta —replica ella con los ojos brillantes.
—Hecho —responde Doaks. Se saca dos billetes de veinte dólares y uno de diez del bolsillo y se los pone en la mano.
Ella se los cuelga del cinturón de la bata.

—Si me los metiera aquí —dice, señalándose el lugar donde en algún momento estuvo el escote—, se caerían al suelo en cuanto me pusiera de pie.

—Vamos al grano.

—Era una lagarta, eso es lo que era —empieza la anciana—. Vivió aquí con su hijo hace dos años, más o menos. Tenía el pelo castaño, llevaba ropa buena e iba muy maquillada. Siempre se retrasaba con el alquiler. Yo fui tan tonta como para permitírselo —dice, y se encoge de hombros—. Era por el niño, ¿sabe? Me daba lástima. Bueno, ella siempre tenía aquí a gente de la iglesia, de día y de noche. Ellos cuidaban al niño mientras ella iba a trabajar. El niño era un desastre. Siempre estaba haciendo ruidos raros y arañándose. Después de un año de estar aquí, se marchó.

—¿Y sabe usted dónde fue?

—No —dice, y le sirve otro trago a Doaks—. No lo sé y no me importa. Pero el dueño me echó una buena bronca, eso sí puedo decírselo.

—¿Se dejó alguna pertenencia?

—¡Ja! Se dejó un montón de porquerías, eso es lo que se dejó. Este sitio era un asco.

Él suspira.

—¿Se dejó algo en lo que figurara su nombre? ¿Alguna factura, algún cuaderno, alguna chequera?

Ella entorna los ojos como un gato que mira a su presa. Entonces, él se saca otros veinte dólares del bolsillo.

—No se los daré a menos que usted me dé algo a mí. Y no me refiero a una bota vieja o a unas horquillas. Me refiero a algo que lleve su nombre, algo que yo pueda usar.

—No hay mucho —admite ella.

—¿Mucho de qué?

—Ya se lo he dicho. Dejó este sitio hecho un asco: ropa sucia, comida y basura en la cocina... Lo tiré casi todo. Había papeles viejos, facturas, cosas de esas. Pero todavía tengo una caja de cosas suyas en la buhardilla —dice la anciana, y señala hacia arriba mientras mira con avidez el dinero que él tiene en la mano.

—No tan rápido —le dice él. Se mete los veinte dólares al

bolsillo y se pone en pie–. Primero enséñemelo. Si no hay nada que merezca la pena, usted se queda con sus cincuenta dólares y yo me voy, ¿entiende?

La mujer le lanza una mirada asesina, pero se levanta también. Después va caminando lentamente hacia las escaleras y empieza a subir. Cuando llegan arriba, entran en un dormitorio muy pequeño, en el que cabe poco más que una cama. Ella señala un armario. Él abre la puerta y mira el interior. Está lleno de ropa que apesta a ambientador de lavanda. Doaks aparta algunas cosas con un pie.

–¿Tiene una escalera? –pregunta.

Ya está sudando como un estibador. El aire de aquella habitación no se ha movido desde el año mil novecientos veintiocho. Ella le señala un rincón, y él coloca una silla bajo la trampilla del techo, que es tan bajo que se puede asomar la cabeza al ático solo con ponerse en pie. Está oscuro como la boca del lobo, salvo por algunos rayos de luz que entran por los agujeros del techo. Él gruñe al impulsarse con las manos para subir al suelo de la buhardilla a través del hueco. Después de varios intentos y bastantes palabrotas, por fin lo consigue. Percibe un olor a heces de ratón, a moho y a podredumbre.

–Maravilloso.

–Hay un interruptor de luz en algún sitio –le dice la anciana–. No se siente sobre él.

–Y me lo dice ahora –murmura él. Palpa a su alrededor, pero sólo toca suciedad y madera podrida. Por fin sus dedos topan con el interruptor, que sobresale de una vieja viga. Lo enciende. Nada–. ¿Tiene una linterna?

Parece que la anciana tampoco tenía mucha fe en el interruptor. Mientras él está ahí arriba, ella ha ido a buscar una linterna decente. Se la lanza, y Doaks la agarra. Está tan acalorado que le caen gotas de sudor por el pecho.

–Primero, la maldita lluvia, y ahora este maldito infierno –farfulla. Le gustaría ver a Sevillas allí, entre ratas y excrementos.

Suena su teléfono móvil. Se lo saca del bolsillo y responde:
–¿Qué?
–Soy yo, Danielle.
–Pensaba que eras la Reina de Saba –gruñe él–. Estoy hundido hasta las rodillas en mierda de rata.

—¿Has averiguado algo?
—No, tal y como te dije. Espero que tengas la maleta hecha, porque nos vamos dentro de una hora.
—Por favor, Doaks, sigue intentándolo —le ruega ella—. Es la única pista que tenemos.
—Entonces deja de molestarme —dice él—. Le dedicaré dos minutos más, y después me marcho de aquí.

Cuelga el teléfono y vuelve a metérselo en el bolsillo. Enfoca con la linterna hacia el suelo, y ve tres cajas de cartón. Alumbra la primera; está llena de fotografías de una versión más joven de la mujer que está abajo. Está claro que la edad le ha pasado factura. La segunda se deshace cuando intenta abrirla. Llega a la tercera y aparta las solapas. Bolsos viejos, zapatos desparejados, un paraguas que ha perdido casi todas las varillas. Encuentra un collar de cuero rojo con una cajita adosada y lo ilumina con la linterna. Es un collar de castigo para perros.

Doaks se siente frustrado. Allí no hay nada, solo unas porquerías que cualquiera tiraría si escapara sin pagar el alquiler.

—¿Por qué esa vieja me ha hecho subir, con cincuenta y seis años de edad, hasta aquí arriba, si sabía que solo iba a encontrar mierda de rata? —se pregunta. Se inclina por la trampilla del ático y grita—: ¡No he encontrado nada!

—¡Busque en la caja! —responde ella con impaciencia.

—¿Por qué no sube usted aquí y mira en esa apestosa caja?

Mira de nuevo la tercera caja y, finalmente, le da la vuelta. El aire se llena de polvo, y de la caja cae un papel que flota hasta el suelo. Doaks lo toma y lo alumbra con la linterna.

Estimada señora Morrison:
Le agradecemos que se haya puesto en contacto con Hipotecas Americanas para el Hogar en relación a su posible adquisición de una residencia en 2808 Leek Street, Phoenix, Arizona. Lamentamos informarla de que no podemos ayudarla en la financiación de esta propiedad...

Doaks le da la vuelta al sobre para ver la fecha.
Es del siete de abril de dos mil nueve. Unos pocos meses antes de que Marianne llevara a Jonas a Maitland.

Vuelve a darle la vuelta.

Tal y como solicitó, vamos a remitir una copia de esta carta a sus direcciones de Chicago y Arizona, para que pueda recibirla en caso de que esté trasladándose. Desert Bloom Apartments, Unit 411, 6948 E. Ranch Road, Phoenix, AZ 85006.

Doaks apaga la linterna, se guarda el papel en el bolsillo y baja rápidamente. Con la luz del dormitorio, se da cuenta de que está cubierto de una capa negra: suciedad, excrementos, alas de insectos... Huele como si se hubiera revolcado en estiércol de elefante. La anciana lo está esperando. Arruga la nariz.

–No es mi ático, señora –dice él, y se saca el papel del bolsillo–. ¿Cómo dijo que se llamaba esa mujer?

–Sharon Miller.

–¿Alguna vez vio su documento de identidad?

Ella lo mira con amargura y agita una mano.

–¿Le parece que esto es el Ritz?

Doaks se encoge de hombros y se da la vuelta para marcharse. Mira el reloj. Son casi las cinco. Ya no van a poder tomar ese vuelo de las seis. Tiene que volver al hotel y decirle a Danielle lo que ha encontrado. Después necesitan llamar a Sevillas. La anciana lo toma del brazo.

–Quiero mi dinero.

–¿Por qué? ¿Por una porquería de papel? –pregunta él, y cabecea–. Ni hablar.

–Teníamos un trato. ¡Mi dinero!

Ella lo va maldiciendo por todas las escaleras. En el vestíbulo, Doaks toma su gabardina y su sombrero. Ella se plantifica en la puerta, en jarras, para impedirle el paso.

–Si no ha encontrado nada, ¿por qué se lleva ese papel?

Él se saca los veinte dólares del bolsillo y se los pone en la mano. Después le hace una reverencia.

–Y, señora –dice con un guiño–, le doy las gracias por su hospitalidad y le deseo una larga vida.

Antes de que ella pueda responder, él vuelve al taxi y le indica al taxista que lo lleve a toda velocidad al hotel.

–Odio a las mujeres viejas –dice, dirigiéndose a nadie en particular.
 –Las jóvenes tampoco son precisamente maravillosas –responde el conductor.
 –Sí –dice Doaks–, pero por lo menos, cuando te fastidia una joven, no te sientes tan mal.

veintiséis

Danielle cierra la cremallera de la bolsa de viaje y mira el reloj. Son casi las cinco. Acaba de recibir un mensaje de Max. Está haciendo más investigación y quiere que ella vuelva, ya. ¿Dónde está Doaks? Espera que su retraso se deba a que ha encontrado algo bueno por fin. Seguramente está atascado en el tráfico de Chicago. Justo cuando va a intentar llamarlo otra vez, alguien llama a la puerta de la habitación. Abre. Lo que ve no es lo que esperaba.

El doctor Jojanovich está en el umbral, con el sombrero entre las manos, pálido.

–Señora Parkman.

–Doctor Jojanovich –dice ella–. Qué... sorpresa.

Él señala débilmente con el sombrero hacia el salón.

–¿Puedo pasar?

Danielle se aparta.

–Por supuesto. Pase, por favor.

El médico avanza lentamente. Danielle lo ve sentarse en una butaca.

—Doctor, espero que no molestarlo, pero no tiene buen aspecto.

—Lo que me ocurre, señora Parkman, no tiene nada que ver con la salud.

—¿Quiere darme su abrigo? ¿Le apetecería tomar algo?

—No se preocupe por el abrigo —dice él—, aunque no me vendría mal un whiskey, si tiene.

Danielle sirve un whiskey con hielo y se lo da. Él toma un sorbo y sus mejillas recuperan algo de color.

—Perdone que haya venido sin llamar primero. Mi secretaria anotó el nombre de su hotel y el número de su habitación en mi agenda esta mañana —explica él, y mira su bolsa de viaje—. Veo que se va de Chicago.

—Se supone que tenía que tomar un vuelo a las seis de la tarde —dice ella—, pero me temo que me he retrasado.

Jojanovich mira al suelo. Cuando, por fin, alza la vista, tiene una mirada triste.

—Seguro que quiere saber por qué he venido.

Danielle asiente.

—No sé si algo de lo que voy a contarle puede beneficiar a su cliente, pero no quiero ocultar la información que tengo sabiendo que puede afectar a la vida o la muerte de una persona.

—Yo quiero oír cualquier cosa que tenga que contarme.

Jojanovich se retuerce las manos. Después las suelta y comienza su relato.

—Hace dos años, señora Parkman, contraté a una mujer para trabajar en mi consulta. Esta mujer era una magnífica enfermera. Nunca la había tenido mejor. De hecho, era tan buena en su trabajo que a menudo me preguntaba cómo podía ser tan afortunado de tenerla allí, cuando mi consulta no es precisamente... de altos vuelos —dice, y se le encorvan los hombros—. Después de varios meses, me sugirió que podía encargarse también de las tareas administrativas de la consulta. Yo accedí inmediatamente. Nunca había conocido a nadie igual Tenía una energía ilimitada. Mis pacientes la adoraban, y con ella en la consulta todo iba como la seda. Todo siguió así durante un año. Se llamaba Sharon Miller. Me temo que puede ser la misma persona por la que me ha preguntado usted hoy.

Danielle hace un esfuerzo por seguir pensando como una abogada.

—¿Por qué piensa eso?

—Porque encaja con la descripción que usted me dio.

—¿Era rubia?

—No, pero todo lo demás coincide. La altura, el acento sureño, la habilidad con los ordenadores... En dos meses esa mujer informatizó toda la gestión de la consulta. Era un hacha. Yo ni siquiera sabía cómo utilizar esa maldita cosa... —el médico sonríe tristemente—. Se suponía que un día iba a enseñarme.

—¿Cómo organizó la consulta?

Él se encoge de hombros.

—Compró un software de gestión médica. Introdujo las listas de los pacientes, las historias clínicas, las citas, los informes de laboratorio, la correspondencia. Se ocupó absolutamente de todo.

—¿Y todo con el ordenador?

—Sí —dice él—. Pensaba que mi forma de llevar la consulta era muy anticuada. Y seguramente tenía razón.

Danielle lo observa.

—¿Por qué se marchó, doctor?

Jojanovich saca un cigarro.

—¿Le importa?

—No, en absoluto.

Jojanovich enciende el cigarro, da una calada y después exhala pequeñas nubes de humo.

—Se marchó... por varias razones.

—¿La despidió usted?

—No. Pero supongo que tenía que haberlo hecho.

—¿Por qué?

Él evita su mirada.

—La señorita Miller dejó el trabajo sin previo aviso. Un día, las cosas iban perfectamente, y al día siguiente... se había marchado.

—Estoy muy desconcertada, doctor —dice Danielle—. Dice que ella se marchó por varios motivos. Después dice que desapareció.

El médico alza la vista con una expresión de tristeza absoluta.

—Descubrí esos motivos después de que se fuera.

Danielle le toca el brazo.

—Lo entiendo. Por favor, dígame qué fue lo que ocurrió.

Él yergue los hombros.

—Muy bien. Pero antes de que yo se lo diga, tiene que darme su palabra de que no va a alertar a las autoridades de sus actividades en Illinois. No quiero que la acusen de nada. ¿Entiende?

—Yo no tengo ningún control sobre lo que puedan hacer las autoridades de Illinois, pero no tengo intención de ponerme en contacto con ellas. ¿Le parece satisfactoria mi respuesta?

—Sí —dice él con alivio, y empieza a hablar de nuevo—. Cuando se marchó la señorita Miller, yo me quedé horrorizado. Aquella mujer lo había llevado todo con tanta diligencia que yo no tenía ni idea de lo que debía hacer cuando ella se fue. ¿Ha visto el ordenador que hay sobre mi escritorio?

Danielle asiente y recuerda que el ordenador ni siquiera estaba enchufado.

—Bien, cuando se marchó, yo no siquiera podía averiguar cuándo tenía una cita, y mucho menos qué facturas había que pagar, ni cómo acceder a las historias de mis pacientes. Cuando Sharon estaba allí, yo escribía los comentarios sobre los pacientes durante sus visitas, y ella transcribía las anotaciones en sus historias, en el ordenador. No sé. A mí siempre me pareció que estaba bien guardar las historias en carpetas, pero Sharon quería que todo estuviera informatizado. Después de que se fuera, tuve que llamar a una empresa para que me dijeran cómo seguir llevando la consulta. Me llevó semanas organizarlo todo de nuevo. Contraté a una nueva enfermera y volví a tener una recepcionista en la entrada. Quería que todo volviera a escribirse sobre papel, sobre un soporte que yo pudiera ver. Hice que la nueva chica subiera las carpetas del sótano, donde las había dejado Sharon después de meterlo todo en el ordenador.

—¿Y qué pasó entonces?

El médico suspira.

—La nueva empleada me trajo las historias al despacho. Me

pidió que las mirara porque le creaban confusión. Me las llevé a casa y las leí cuidadosamente. Todas las historias estaban cambiadas.

–¿A qué se refiere?

Él aparta la mirada.

–Cuando revisé los documentos de los pacientes y lo que yo había anotado durante las consultas, me di cuenta de que las versiones que había en el ordenador eran... diferentes.

–¿Diferentes? ¿En qué sentido?

Jojanovich cabecea.

–La versión de la computadora, la que figuraba en la historia clínica oficial del paciente, no correspondía con lo que yo había anotado sobre ese paciente. Los cambios eran sutiles en algunos casos, pero en otros, no tanto. En algunos casos, aunque el estado del paciente estaba descrito correctamente, la medicación o el tratamiento que yo había recetado no.

Danielle no puede evitar tomar aire. Recuerda todo lo que sabía Marianne sobre la contraseña de las enfermeras y el procedimiento de seguridad del hospital. Se imagina los dedos de Marianne volando sobre el teclado del ordenador de Maitland. ¿Cambiando los registros de Jonas? ¿O los de Max?

Jojanovich no percibe su reacción.

–Muchas de las medicinas que figuraban en los registros informáticos, de hecho, estaban contraindicadas para lo que yo había diagnosticado. En algunos casos, las medicinas que ella había escrito podían haber puesto en peligro al paciente y podían haberle causado serios daños.

«Oh, Dios mío», piensa Danielle. «Jonas. Max».

–¿Y por qué iba a hacer eso?

El rostro del médico se oscurece.

–Llegaré a eso en un momento. También descubrí que Sharon había creado sus propios formularios médicos con mi nombre. Parece que anotaba el nombre del paciente, la historia médica, la fecha de la visita... Ese tipo de cosas. Sharon hizo un sello con mi firma –explica él–, de modo que no tuviera que molestarme a mí con las firmas rutinarias de correspondencia. En otras palabras, inventó síntomas y protocolos de tratamiento. Al principio no lo creí, pero cuando comprobé que había más de veinte historias falsificadas, no me quedó más remedio que aceptarlo.

—¿Y escribió usted recetas para los medicamentos que ella anotó en las historias falsas?

—Sinceramente, señora Parkman —dice él—, no lo sé. Todos los médicos que tienen una enfermera competente le permiten que escriba las recetas en un recetario firmado. Ella era una enfermera excelente. Yo no tenía motivos para desconfiar. Hasta más tarde.

—¿Y sus pacientes se quejaron de síntomas o problemas poco corrientes? —pregunta Danielle. Está pensando en Max, en su letargo, en su comportamiento violento, en la muerte de Jonas. Se estremece.

—Cuando Sharon se fue, algunos de ellos me informaron de síntomas irregulares, distintos a lo que yo hubiera esperado, pero los llamé e hice consultas gratis —dice Jojanovich—. Tuve que cambiar varias de las medicinas que Sharon había recetado sin mi conocimiento. Por suerte, ninguno de los pacientes se vio gravemente afectado. Pude corregir todos los problemas.

—Pero, ¿por qué hizo eso? ¿Qué motivo podía tener para recetar medicamentos contraindicados a sus pacientes?

—Por supuesto —dice él suavemente—, todo resulta muy extraño hasta que una mujer entra en tu consulta y te pregunta por un paciente a quien tú nunca has visto, que ha sido asesinado, y te muestra un documento con tu firma.

Danielle reflexiona sobre lo que le ha dicho el médico. Esa misma pregunta le preocupa a ella. ¿Por qué tuvo Marianne que falsificar la referencia para que Jonas pudiera entrar en Maitland? ¿Y por qué eligió a un médico a quien había estado a punto de llevar a la ruina? Era una estupidez. Y Marianne no era precisamente estúpida.

—¿Por qué Sharon lo puso a usted como referencia para su hijo cuando sabía que iba a descubrir lo que había hecho cuando ella se fuera?

El semblante del médico refleja su miedo.

—Esto es muy difícil para mí, señora Parkman. Hay otro aspecto de este asunto, pero me siento reticente a hablar de él.

—¿Cuál es?

–El chantaje.

Danielle avanza hasta el borde del sofá. Jojanovich la mira con una advertencia en los ojos.

–Debe prometerme de nuevo que no va a usar nada de lo que yo le diga para demandar a la señorita Miller.

–Le he dado mi palabra, doctor. Puede confiar en mí.

Él asiente.

–Cuando la señorita Miller llevaba unos seis meses trabajando para mí, nuestra relación… cambió. Le atribuyo gran parte de mi incapacidad para detectar las actividades de las que le he hablado a este lapsus por mi parte.

–Tuvo una aventura con ella.

El médico asiente.

–Y ella inventó los documentos y escribió recetas falsas para chantajearlo por si no quería usted enviar a Jonas a Maitland.

Él niega con la cabeza.

–No. Yo nunca supe que tenía un hijo.

–¿Ella nunca le mencionó a Jonas?

–Nunca. Quería que me divorciara de mi mujer y me fuera a vivir con ella a Florida. Me dijo que yo era el amor de su vida. Que nunca había soñado…

–¿Y en qué consistió el chantaje?

–Ah, sí.

Él se saca un papel del bolsillo y se lo entrega a Danielle. Es una fotocopia de una hoja con el membrete de Jojanovich.

Mi querida Shannon:

Escribo esta carta lleno de emoción. Como te he dicho muchas veces durante el tiempo que hemos podido pasar juntos, te quiero desde el primer momento en que te vi. No solo porque has sido la mejor enfermera que he tenido el placer de contratar, sino también por tu belleza, por tu compasión, por tu personalidad y tu evidente inteligencia.

Te envío esta carta porque soy demasiado débil como para dejar a mi mujer. Siento una enorme tristeza y desesperación, pero debo dejarte libre. Soy un viejo, y tú eres una mujer joven y bella. Podrás conquistar a cualquier hombre que quieras.

Debo confesarte otra cosa. Me mortifica admitir que, a causa de mi obsesión por ti, no les he dedicado a mis pacientes toda la atención que merecían. De hecho, albergo el miedo de haber cometido varios errores diagnósticos y de tratamiento, que llegan al nivel de la negligencia médica.

Sé que esta carta te va a destrozar, no solo emocionalmente, sino también económicamente. Quiero que puedas construirte una nueva vida sin preocupaciones, así que te adjunto la cantidad de ciento setenta y cinco mil dólares. Voy a regalarte esta suma en efectivo, porque no quiero que tengas que pagar impuestos por ella. Es tuya, y puedes hacer con ella lo que te plazca. Por favor, no te pongas en contacto conmigo. Sería desastroso para ambos.

Boris.

Danielle encuentra el formulario que ella ha llevado consigo desde Plano, y compara la firma del doctor que figura en ambos papeles. Son idénticas. Mira a Jojanovich, que tiene los ojos clavados en el suelo.

—Usted no escribió esto.

Él sonríe con amargura.

—Claro que no, señora Parkman. Después de que ella se marchara, recibí un sobre grande por correo. No tenía remite.

—Siempre una secretaria eficiente.

Él asiente.

—El membrete y la firma eran las mismas que ella usó cientos de veces en la oficina cuando gestionaba la correspondencia. Solo tenía que escribir el texto al paciente.

Danielle asiente.

—Entonces, ella tiene la carta original en alguna parte. Y si alguien se la pide, dirá que se la envió usted.

—Exacto.

—¿Le envió el dinero?

—Sí —responde él con tirantez—. Tuve que sacarlo de mi jubilación, pero le envié el dinero.

—¿Intentó ir a su casa de Chicago?
—Sí, una vez. Pero ella ya se había marchado.
—¿Y se ha puesto en contacto con usted desde entonces?
—No. ¿Por qué?

Danielle no sabe qué más puede preguntar.

—¿Puedo quedarme esta fotocopia?
—En realidad, desearía que se la quedara. No quiero volver a verla —dice él, y suspira—. Bueno, señora Parkman, esta es mi historia. Una historia patética de un viejo idiota que fue engañado. Seguro que no es nada original.

Danielle asiente. Jojanovich se levanta con esfuerzo de su asiento, como si el hecho de haber relatado su desgracia le haya hecho más viejo que cuando empezó. Danielle lo toma del brazo mientras lo acompaña hacia la puerta. Él se lo permite. Ella abre la puerta mientras él se pone el sombrero y se abrocha la gabardina.

—Doctor —dice—, no sé cómo darle las gracias. Ha sido muy valiente por venir. Y ha hecho lo correcto.

—Debí haberlo hecho hace mucho tiempo, señora Parkman —dice él con tristeza—. Mucho tiempo.

La puerta se cierra tras él. Danielle se da la vuelta y se acerca a la ventana. Todo lo que le ha contado Jojanovich le hierve en la cabeza. Intenta encajar las piezas de Marianne en Maitland, la muerte de Jonas y la medicación de Max. Mira la bolsa de viaje; no va a ir a ninguna parte hasta que consiga aclarar todo eso. Observa la ciudad brillante desde la ventana de la habitación, aunque en realidad no ve nada. Siente un cosquilleo en la nuca. Está crispada.

veintisiete

Danielle ve pasar las luces de la ciudad. Doaks y ella van camino del aeropuerto de Chicago. Ella deja de teclear en el ordenador y lo guarda en su maletín. El trayecto es silencioso; están en punto muerto. Pese a lo que han descubierto sobre Marianne, Doaks se empeña en que llamen a Sevillas antes de seguir con la investigación. Danielle le pide que vayan a Phoenix. Hay mucho tráfico.

Doaks le da su teléfono.

–Haz esa llamada.

–¿Para qué? Ya sabes lo que va a decir.

–Y tú sabes que tiene razón –replica Doaks, y marca el número. Hay una pausa–. Sí, sí, ya lo sé. Eh, no las pagues conmigo, colega. Es tu cliente, ¿no te acuerdas? –hay otra pausa–. Bueno, hemos descubierto algunas cosas que merecen la pena.

Doaks le explica lo que han averiguado sobre Marianne: su aventura con el doctor, su chantaje, la falsificación de la historia de Jonas y la dirección que tenía en Phoenix. Hay otro silencio.

—Sí, ya te oigo. No estoy sordo. Ni hablar. Yo no soy tu mensajero. Díselo tú —dice Doaks, y le da el teléfono a Danielle.

Ella suspira y se lo pone en la oreja. Se imagina la mandíbula apretada de Sevillas, su ira contenida.

—Hola.

—¿Eso es todo lo que tienes que decirme?

—Tony, mira, lo siento...

—No empieces con eso, Danielle —dice él, en un tono de frustración y ansiedad—. Toma ese vuelo. No quiero excusas. No quiero explicaciones. Tienes que aparecer en la vista de mañana. ¿Sabes en qué lugar me vas a dejar frente al tribunal si no asistes a la vista de tu libertad condicional? No pienso cometer una falta de ética profesional, ni echar por tierra mi carrera solo para que tú puedas hacer una caza de brujas absurda.

—Sé que te pongo en una situación muy difícil, pero...

—Olvídate de mí. Piensa en ti misma, y en Max.

—Estoy pensando en él.

—En este momento, tu hijo está fuera de sí porque te has marchado, investigando todo lo que puede sobre Fastow, intentando demostrar que lo hizo él, para que tú vuelvas. Aunque Georgia esté aquí, no creo que Max pueda soportarlo mucho más.

—Pero está bien, ¿no? —pregunta ella con ansiedad.

—Hasta el momento sí —dice él—. Georgia está aquí conmigo. Ella lo ha visto. Como es tu mejor amiga, tal vez le hagas caso a ella.

Danielle oye un sonido y después, la voz de Georgia.

—Danny, Max está bien. Acabo de estar con él. Pero, ¿sabes que cuando está muy nervioso o asustado se concentra de un modo maniático en algo? Pues es lo que está haciendo ahora.

Danielle cierra los ojos. Tiene miedo.

—¿Crees que está a punto de sufrir una crisis? Dímelo, e iré para allá inmediatamente.

—No —dice ella lentamente, como si quisiera ocultar lo que están hablando para que no lo oiga Sevillas—. Max está consiguiendo esconder la mayoría de las pastillas, y yo no he notado ninguna señal de que esté perdiendo el contacto con la realidad. Pero de todos modos, tienes que volver para asistir a la vista.

—Pero, ¿crees que, siempre y cuando cumpla eso, debería seguir con lo que estoy haciendo si significa que posiblemente podré poner en libertad a Max?

—Yo diría que es cierto —dice Georgia lentamente.

—¿Entiendes por qué pienso que ir tras Fastow no es la respuesta?

—Sí, lo entiendo, y estoy de acuerdo contigo. Sólo sería un arreglo temporal.

—Volveré a tiempo para ir a la vista. Te quiero, Georgia. Cuida a mi niño hasta mañana.

—Muy bien. Voy a estar con él hasta que se quede dormido, y mañana lo llevaré a la vista con nosotros.

Danielle siente un alivio abrumador.

—Que Dios te bendiga, Georgia.

—Yo también te quiero, Danny.

Otro susurro. Después, Tony.

—No sé de qué estabais hablando, pero no creo que Georgia entienda la gravedad de tu situación.

—Tony, por favor, compréndeme. Tengo que ir a Phoenix. Volveré a tiempo para la vista.

—Escúchame, Danielle. Has quebrantado los términos de la libertad bajo fianza. Ahora eres una delincuente a la fuga. En la comisaría hay un gran revuelo. Se han dado cuenta de que tu monitor no se mueve. ¿Es que te crees que, porque sean de Iowa, son idiotas? Lo único que tuvo que hacer tu hijo es encender su maldito teléfono.

Ella lo oye tomar aire profundamente. Transcurre un momento.

—Lo único que me importa es lo que os ocurra a Max y a ti. Y, a menos que aparezcas en la vista de mañana, van a conseguir una orden de registro de tu apartamento. Cuando averigüen que no has estado allí, organizarán un control en el aeropuerto de Des Moines y te pondrán las esposas en cuanto bajes del avión.

Ella siente terror.

—¿Qué les has dicho?

—Que estás enferma, en cama. Que estás tan enferma que no te has movido en cuarenta y ocho horas. Que tengo pensado pedir un informe médico por si lo pide el juez. Que ese maldito dispositivo está estropeado otra vez.

—Tony, de veras lo siento, pero tenemos una buena pista. Marianne...

—Olvídate de Marianne. Eres abogada, así que compórtate como tal. ¿Qué importancia tiene que chantajeara a un hombre con quien tenía una aventura? ¿Qué importancia tiene que falsificara anotaciones de historias médicas? Esto es un caso de asesinato, Danielle, no de delitos económicos.

—Pero... yo estoy segura de que ella está involucrada en el asesinato de Jonas.

—¿Por qué?

—Porque es una mentirosa y una extorsionadora —dice ella—. Porque utilizó información falsa para ingresar a Jonas en Maitland, cuando no era necesario.

—Te estás aferrando a una esperanza inútil, Danielle —dice él con cansancio—. Estoy intentando ayudarte y salvar a Max, demonios, y tú estás haciendo todo lo posible por estropearlo.

—Tony, por favor, escúchame —dice ella—. Espero que entiendas lo mucho que... me importas.

—Y tú a mí —dice él—. Pero no podemos ir a ninguna parte si sigues con esto. Escucha, todo ese asunto de Fastow ha dado resultado. Él lo hizo.

—¿Qué?

—Que por fin tenemos un verdadero sospechoso, aparte de Max. Ya puedes dejar de intentar cargarle el asesinato a la madre. Tengo los resultados del análisis toxicológico de Smythe y del de sangre de Max, y la descomposición química de las cápsulas.

—¿Y qué dicen?

—Que tenías razón —responde Tony—. Se ocultó que despidieron a Fastow del hospital vienés en el que trabajaba. Había desarrollado un fármaco psicotrópico supuestamente milagroso que, aunque era asombroso en algunos sentidos, también tenía efectos secundarios dañinos. Creen que Fastow falsificó datos durante las pruebas clínicas, pero el hospital no pudo probarlo, así que lo despidieron. Entonces, Fastow amenazó con demandarlos por incumplimiento de contrato, porque sabía que no podían demostrar nada. Parece que le dieron buenas referencias solo para librarse de él. De cualquier modo, está claro que Fastow lleva mucho tiempo intentando crearse una buena reputación. Max averiguó que tiene vínculos con una farmacéutica suiza con la que va a patentar un fármaco nuevo. Ese niño... es increíble.

Ella solo puede ver las cápsulas azules.

—¿Qué clase de fármaco?

Se oye un movimiento de papeles.

—El informe definitivo de Smythe y los resultados de toxicología coinciden. El laboratorio no pudo identificar los químicos que había en la sangre de Max. Se los han enviado a un especialista de Nueva York para que haga más análisis. Nadie sabe qué es la sustancia.

Ella cierra los ojos.

—Max —susurra. Abre los ojos y dice—: Tony, tienes que conseguir una orden contra Fastow y Maitland, para que dejen salir a Max del hospital. Max sigue allí, tomando esas pastillas, salvo las que haya podido esconderse debajo de la lengua y tirar por el váter. Tienes que detenerlos. Dios sabe a qué otros pacientes habrá envenenado ese hombre.

—Lo que tengo planeado, cosa que sabrías si hubieras estado aquí, es hacer un careo entre Fastow y Smythe durante la vista, y pedir una orden para que le den el alta a Max. Esa sería la manera más rápida de conseguir que el tribunal nos la conceda —dice—. Estoy buscando al abogado que gestiona la patente del fármaco para poder requerirle el expediente. Seguramente no lo tendré a tiempo para llevarlo a la vista, pero de todos modos lo conseguiremos —dice Tony, y hace una pausa—. ¿Dónde estáis, exactamente?

Danielle mira por la ventanilla. El tráfico ha empezado a moverse.

—Estamos a diez minutos de O'Hare.

—De vuelta —dice él.

Ella se queda en silencio. Danielle no puede negar que lo que él ha dicho es completamente lógico. Sin embargo...

—Cariño —dice él. La palabra parece fuera de lugar, pero suena bien—. Por favor. Sabes que tengo razón.

A Danielle se le acelera el corazón al oír aquella expresión de afecto, pero su cabeza toma las riendas.

—Lo siento, Tony. Sé que lo que voy a hacer parece algo absurdo, teniendo en cuenta los riesgos. Pero tengo que seguir esta pista de Marianne.

—Te van a encerrar y a tirar la llave al mar —dice Doaks.

Tony emite un sonido de frustración.

—Nos replantearemos la defensa cuando Fastow testifique.

Danielle mira a Doaks. Sabe que Sevillas le ha convencido de que ese es el mejor camino antes de que el detective le pasara el teléfono. Doaks se encoge de hombros.

Ella hace una pausa.

—Está bien —dice lentamente—. Volveré. Pero tienes que prometerme que vas a requerir que dejen salir a Max de Maitland a primera hora de la mañana.

—Trato hecho.

—Y que, en cuanto acabe la vista, Doaks se marchará directamente a Phoenix.

—De acuerdo.

Danielle suspira.

—Nos veremos mañana.

—Que tengáis buen vuelo.

Ella cuelga y le devuelve el teléfono a Doaks.

—Lo que te ha dicho tiene sentido, y lo sabes —le dice él.

Danielle no responde. Por fin, el taxi sube la rampa y se detiene junto al bordillo. Doaks y ella toman sus bolsas de viaje, pagan el trayecto y se ponen en la cola. Doaks se saca el billete del bolsillo.

—Todavía falta un poco. Voy al servicio.

—Adelante —le dice ella—. Dame tu bolsa. Yo facturaré. Nos vemos en la puerta. ¿Puedes traerme un café cuando vuelvas?

—Claro, claro —refunfuña él—. Y de paso abrillantaré el suelo.

Ella toma su bolsa de viaje y lo ve alejarse.

En cuanto lo pierde de vista, saca su ordenador portátil y consulta el correo electrónico. Ha llegado la confirmación. Toma ambas bolsas y se dirige al extremo contrario de la terminal, donde tiene reservado un vuelo hacia Phoenix, Arizona.

veintiocho

Danielle mira por la ventanilla. El vuelo de Chicago a Phoenix le dará, por lo menos, la oportunidad para pensar con calma sobre lo que va a hacer. No ignora la gravedad de su situación; Tony tiene toda la razón. Él ha aceptado un caso de asesinato que en un principio parecía insalvable, y ha conseguido un sospechoso viable. Al día siguiente pondrá a aquel sospechoso en el estrado y, seguramente, obtendrá información útil para la defensa. Y conseguirá que no le revoquen la libertad condicional.

Ella, por otra parte, se ha vuelto loca, y probablemente está destruyendo todo lo que él ha construido en su nombre. Ha cometido delito tras delito, contraviniendo totalmente los consejos de Tony. ¿Y por qué?

Porque sabe que Marianne es el testigo estrella del Estado, y que crucificará a Max cuando suba al estrado. Será la madre perfecta, destrozada por el brutal asesinato de su hijo autista. Su relato lloroso del comportamiento violento de Max no tendrá réplica. Danielle tiene que encontrar algo, cualquier cosa, para ponerla en tela de juicio.

De lo contrario, el jurado condenará a Max con la aprobación del tribunal. Así pues, tiene que investigar cualquier pista, por muy descabellada que sea. Y esas pistas la conducen a Phoenix. Si Tony no estuviera tan preocupado por su situación legal, estaría de acuerdo con ella.

En Chicago ha averiguado que Marianne es una extorsionadora, pero Jojanovich no va a testificar contra ella. Sin embargo, el instinto le dice a Danielle que Marianne debe de haber engañado a otros, y que tal vez sea sospechosa de otros delitos. Danielle tiene que ir al lugar donde ha vivido Marianne, pensar como ella, y registrar ese lugar de arriba abajo, si es preciso.

Además, no cree que Fastow llegara al extremo de querer matar a Jonas y a Max para ocultar el hecho de que ha usado fármacos experimentales con sus pacientes. El único móvil para esos crímenes sería el hecho de evitar que lo descubrieran, y la teoría de Tony de que el médico esté dispuesto a matar para conseguirlo es muy poco convincente. Si hubiera matado a sus pacientes, la autopsia realizada a los cadáveres y los resultados de los análisis de sangre lo señalarían a él como culpable. Y aunque sea un canalla, Fastow no es tonto.

Otro motivo por el que Danielle está empeñada en ir a Phoenix es que conseguirá llegar a tiempo para asistir a la vista, puesto que va a tomar el vuelo de las cinco de la mañana a Des Moines.

Cuando llega la azafata, niega con la cabeza. Lo que necesita en ese momento no es un sándwich reseco. Señala una botellita de ginebra. Con hielo, sin tónica. Afortunadamente, tiene dos filas de sitios para ella sola. Saca la bolsa de viaje de Doaks de debajo del asiento y la abre. Sabe que esa maldita cosa está allí dentro.

Danielle saca una camisa de golf vieja, un par de pantalones de algodón arrugados, calcetines, ropa interior, pelusas varias y desechos. Lo deja todo en el asiento de al lado y mira en el interior de la bolsa. Está vacía. Maldita sea; Doaks debe de llevarlo encima.

Sin embargo, él dijo que nunca iba a ninguna parte sin ello. Le ha contado a Danielle, con orgullo, que le pidió a un amigo suyo de la policía que le construyera un tubo especial de plomo alrededor del instrumento, algo que encajara perfectamente en la estructura de su equipaje de mano. Ojalá pudiera encontrarlo. Abre cuatro cremalleras e inspecciona el interior, y también todas las piezas redondas negras de la estructura de la bolsa. No halla nada hasta que llega a la última. La desliza para abrirla. Dentro hay un estuche cilíndrico de cuero. Lo saca, lo abre y sonríe al ver aquel extraño instrumento. No es nada que pueda alertar a los empleados de seguridad. Vuelve a meterlo todo en la bolsa, reinserta la herramienta en la pieza redonda de estructura de la bolsa y la cierra. El calor de la ginebra se extiende por su cuerpo. Casi consigue que crea que su plan va a funcionar.

Está en la acera, frente a los Desert Bloom Apartments. El frescor nocturno de Arizona la ha tomado por sorpresa. Se estremece, pero no solo de frío, sino también de los nervios que le produce cometer otro delito. Se revuelve el pelo, toma las bolsas y se dirige a la entrada del edificio. Aquel lugar no tiene nada que ver con la casa de Chicago que le describió Doaks. Detrás de la puerta hay complicadas fuentes, de las que brota agua que cae sobre rocas volcánicas y riega unos jardines exuberantes. Parece que las residencias son de nueva construcción. Son casas de tres pisos, y cada una tiene su propio jardín y su piscina.

Se detiene frente al quiosco de adobe que hay en la entrada, y deja las bolsas en el suelo. Le da un golpecito a la ventana, y esta se desliza y deja entrever a un hombre joven, con un uniforme azul marino. Del bolsillo de la camisa le cuelga una identificación. Brett la mira con desconcierto.

—¿En qué puedo ayudarla?

Danielle intenta parecer una mujer muy cansada.

—Soy Marianne Morrison.

—Eh... un minuto —dice él, y saca una hoja que recorre con el dedo índice hasta el final de la lista. Alza la vista—. ¿De qué unidad?

Ella mira al cielo y suspira.

—Cuatro uno uno. Mire, ¿le importaría abrirme? Es casi la

una de la mañana y acabo de llegar del aeropuerto, después de un vuelo muy largo desde Nueva York. Quiero entrar en casa, darle de comer al gato y acostarme.

Él vuelve a consultar la lista.

—Lo siento, pero soy nuevo. Chuck está enfermo...

—Bueno, Chuck sabe perfectamente quién soy —dice ella, y señala la puerta—. Y ahora déjeme pasar. No tengo tiempo para esto. Tengo dos operaciones de cadera mañana, y quiero descansar.

—¿Es usted doctora?

Ella gruñe.

—No, si le parece soy la empleada de mantenimiento. Ahora, déjeme pasar.

—¿Tiene alguna identificación?

—Dios Santo —dice ella. Deja las bolsas y se saca con ademanes furiosos el teléfono del bolso. Empieza a marcar—. ¿Cuál es su apellido, Brett?

Él palidece.

—Eh... ¿qué está haciendo?

—Llamar a dirección —le dice ella con calma—. Cuando Carl Mortenson sepa que me ha tenido esperando...

Él alza la mano.

—Eh, lo siento, ¿de acuerdo? Ya le he dicho que solo le estoy haciendo un favor a Chuck —dice con la voz temblorosa, y se oye un timbre al otro lado de la puerta—. Adelante, doctora Morrison. Disculpe la confusión.

Ella toma las bolsas, se da la vuelta y entra. La puerta se cierra tras ella. Danielle no mira atrás.

El reloj de cuco que está a la entrada, sobre la lujosa alfombra del portal, suena. Cuando para, el corazón de Danielle casi ha parado con él. Da unos cuantos pasos hacia el interior del portal. Está vacío. En la pared hay un plano enmarcado del complejo, con los números de los pisos. Danielle atraviesa las zonas comunitarias hasta que llega a la unidad de Marianne. La puerta de la entrada principal es blindada; no es de extrañar.

Empuja la puerta de teca y entra al patio trasero. La piscina brilla bajo la luz de la luna. Va de puntillas hasta la puerta trasera. Una vez más, ha tenido suerte. La puerta es de cristal.

Toma la bolsa de Doaks y extrae el pequeño estuche de cuero. Saca el cortador de cristal, que es capaz de cortar hasta diez centímetros de espesor. A oscuras no puede averiguar cómo funciona. Suelta una maldición y revuelve en su bolso hasta que encuentra su llavero, en cuyo extremo hay una diminuta linterna. Aprieta el botón e ilumina la herramienta. Aparece el nombre «Fletcher» en la fina varilla. En el extremo hay una ruedecita de metal. Así debe de ser como funciona. Como un corta pizzas.

Mira la puerta de cristal, y con ayuda del haz de luz de la linterna, calcula por dónde debe cortar. Aprieta la ruedecita contra el cristal y secciona un cuadrado junto al abridor de la puerta deslizante. No sabe cómo dar el siguiente paso, pero tendrá que averiguarlo. Busca de nuevo por la bolsa de Doaks y descubre una ventosa de goma. Lame los bordes y la pega en la sección del cristal que ha cortado. Después de rezar por que no haya alarma, Danielle tira suavemente de la ventosa y extrae el corte de una pieza. Guarda la herramienta y la ventosa y, con las manos temblorosas, mete la mano por el agujero y tira del abridor.

Entonces percibe un hedor que hace que se detenga en seco. Se tapa la nariz e intenta dar con el origen de aquel olor, pero sus ojos tardan unos momentos en adaptarse a la oscuridad. Se dirige hacia una lámpara de suelo y la enciende. El inquietante brillo de un halógeno inunda la habitación. Entonces avanza con cautela.

–¡Eh, tú! –dice alguien desde la piscina. Danielle se queda helada, y va corriendo hacia el pasillo. Se agacha frente a lo que parece una habitación de invitados. Ve un armario, que puede servirle de escondite si es necesario. El olor que percibió cuando entró en la casa es horrible allí.

–¡Vamos, Barry! ¡No tenemos toda la noche! –dice otra voz; parece que está a menos de un metro de distancia. Ella permanece inmóvil, con la espalda pegada a la pared.

–Estoy en el agua, idiota –grita otro.

–¿Estás seguro de que no están ahí?

—No, hace semanas que se fueron.

Danielle se cuela en el salón y mira, sin que la vean, desde un lado de la puerta de cristal. Son unos adolescentes que están desnudos, bañándose en la piscina. Se tranquiliza un poco. Silenciosamente, cierra el pestillo de la puerta de cristal. Después de unos momentos, vuelve a la habitación de invitados, corre las cortinas y enciende la lámpara del escritorio; entonces ve un ordenador y un monitor.

Al otro lado de la habitación hay un escritorio de madera. Sobre él hay una estantería, en la que brillan suavemente unas extrañas luces verdes. Emiten un sonido extraño, como un zumbido. La mesa está completamente cubierta de pequeños discos de plástico y recipientes de cristal de varias formas y colores. Se inclina sobre ellos y olfatea. El mal olor no emana de ellos. Danielle enciende su linternita para alumbrarlos. Son placas de Petri que contienen cultivos de hongos de todos los colores. Se acerca para leer los nombres: *Stachybotrys atra. Aspergillus. Fusarium. Claviceps purpurea.*

—Oh, Dios mío.

Parece el Centro de Control de Enfermedades de Atlanta. Mueve la linterna y encuentra una carpeta de color azul claro. Es muy pesada. Dentro hay cuadros detallados y registros que llenan cientos de páginas. Las secciones tienen nombres muy extraños: Aflotoxinas, ergotismo, micotoxinas. Danielle cierra la carpeta y busca por el resto de la habitación. Sólo encuentra un taco de facturas, nada más; ni postales, ni correspondencia personal, nada que le revele algo diferente a lo que ya sabe de Marianne y Jonas. ¿Qué puede llevarles a Sevillas y a la jueza? ¿Pruebas de que Marianne hace experimentos extraños en su cuarto de invitados? Tal vez tuviera un trabajo de investigación en un laboratorio e hiciera parte de sus tareas en casa. Sea lo que sea, no significa que sea una asesina.

Apaga la lámpara y va a otra habitación. Allí, las cortinas están cerradas. Reina un olor a espacio cerrado y abandonado. Enciende la lámpara de la mesilla. Es el dormitorio de Marianne. La enorme cama tiene una colcha de encaje que apenas se ve bajo un mar de almohadones que ahogan la cama. Todo está tapizado con una tela de flores rojas y rosas, que hace juego con las cortinas. La habitación está llena de figuritas. Y, fuera de lugar en aquella habitación de estilo sureño, hay varias estanterías repletas de textos médicos y farmacéuticos.

Danielle abre el armario de Marianne, pero aparte de ropa, no encuentra nada, tan solo una llave diminuta al fondo de uno de los cajones. Registra la habitación buscando un joyero al que tal vez corresponda aquella llave. Nada.

Va a otra habitación que hay al final del pasillo. Está iluminada débilmente por dos luces nocturnas. Por lo menos, allí el hedor es menos fuerte. Esa debe de ser la habitación de Jonas, aunque no hay nada que indique que pertenece a un adolescente. La cama está hecha, y cubierta con una alegre manta de colores rojo y azul. En la pared hay un cuadro bordado de un niño pequeño arrodillado a los pies de su madre, que está sentada en una silla, con una mano sobre la cabeza del hijo. Debajo, en punto de cruz, unas palabras que a Danielle le resultan ominosas: *Los niños buenos se portan bien*. La habitación no tiene ventana. Sobre la cómoda hay una fotografía de Marianne con Jonas de bebé. El niño está envuelto en una mantita azul. Ella lo aferra contra su pecho y mira a la cámara. Su sonrisa está más allá del orgullo.

También hay un pequeño pupitre de madera que parece que se usó en la escuela elemental. Está lleno de arañazos y tiene las esquinas mordidas. Danielle abre un armario y ve una fila ordenada de camisas y pantalones. La ropa interior, los calcetines y los pantalones cortos están organizados en cajas de plástico sobre las baldas.

Danielle aparta la ropa de la cama. Le llama la atención un grueso anillo de metal. A cada lado de la cama hay unas correas de cuero. A Danielle se le acelera el pulso. Toma una de aquellas esposas; están hechas de metal forjado, y son pesadas y amenazantes. El cuero es más ligero y está agrietado. Ambas cosas están gastadas por el uso.

Se arrodilla y alumbra debajo de la cama con la linterna. Aparta una zapatilla deportiva y da con algo. Saca un objeto cubierto de polvo. Se pone en pie y ve que se trata de una pequeña caja negra conectada a un nylon rojo. Es un collar electrónico de perro.

Hace una rápida inspección de la cocina. No hay cuencos para la comida ni la bebida de un perro. Tampoco hay comida para perros en la despensa. Piensa en los agujeros que hay en el collar de neopreno, y que sirven para hacerlo más pequeño, tan pequeño como para que le sirva a un niño. Danielle se pone enferma. Vuelve a dejar el collar debajo de la cama. Después va al baño, pero no encuentra nada, salvo un armario con medicinas y cosméticos.

Vuelve a la habitación de invitados y abre el armario. El hedor que emerge de él es tan fuerte que le produce náuseas. Aquella es la fuente del olor asfixiante que contamina toda la casa. Se tapa la boca con la mano y enciende la luz. En el armario hay ropa de invierno, y en una de las baldas, algo que atrae su mirada. Parece que tiene luz propia. Es una cubeta de cristal que está medio abierta, como si a alguien se le hubiera olvidado asegurarle la tapa. El olor es tan fuerte que casi la ciega. Sin embargo, lo que hay dentro capta toda su atención. Parece una forma oscura suspendida en un líquido viscoso. El suave resplandor de color azul proyecta una sombra extraña sobre aquella silueta. Danielle pestañea. Lo mira como hipnotizada. Alguna parte primitiva de su cerebro se pone en alerta, y siente un miedo irracional. Casi sin poder respirar, dirige el haz luminoso de su linternita hacia la forma que hay en aquel frasco. Y lo que ve hace que retroceda como si hubiera visto una serpiente.

Son los ojos muertos y traslúcidos de un feto. Está flotando, paralizado y grotesco, en un fluido opaco. Danielle tiene que hacer un esfuerzo por luchar contra la bilis que le sube por la garganta. Mira de nuevo sus ojos, que en aquella penumbra parecen tener vida. Le imploran, intentan ganársela.

¿Para qué?

Después de un momento, lo entiende. Aquellos ojos diminutos piden piedad, justicia, venganza. Pero, por encima de todo, gritan por su madre.

veintinueve

Danielle está sentada en un taburete de la cocina, lo más alejada posible del espectro que hay en el armario. Su cabeza trabaja febrilmente para intentar asimilar aquel extraño descubrimiento. Con manos temblorosas, busca un cigarrillo en su bolso. Suena su teléfono. Mira la pantalla: es Doaks. El milagro es que no haya llamado antes.
 –¿Diga?
 –¡No me respondas esa idiotez! ¿Dónde demonios estás?
 –En Arizona.
 –Como si no lo supiera. Una cosa es que torees a Sevillas, pero ahora me estás tocando las narices a mí. ¿Te has vuelto loca?
 Ella se queda callada.
 –¿Y bien? ¿Vas a volver, o estás esperando a que Tony te mande a los federales? Y si lo hace, guapa, yo voy a ir con ellos.
 Ella le da una calada al cigarro. De repente, los nervios y el agotamiento la golpean a la vez.
 –¿Has terminado?

—¿Que si he terminado? No he empezado todavía.
—¿Se lo has dicho a Sevillas?
Él resopla.
—¿Que soy tan tonto como para dejar que me des esquinazo? Ni hablar. ¿Vas a volver, sí o no?
—Doaks, no te imaginas lo que he encontrado aquí.
—Claro que sí. ¿El peine ensangrentado? ¿Una confesión escrita?
—Ya basta —dice ella con aspereza—. No tengo tiempo para esto. Son casi las tres, y tengo que tomar un vuelo a las cinco para llegar a tiempo a la vista.
—Suponiendo que no decidas largarte a otro planeta —dice él—. Tienes suerte de caerme bien, o estarías muerta. De acuerdo, dime lo que has encontrado.
Ella respira profundamente y le habla de los extraños experimentos científicos, de la colección de hongos y toxinas y de los libros farmacéuticos y médicos que hay en la habitación de Marianne. Antes de que pueda continuar, él emite un sonido de exasperación.
—¿Y qué? Lo único que tenemos de Chicago es que chantajeó a un viejo. Y ahora me dices que hace experimentos de científica loca. Es médica, por favor, y los médicos hacen ese tipo de cosas. Eso no nos sirve de nada.
—John —balbucea ella—, tiene un feto en el armario.
—¿Qué?
—Ya me has oído.
Hay un silencio.
—Es demasiado extraño como para describirlo con palabras. En esta casa hay algo malvado. Lo percibo.
Doaks gruñe.
—Mira, cariño, eso no nos lleva a nada. ¿Mañana vas a entrar en el juzgado y le vas a enseñar esa cosa al juez, gritando «asesina»? —hay una pausa, y el detective comienza a farfullar—. Dios, ¿por qué siempre me tocan los trabajos de pirados? ¿No es el turno de otro? —se oye una tos—. Mira, Danny, tú sabes que no tenemos forma de vincular esto a lo de su hijo. Estás perdiendo el tiempo, y se puede volver en tu contra.
—Y un cuerno. He encontrado un collar de perro electrónico.

Tenía que estar maltratando a Jonas con él. Aquí no hay ni rastro de un perro.

–Espera… Sí, yo encontré lo mismo en esa buhardilla. Pero tal vez ella llevara al perro a un hotel canino. Y, aunque fuera cierto, eso no significa que haya cometido un asesinato, Danielle.

–¿El maltrato infantil nunca lleva al asesinato?

–No hay pruebas –dice él–. No tiene antecedentes.

–Que sepamos.

–Que podamos probar en este momento. Vamos, nena, vuelve ya, ¿me oyes? Te he dicho que lo voy a investigar todo después de la vista, y sabes que voy a hacerlo. No estoy diciendo que no esté chalada, porque lo está, sin duda. Lo que digo es que si no estás en la vista a las nueve de la mañana, te vas a meter en un buen lío.

–No puedo. No he terminado.

Los pies la han llevado de nuevo hacia la habitación de invitados. Tiene que concentrarse. Tiene que haber algo más, algo que se le ha pasado. Mira a la mesa, con todas sus placas, y al armario, con todos sus horrores privados. Allí es donde Marianne guarda el resto de sus secretos, seguro. Pero, ¿qué? Danielle mira el ordenador. Claro, el ordenador. ¿Cómo ha podido estar tan ciega? Marianne y la informática.

–¿John? Escucha, acabo de encontrar algo. Te llamo dentro de un rato –dice, y cuelga rápidamente.

Danielle saca la silla y se sienta. Mientras el ordenador se enciende, abre el primer cajón del escritorio y revuelve entre bolígrafos, clips y cuadernillos. El cajón del otro lado está lleno de CDs organizados por códigos de cifras y letras, códigos que Danielle no entiende. El cajón inferior está cerrado con llave.

–Por fin –susurra.

Una puerta cerrada significa que hay algo que ocultar. A ella se le acelera la respiración mientras busca en su bolsillo; la tiene. Tiene la pequeña llave que encontró en el cajón de la ropa interior de Marianne. Respira profundamente y abre el armario. Allí encuentra unos álbumes de fotos y algunos libros. En el centro, una caja de CDs. Los cuenta. Hay cinco.

Inserta el primero de ellos en el ordenador, y abre el icono que aparece en el monitor. Abre la primera carpeta, que tiene el nombre de *TGRFT*. Es un resumen de un estudio de un injerto de tejidos. Hay otras carpetas de nombre similar, que contienen resultados de experimentos con infecciones y bacterias. Otra contiene información sobre daños cerebrales y trastornos psiquiátricos, incluyendo experimentos con fármacos, y vínculos a páginas de Internet. La carpeta titulada *Maitland* contiene una serie de artículos sobre la clínica, pero nada más. Danielle suspira. Si alguien entrara en su propio ordenador, encontraría el mismo tipo de investigación psiquiátrica que ella ha hecho sobre Max. Es lo que hacen las madres de niños discapacitados.

Danielle mira el reloj. Le queda media hora para llegar al aeropuerto. No puede perder el vuelo. Rápidamente, abre las carpetas que quedan, pero no encuentra nada relacionado con el chantaje de Jojanovich. Marianne no es tonta. Ella nunca dejaría información que pudiera inculparla en su ordenador. Toma otro CD, lo inserta y gruñe. Le requiere una contraseña. Ella intenta entrar de todos modos, pero el ordenador le niega el acceso.

–Demonios...

«Piensa, piensa».

–Cumpleaños, aniversarios, apodos –murmura. Se saca el formulario de solicitud de ingreso de Jonas del bolso. Tiene la fecha de nacimiento de Marianne y de Jonas, y el número de la Seguridad Social. Danielle intenta todas las combinaciones que se le ocurren, pero no consigue el acceso.

Entonces, estudia otra vez la solicitud. Mira la dirección falsa de Pennsylvania. 5724 Piedmont Lane. Le da la vuelta al papel. El número de teléfono de uno de los médicos de cabecera de Jonas, con quien Maitland no tendría por qué haberse puesto en contacto, le llama la atención. 555-4600. Es demasiada coincidencia. Pone diferentes agrupaciones de aquellos números en el cuadro de la contraseña, pero no tiene éxito.

Danielle se pone en pie con exasperación y se pasea por la casa. En la habitación de Jonas, se sienta en la cama. Marianne y Jonas le lanzan una mirada de acusación desde la fotografía que hay en la pared. Se levanta para salir de allí cuando se fija en el cuadro de punto de cruz de la madre y el niño. *Los niños buenos se portan bien.* Vuelve al ordenador y teclea rápidamente las palabras. Nada. Recuerda un juego al que jugaba de pequeña con sus vecinos: cambiar las letras del alfabeto por números para enviar mensajes que los padres no pudieran entender. Teclea los números a los que corresponde la primera letra de cada palabra: 12-14-20-17-2. Nada. Da un puñetazo de frustración en la mesa. No consigue su propósito, y el tiempo vuela. Un intento más. Toma un cuadernillo y un bolígrafo y garabatea furiosamente, y después, teclea *LNBSPB*.

Entonces, el cuadro de contraseña desaparece de la pantalla, y aparece una serie de archivos. A Danielle se le eriza el vello de la nuca. Marianne nunca debió pensar que nadie fuera a utilizar aquel ordenador. Los archivos no tienen título, pero están ordenados cronológicamente. Danielle pasa la mirada por todos ellos y se da cuenta de que el primero está fechado poco antes de que Marianne se marchara a Maitland. A Danielle le tiemblan los dedos mientras hace clic en el documento.

Querida doctora Joyce:

Lo único que he querido siempre es el amor incondicional que un niño siente por su madre, el que entienden los hermanos Joyce. Por eso le dedico mis pensamientos a ella. Soy una madre muy especial, lo cual no es una insignificancia, teniendo en cuenta mi delicado estado de salud. Me han hecho sesenta y ocho operaciones, cada una más emocionante que la anterior. No en el mismo hospital, por supuesto. Eso no sería inteligente. Todos los bebés son muy dulces al principio, por lo menos de recién nacidos. Pero después de todas las exclamaciones de admiración, una se queda solo con la pequeña cara de mono. Y el bebé solo come, defeca, llora y causa problemas. No es una situación aceptable.

Así que le puse fin.

Danielle pasa de página con espanto.

El diagnóstico de un bebé es algo bello, fluido, pero esquivo. Una debe seleccionar cuidadosamente el diagnóstico que desea, y no alejarse de lo esencial. La cianosis y las infecciones bacterianas son mis principales herramientas, pero la cianosis es peligrosa. ¿Cuántas veces se puede conseguir que tu bebé se ponga azul sin levantar sospechas? La clave del éxito es conseguir el nivel adecuado de angustia, pero sin llegar a la estrangulación. Para cuando nació Ashley, era pan comido.

¿Ashley? ¿Quién es Ashley? Danielle baja hasta el final de aquel archivo.

Por supuesto, es muy difícil ser magistral en estos asuntos cuando el niño llega a cierta edad. Los niños hablan. Se pueden introducir bacterias, excrementos de rata u hongos, y conseguir un resultado satisfactorio. Pero el sistema inmunitario de un niño es muy fuerte, y cuando quieres crear el efecto deseado sin que sea demasiado evidente, sus cuerpecitos luchan con todas sus fuerzas.
Típico de los niños, ¿no?

tercera parte

treinta

Sevillas entra en la sala del juicio. Viste un traje azul marino sobrio, una camisa blanca y una corbata discreta. Él piensa que los abogados siempre deberían vestirse de azul para ir a un juicio. En su opinión, es el color de la sinceridad. Hoy espera fervientemente que enmascare la cantidad de mentiras que va a tener que decir para defender a su cliente. Mira el reloj. Ocho y cuarenta minutos. Observa la sala; no hay ni rastro de Danielle, ni de Doaks. Se da cuenta de que está empezando a sudar por la base del cuello. El alguacil trae a Max, que está pálido y aterrado, y lo sienta a su lado, en la mesa de la defensa. Max está temblando. Sevillas ha forjado una buena relación con el niño durante sus visitas a Maitland. Aunque cada vez está más convencido de que Max es inocente, las pruebas que hay contra él son tan condenatorias que es muy probable que el jurado lo declare culpable. Le pasa el brazo por los hombros, mientras Max mira con angustia a su alrededor.

–¿Dónde está mi madre? –pregunta.

Sevillas lo estrecha contra sí e intenta calmar su temblor.

—Llegará dentro de un minuto. No te preocupes.

Max cierra los ojos un instante. Solloza ahogadamente. Se vuelve hacia Georgia, que le aprieta un hombro desde el asiento de atrás.

—No pasa nada, Max. No te preocupes por mamá. Llegará dentro de poco.

Parece que sus murmullos calman a Max. Tony le entrega una lista de pruebas y le pide que la lea y que se asegure de que todos los documentos coincidan con su descripción. Es una tarea para que Max se distraiga.

Sevillas mira al estrado. No han llegado todavía ni la jueza ni su ayudante. La taquígrafa se está colocando en su sitio, y le sonríe. Él asiente amistosamente y después, oye unos pasos a su espalda. Se vuelve, pero no ve a Danielle, sino a su adversario.

Oliver Alton Langley está recorriendo el pasillo en compañía de dos de sus ayudantes. Lleva el paso casi de manera militar, seguramente por el tiempo que pasó trabajando en el ejército. Tiene unos cuarenta años, pero ya lleva la cabeza afeitada para disimular la calvicie. Clava los ojos grises en la mesa de la defensa, y extiende la mano.

—Buenos días, abogado —dice.

Sevillas se levanta ligeramente y se la estrecha.

—Langley.

Max mira con terror al fiscal. Langley se inclina hacia él.

—Así que tú eres Max Parkman.

Max le tiende la mano, temblando. Langley se la estrecha y le dice:

—Todos vamos a decir la verdad hoy, ¿de acuerdo?

Max se encoge y mueve su silla hacia la de Sevillas. Georgia fulmina a Langley con la mirada, y le da una palmadita a Max en el hombro.

Sevillas se pone en pie delante del fiscal, tapando a Max.

—Ya está bien, Langley. Apártate de mi cliente.

El fiscal se encoge de hombros y señala el montón de papeles que hay en la mesa de Sevillas.

—¿Detalles de última hora?

Langley mira hacia su mesa, donde sus ayudantes están colocando ordenadamente todas las pruebas. Sonríe a Sevillas con petulancia, como un general orgulloso de sus tropas.

Sevillas le devuelve una sonrisa fría.

−Ya sabes el dicho, Alton. Si crees que estás preparado, es que no lo estás.

Langley inclina la cabeza secamente.

−Buena suerte.

Sevillas ve a Doaks acercarse desde el final de la sala.

−Disculpadme −dice, mientras le hace un gesto a Doaks para que se reúna con él fuera.

Mientras Sevillas va hacia el pasillo, Max lo sigue con una mirada de terror. Sevillas vuelve hacia el chico.

−Max −le susurra.

−¿Qué?

−¿Puedes hacerme un favor?

−Claro.

−¿Por qué no organizas bien todas las pruebas que tienes contra Fastow? Sería de gran ayuda.

−Sí, por supuesto −dice Max, e inmediatamente se pone a ordenar los documentos. Georgia le hace a Sevillas un gesto con el pulgar hacia arriba. Él le aprieta el hombro y se marcha de la sala.

Langley se une a sus ayudantes, abriéndose paso entre los reporteros y sus cámaras. Doaks se planta fuera, cerca del servicio de caballeros. Tiene mal aspecto. Va más desarreglado de lo normal, y está despeinado. Tiene unas ojeras muy pronunciadas. Sevillas lo toma del brazo entre la multitud.

−¿Dónde está?

−Viene para acá.

−¿Desde dónde?

Doaks se encoge de hombros y mira a Sevillas con despreocupación.

−Seguramente se está poniendo las medias. Ya sabes cómo son las mujeres.

Sevillas entrecierra los ojos.

−Dime la verdad, Doaks, porque si no te voy a despellejar.

Doaks señala el reloj que hay en la pared.

−¿No deberías entrar ya? Es la hora, colega. Acuérdate de que está enferma y va a llegar tarde.

—Voy —dice Sevillas con tirantez—. Intentaré retrasarlo todo hasta que aparezca. Max está ahí dentro, y está petrificado. Y tú... —dice, señalándole la cara con el dedo índice—, será mejor que la traigas.

—Sí, señor.

Sevillas se da la vuelta y entra en la sala. Está repleta. No queda ni un sitio libre. Justo cuando llega a la mesa de la defensa, el alguacil se levanta.

—¡En pie!

Todo el mundo obedece. La jueza Hempstead camina hasta el estrado, sube los cinco peldaños que la elevan por encima de los presentes y ocupa su lugar. Después asiente hacia el alguacil.

—Da comienzo la vista —proclama el funcionario—. Este es el Juzgado 158 del Distrito de Plano, bajo la presidencia de la honorable jueza Clarissa Hempstead. Causa número 14-33698.

La jueza da un golpe con el mazo y se pone las gafas. Después le hace un gesto a la taquígrafa para que comience a tomar nota de la sesión.

—Que conste en acta —dice—, que esta vista se celebra para determinar si a la acusada se le concedió debidamente la libertad bajo fianza, y para determinar si existen motivos probables para procesar al acusado, Max Parkman. El tribunal tendrá en cuenta solo las pruebas que aclaren si la acusación tiene base suficiente. Que conste también —añade con una mirada imperiosa— que se deniega la solicitud de la defensa de impugnar las pruebas por contaminación cruzada de estas.

Max agarra del brazo a Sevillas.

—¿Qué significa eso, Tony? ¿Es malo?

Sevillas le aprieta el hombro al niño y mira hacia delante. Sí, es muy malo. Todas las pruebas valen: el peine ensangrentado, si lo encuentran; la ropa, la medalla de Jonas... Todas las pruebas materiales. Baja la cabeza y escribe en su cuaderno legal. No mira a Langley.

Hempstead continúa.

—El tribunal constata que los medios de comunicación han decidido honrarnos con su presencia —dice, y les clava una mirada fulminante a los periodistas—. Solo voy a decir esto una vez: queda terminantemente prohibido tomar fotografías en esta sala, y a menos que pretendan quedarse hasta que se declare un descanso, no vengan. No voy a consentir que haya gente corriendo por el pasillo y distrayendo a los abogados y a los testigos. ¿Señor Neville?

Se levanta un hombre con unas patillas grises y elegantes, y un traje caro.

−¿Sí, señoría?

−No quisiera nombrar a nadie en particular, pero cualquier persona que sea sorprendida con una grabadora en esta sala será acusada de desacato −le advierte la jueza, y el hombre se sienta rápidamente. Después, Hempstead se dirige a los abogados−: Y ahora, caballeros, comencemos.

Langley habla en voz baja con sus ayudantes y señala unos papeles que tiene delante. Saca un documento del montón y lo estudia.

La jueza repiquetea con las uñas en el estrado.

−¿Señor Langley?

−¿Sí, señoría?

−¿Va a empezar, o dejamos la libertad bajo fianza de la acusada tal y como está?

−Por supuesto que no, señoría −dice él−. El Estado está listo para empezar.

−Por favor, hágalo. Llame a su primer testigo −responde ella. Después alza la mano, porque el alguacil le susurra algo al oído. Mira a la mesa de la defensa−. Señor Sevillas.

Él se pone en pie.

−¿Sí, señoría?

−¿Sería impertinente preguntarle dónde está la acusada?

Sevillas carraspea.

−Claro que no, señoría. Me temo que la señora Parkman ha estado enferma durante toda la semana pasada. Ha estado en cama por indicación del médico. Me ha asegurado que, si es posible, vendrá hoy.

−¿Eso significa que va a venir, o no? Usted sabe, señor Sevillas, que tengo un juicio que comienza esta tarde, y no voy a cambiarlo.

−Sí, señoría.

–Señor Langley, ¿tiene intención el Estado de interrogar a la señora Parkman el día de hoy?

–Por supuesto, señoría.

La jueza mira a Sevillas.

–Antes de que el señor Langley llame a su primer testigo, salga al pasillo y llame a su clienta. Dígale que he ordenado que asista a la vista. No voy a posponer el interrogatorio del fiscal. Esta vista se celebrará hoy, pase lo que pase.

–Sí, señoría –dice Sevillas, y asiente a Max para calmarlo. Después sale al pasillo, que está desierto. Ve a Doaks junto a las puertas de los ascensores, con el teléfono en la oreja. En cuanto ve a Sevillas, cuelga–. ¿Qué pasa?

–La jueza me ha dicho que Danielle tiene que venir ahora mismo. ¿Estabas hablando con ella? ¿Viene ya?

–Sí, podría decirse que sí. ¿Por qué no intentas ganar un poco de tiempo?

–¿Estás loco? Hempstead ya está cabreada, Langley se está relamiendo, y Max está a punto de perder los nervios. ¿Cuándo va a llegar?

Doaks mira el reloj.

–Creo que antes de las once.

Sevillas lo atraviesa con la mirada.

–Sácala de la cama y dile que si no está aquí dentro de diez minutos, que dejo el caso.

–No puedo hacerlo.

–¿Por qué demonios no?

–Porque no está aquí –dice Doaks lentamente–. Está volviendo, pero se ha... retrasado.

–Espera... ¿Me estás diciendo que no volvió de Chicago contigo? ¿No está en su apartamento?

Doaks retrocede y se encoge de hombros.

–Está bien, está bien. No he sido completamente sincero contigo. La verdad es que me dio esquinazo en el aeropuerto de Chicago.

Sevillas gruñe.

–¿Para hacer qué?

–Para ir a Arizona, donde vive Morrison. Ha encontrado algunas cosas increíbles...

–Oh, Dios, no me cuentes eso otra vez –dice Sevillas, y agita la cabeza–. La ha pifiado completamente. Se ha saltado la condicional yendo a dos estados diferentes para no encontrar nada. Y no va a llegar a tiempo. Yo tengo que volver ahí dentro –añade, mirando el reloj.
–¿Y qué vas a decir?
Sevillas lo mira con dureza.
–Si alguien espera que le mienta a un tribunal para que me expulsen de la profesión, se va a llevar una decepción. Y si ella cree que voy a poder mantenerla fuera de la cárcel, se engaña.
Respira profundamente y se estira la chaqueta.
Doaks lo toma del hombro.
–Vamos, Tony. Aguanta. Va a aparecer.
Sevillas se encoge de hombros para zafarse y se marcha hacia la entrada de la sala. En la puerta se gira hacia Doaks.
–Cuando llegue, la jueza nos habrá mandado a la cárcel a todos.
Doaks le guiña un ojo.
–No sería mi primera vez.

treinta y uno

Danielle agarra con fuerza el bolso. En él lleva los CDs de Marianne, y dos de sus diarios. Tiene pruebas concluyentes contra ella, pero ha perdido la esperanza de poder aportarlas a tiempo para salvar a Max.

Está en la Puerta 21 del aeropuerto de Phoenix, del que su vuelo ya debería haber salido. Se sienta en la sala de espera, que está abarrotada, y mira el letrero electrónico:

Vuelo 4831, retrasado por problemas mecánicos.

Se siente desesperada.

La azafata de facturación está intentando encontrar otro vuelo a Des Moines, pero aún no lo ha conseguido. Entre la angustia y el agotamiento, tiene la sensación de que sus pensamientos ya no son lineales.

La disciplina mental que le ha permitido seguir a través de aquella pesadilla está desarticulándose.

Los diarios de Marianne han hecho que vomitara dos veces, pero se obliga a sacar uno de ellos del bolso. Está encuadernado con una tela de rosas. La primera de las anotaciones aparece en la página con una escritura femenina y recargada.

Querida doctora Joyce:

Kevin era mi niño especial. En el hospital todo fue muy divertido. Tuve visitas constantes. Yo me había puesto un camisón maravilloso, rosa pálido con ribetes rojos. Entonces nos marchamos a casa y, como de costumbre, comenzaron los problemas.

Danielle se salta la descripción repugnante de los miles de experimentos y tormentos que el pobre niño sufre a manos de aquella mujer.

Un día tuve una idea brillante. Había oído hablar de la succilnilcolina cuando trabajaba de enfermera. Se usa para relajar los músculos durante las operaciones. Como mi niño tenía tantos dolores, me pregunté qué ocurriría si le administraba una dosis mínima. Además, soy humana, y con tantos lloros me estaba alterando los nervios. Así pues, le puse una inyección detrás de la rodilla, por lo que ya he dicho acerca de las marcas de la aguja. Y fue cosa de magia, hasta que tuvo un ataque. Tuve que ponerle oxígeno. En aquellos minutos cruciales estuvo entre la vida y la muerte. Nunca me había sentido tan viva, a la vez aterrada y entusiasmada, como si estuviera en una montaña rusa.

Danielle cierra el diario porque siente náuseas de nuevo. ¿Quién iba a poder creer que existe semejante monstruo si no leyera esas descripciones con sus propios ojos? Mira el reloj; en Plano son las diez de la mañana. Tony debe de estar furioso. Dios, si no llega a tiempo, tiene que decirle lo que ha encontrado, para que él sepa cómo tiene que interrogar a Marianne. Saca su teléfono móvil, pero se da cuenta de que en esos momentos, Sevillas está incomunicado. Doaks. Marca su número.
—¿Dónde estás?
—En el aeropuerto.

—Voy a buscarte —le dice él—. Estás en un buen lío.
—John, sigo en Phoenix. El vuelo se ha retrasado.
—Oh, Dios. ¿Cuánto tiempo?
—Hasta que arreglen el avión. Escucha, Doaks, necesito que...
—Mira, Sevillas está furioso contigo. Esa bruja de Kreng está en el estrado, diciendo que Max es un enfermo violento y que tú eres una loca. Y Max está aterrado. No sé cuánto tiempo va a poder calmarlo Georgia. Toma otro vuelo y ven aquí, Danny, o todo esto se va al cuerno.
—Doaks, escúchame, por favor. Llegaré en cuanto pueda, pero Sevillas tendrá que controlarlo todo hasta ese momento. He encontrado un filón, y lo llevo en el bolso.
—Otra vez no —dice él—. Mira, sé que la madre está loca, pero tú tienes...
—No es solo que esté loca —replica ella—, es que es una asesina.
Doaks inhala bruscamente.
—Dímelo rápido.
—Tengo pruebas fehacientes de que Marianne tuvo otros hijos y de que los mató de unas formas abominables.
—Jesús, María y José. ¿Cuántos hijos tuvo?
—No lo sé. Como mínimo, dos antes que Jonas.
—¿Tienes algo que la relacione directamente con la muerte de Jonas?
—Todavía no, pero voy a leer todo lo que escribió en sus diarios antes de aterrizar.
—Ven rápidamente. A Sevillas no le quedan ases en la manga.
—Ya lo sé, pero tú tienes que intentar entrar en la habitación del hotel de esa mujer. Ella debe de tener escritos en su ordenador, cosas relacionadas con Jonas. Los diarios que tengo yo son de hace años. Además, seguramente viaja con trofeos de sus asesinatos anteriores, como hacen la mayoría de los asesinos en serie. Cada vez que los mire se acordará de su inteligencia. Y creo que Marianne es demasiado arrogante como para pensar en que van a descubrirla. Te mandaré su contraseña desde mi teléfono.

–Esto no va a ser fácil, ¿sabes?
–Sin esas pruebas, no tenemos nada para relacionarla con el asesinato de Jonas.
–Sí, sí. Dios Santo, añade otro delito a la lista.
–Ponme a Sevillas al teléfono.
–No puede ser. Está en la sala, interrogando a Kreng.
–¿Quién es el siguiente testigo?
–No lo sé.
–Dile que intente mantener a Marianne alejada del estrado hasta que yo vuelva.
–¿Y si no puede?
–No es una opción.
–Claro –dice él con ironía–. A Tony le va a encantar cuando se lo diga.
–Vamos, date prisa. Y llámame cuando hayas registrado su habitación.
–Dios, estás empezando a hablar como un puñetero policía.
–Y todavía no has visto nada.

treinta y dos

La enfermera Kreng ha subido al estrado de los testigos. Parece una estatua de madera petrificada con su traje de enfermera blanco y el pelo tirante, sujeto con cientos de horquillas hacia atrás. Langley la ha interrogado acerca de todos los incidentes que Doaks ya conocía por la entrevista que mantuvo con ella, y que le ha contado a Sevillas. La enfermera ha relatado que Max se volvió incontrolablemente violento poco después de ser admitido en Maitland; que comenzó a mostrar síntomas de psicopatía y que tuvo que ser inmovilizado con correas por las noches; que amenazó la vida de Jonas Morrison en numerosas ocasiones. La lista es interminable. Durante todo el tiempo, Langley ha estado mirando de reojo a Sevillas y sonriéndole con astucia, como si quisiera hacerle saber que se está preparando para lo mejor. Entonces, Kreng hace una vívida descripción de la escena del crimen. Por primera vez, la jueza Hempstead palidece y mira con dureza hacia la mesa de la defensa.

Sevillas se gira hacia Max. El niño ha estado inmóvil durante la intervención de Kreng, intentando que Sevillas y Georgia no lo vieran llorar, enjugándose las lágrimas con disimulo. Georgia le ha susurrado palabras de ánimo desde su sitio. Gracias a Dios, porque parece que el pobre se va a derrumbar allí mismo.

Sevillas mira el reloj. El interrogatorio de Kreng ha durado una hora. Langley está terminando. Sevillas mira la nota que acaba de pasarle Doaks. En ella figuran unas instrucciones precisas de Danielle: no debe mencionar a Max, y debe retener a Marianne en el estrado si la sacan a declarar. Danielle tiene unas pruebas claves que implican a Marianne en el asesinato de Jonas.

Max se yergue cuando ve a Doaks pasarle la nota a Sevillas.

–¿Es de mi madre? –susurra–. ¿Viene ya?

Sevillas se inclina hacia delante.

–Ya está de camino. No te preocupes, hijo.

Max lo mira con agradecimiento, y consigue esbozar una sonrisa para Georgia.

–Una pregunta rápida, enfermera Kreng –dice Langley–. ¿Hay alguna indicación en sus anotaciones de que la madre de la víctima, Marianne Morrison, estuviera presente el día del asesinato?

–No.

Sevillas se pone en pie.

–Protesto, señoría. No hay pruebas que establezcan que Jonas Morrison fuera asesinado.

–¿Acaso dudas que el chico está muerto, Tony? –pregunta Langley.

–¡Señor Langley! –ladra la jueza–. Yo respondo a las protestas en esta sala, no los abogados. Siéntese. Y usted, señor Sevillas, ¿querría explicarme el motivo de su protesta?

–Señoría –dice Sevillas–, vamos a presentar pruebas sobre la naturaleza de las lesiones de la víctima, y sobre si fueron causadas por él mismo, o por un tercero. O de ambas formas.

Langley adquiere una expresión confusa. La jueza mira fijamente a Sevillas.

–¿Me está diciendo que la defensa va a argumentar que el niño causó su propia muerte?

–Señoría, preferimos presentar nuestras pruebas en el momento adecuado. Nuestra protesta se refiere a que no hay fundamentos, en este punto, para que el Estado catalogue la muerte de la víctima.

La jueza lo mira pensativamente y se encoge de hombros.

–Bueno, señor Sevillas, es su defensa. Llévela como quiera. Pero no piense que me voy a tragar hoy cualquier teoría absurda. No estoy de humor. Se admite la protesta; señor Langley, reformule la pregunta.

Langley cabecea, pero obedece.

–Enfermera Kreng, ¿se puso usted, o alguno de sus empleados, en contacto con la señora Morrison el día en que Jonas... murió?

Kreng aprieta los labios pálidos.

–Por supuesto, la llamamos al encontrar el cadáver. Ella vio al niño y se puso histérica. Le administramos sedantes y descansó durante un rato. Creo que después fue interrogada brevemente por un oficial de policía, y la trasladaron a la comisaría para que hiciera una declaración más extensa.

–Gracias, enfermera, pero si intenta testificar sobre lo que dijo la señora Morrison, se trataría de un testimonio indirecto, cosa que no está permitida –dice Langley con una sonrisa de suficiencia–. Y de todos modos, nos lo contará la propia madre de la víctima.

Sevillas se vuelve y ve a Marianne, que lo está mirando fijamente. Sea lo que sea lo que ha encontrado Danielle, ojalá sea bueno. La testigo estrella de Langley podría ser una buena candidata a la canonización cuando suba al estrado.

–Enfermera Kreng, ¿podría decirme si vio alguna vez alguna grabación de seguridad en la que Max Parkman intentara agredir a Jonas Morrison, o le gritara que quería matarlo...

–¡Protesto, señoría! –exclama Sevillas–. No se ha establecido la existencia de esas grabaciones, ni quién se llevó las cintas, ni si alguien pudo alterarlas, por no mencionar que nunca se le han facilitado esas grabaciones a la defensa antes de esta vista.

Langley da un paso adelante.

–Señoría, la difícil relación que tenía el acusado con la víctima es crucial en la cuestión de si Max Parkman asesinó o no a Jonas Morrison.

Sevillas se pone en pie.

—Señoría, esa pregunta es completamente inadecuada. La única intención del Estado es hostigar y perjudicar a mi cliente.

—¡Acérquense!

Sevillas y Langley caminan al unísono y se acercan al estrado justo a tiempo para oír los susurros de enfado de la jueza.

—Miren, señores, esto no es un juicio. No hay jurado. Los periodistas están aquí y van a escribir cosas que los potenciales miembros del jurado van a leer mañana en el periódico. Y créanme, ninguno de ustedes querría que leyeran lo que me gustaría decirles ahora mismo. Voy a darles libertad en sus interrogatorios, pero no se pongan zancadillas el uno al otro con cuestiones técnicas. Y no intenten colar pruebas que no estén registradas —dice Hempstead, mirando fijamente a Langley—. Si tienen algo que piensen que yo deba considerar, saquen al estrado a un testigo que pueda presentarlo y cuya declaración justifique adecuadamente su inclusión en el atestado. De lo contrario, los convertiré en un hazmerreír antes de la hora de comer. ¿Entendido?

Los dos dicen «Sí, señoría» rápidamente, y vuelven a sus mesas. La jueza le indica al fiscal que continúe con las preguntas, y Langley guía a Kreng durante el resto de su testimonio. Él determina cuáles son sus observaciones independientes sobre la actitud violenta y psicótica de Max, y los miedos que expresó sobre Jonas. Hempstead tiene una expresión impasible, pero Sevillas se da cuenta de que está completamente concentrada, porque toma notas constantemente. Cuando termina una de las respuestas de la enfermera, la jueza mira a Max con una aguda curiosidad. Sevillas percibe otra oleada de pánico en el niño y observa la silla vacía que hay a su lado. ¿Dónde demonios está Danielle?

Langley sonríe y aborda la última parte de su interrogatorio.

—Enfermera Kreng, sabemos que Max Parkman fue hallado inconsciente en el suelo de la habitación en la que fue asesinado Jonas, cubierto de sangre. ¿Qué estaba haciendo la señora Parkman cuando usted llegó a esa habitación?

Kreng se yergue.

—Estaba arrastrando a su hijo entre charcos de sangre, intentando sacarlo de allí...

—¡Protesto! —exclama Sevillas, poniéndose en pie—. Cualquier intento del testigo de atribuirle una determinada intención a la acusada...

Hempstead alza una mano.

—Ha lugar.

Langley continúa sin inmutarse.

—Enfermera Kreng, ¿cómo describiría la reacción de la señora Parkman cuando usted la vio?

Kreng mira a Sevillas con arrogancia.

—Tuvo una reacción de mujer desequilibrada, histérica.

Sevillas comienza a levantarse, pero Langley se le adelanta.

—He terminado, señoría. Muchas gracias, enfermera Kreng.

Sevillas vacila, pero la enfermera ya ha respondido y la jueza ya ha asimilado esa información perjudicial. Si objeta en ese momento, solo conseguirá darle más relevancia. Así pues, se sienta.

Langley le sonríe y le cede el turno de interrogatorio.

Tony se acerca al estrado y comienza a hablar con calma.

—Enfermera Kreng, ha narrado usted varios episodios y observaciones personales tanto de Max Parkman como de su madre en Maitland, incluyendo sus estados emocionales y psicológicos. ¿Es eso correcto?

—Sí.

—¿Tiene usted el título de psiquiatría?

Ella lo mira con irritación.

—Por supuesto que no.

—No, me lo imaginaba. Por lo tanto, estará de acuerdo conmigo en que las observaciones personales sobre Max y su madre que usted ha compartido hoy con nosotros son solo su opinión subjetiva, y nada más.

—No, señor Sevillas —responde ella con tirantez—. Mis observaciones son las de una profesional con treinta años de ejercicio de la enfermería psiquiátrica. Además, he sido la responsable de la administración de la clínica durante todo ese tiempo, y tengo una reputación impecable dentro y fuera del país.

—¿Está cualificada para emitir un diagnóstico de la señora Parkman?

—No.

−¿Está cualificada para emitir un diagnóstico de Max Parkman?
−No.
Sevillas sonríe.
−Aparte de cumplir las órdenes de los doctores, ¿estaba dentro de sus atribuciones especular respecto al diagnóstico de Max Parkman, o del estado emocional de la señora Parkman?
Ella lo fulmina con la mirada.
−No.
−¿Tiene alguna duda de que la madre de Max Parkman esté totalmente dedicada a su hijo?
El rostro de la enfermera se suaviza ligeramente.
−No, no la tengo.
−Dado que lleva treinta años dedicada al ejercicio de la enfermería psiquiátrica, estoy seguro de que habrá observado las reacciones de cientos de padres durante todo ese tiempo. ¿Podría decirnos si los padres de niños que son admitidos en una clínica psiquiátrica sufren a menudo una presión emocional intensa?
−Por supuesto. Cuando los padres ven a sus hijos sufriendo un trastorno mental que requiere tratamiento, siempre hay un dolor considerable y una tensión emocional muy intensa.
−¿Y los padres de estos niños expresan ese tipo de dolor y de tensión de idéntica forma?
−No, claro que no.
−A propósito, señora Kreng, también tuvo usted muchas ocasiones para observar a la señora Morrison, la madre de la víctima, ¿no es así?
−Sí.
−¿Y le pareció atípico su comportamiento?
Langley mira al cielo con resignación.
−Señoría −dice−, ¿qué tiene de relevante este interrogatorio? Aparte de ser una táctica de distracción usada por el abogado de la defensa para desviar la atención de las acciones de sus clientes.
Hempstead mira por encima de la montura de las gafas.
−No haga más preguntas injustificadas, señor Sevillas.
−Lo dejaremos por el momento, señoría −dice él. Tendrá

que esperar para ver si Danielle puede proporcionarle alguna prueba con la que inculpar a Marianne. Al menos ha abierto el camino en aquella dirección–. Enfermera Kreng –continúa–, cuando entró en la habitación, el día en que murió Jonas, y detectó que el cuerpo tenía numerosas perforaciones, ¿vio el instrumento que pudo causar esas heridas?

–Sí.
–¿De veras?
–Sí, por supuesto.
–¿Dónde estaba?
–La policía lo sacó del bolso de la señora Parkman.

Hempstead se inclina hacia delante con avidez.

Sevillas sonríe y le da la espalda a la testigo.

–¿Y qué era ese objeto?
–¡Protesto, señoría! –exclama Langley, poniéndose en pie–. La pregunta no se ciñe al ámbito de mi interrogatorio de esta testigo.

La jueza mira a Sevillas.

–Señoría, el fiscal abrió ese camino cuando hizo que la enfermera Kreng describiera lo que vio al entrar en la habitación del niño. Yo solo estoy indagando en la misma línea que él ha introducido.

Ella mira a Langley con desdén.

–Denegada la protesta. Continúe, señor Sevillas.

Él asiente.

–¿Qué era ese objeto que vio en la habitación?
–Era... una especie de peine.
–¿Cómo era?

Ella alza las manos y coloca las palmas a cierta distancia una de la otra, enfrentadas.

–Era más o menos de este tamaño, de unos quince centímetros, y tenía púas largas de metal.

–¿Tocó el peine cuando lo vio?
–No, señor Sevillas. Uno de los policías lo sacó del bolso de la señora Parkman y lo mostró.

–¿Por casualidad vio lo que hacía el agente con el peine en ese momento?

–No, no lo vi. Estaba muy ocupada poniéndome en contacto con la señora Morrison y el doctor Hauptmann, y asegurándome de que los demás pacientes de la unidad estuvieran seguros.

—¿Sabe si alguien, aparte de la policía, entró en la habitación esa mañana?

—El forense, por supuesto. Sería mejor que le preguntara a la policía por ese peine, señor Sevillas.

Él mira a Langley y después se gira y sonríe a la jueza.

—Sí, claro que sí, enfermera Kreng. Ya lo hemos hecho, pero parece que el peine ha desaparecido misteriosamente. ¿Tiene idea de adónde puede haber ido?

—¡Protesto! —brama Langley—. ¡Señoría! La testigo ya ha respondido. Ha dicho que no sabe lo que ocurrió con el peine y...

—Y nos ha dicho que la policía tomó posesión del peine.

Langley alza las manos.

—Señoría, vamos a presentar un testigo con relación al peine.

—Para que explique que no lo tuvieron en su poder ni siquiera el tiempo suficiente como para poder tomar las huellas dactilares que hubiera en él —dice Sevillas.

Hempstead arquea las cejas.

—Señor Langley, parece que el abogado de la defensa quiere decir que el arma homicida ha desaparecido y no ha sido hallada. ¿Es cierto, señor fiscal?

—Bueno, señoría, así es. Sí, el arma homicida estaba en la escena del crimen, pero todavía estamos trabajando para localizarla.

—¿Qué quiere decir? ¿Tienen o no tienen el peine?

—En este instante no, señoría, pero...

—Nada de «peros», señor Langley —dice ella, y se vuelve hacia Sevillas—. Bueno, parece que por fin la defensa tiene algo con lo que continuar. Sin embargo, señor abogado de la defensa, le recuerdo que esta vista tiene dos propósitos claros. No desentrañe hoy toda su estrategia. Todos esperaremos conteniendo la respiración a que la desarrolle durante el juicio.

—Gracias, señoría.

—Siéntese, señor Langley. Continúe, señor Sevillas.

Sevillas ve que Max está sonriendo con orgullo. Después se gira hacia la testigo.

—Enfermera Kreng, ¿era usted responsable de la unidad Fountainview, en la que estaban ingresados Jonas Morrison y Max Parkman?
—Sí.
—¿Estaba Max Parkman en la unidad el día en que murió Jonas?
—Sí.
—¿Y ha declarado usted que Max estaba en su cama, al final del pasillo?
—Sí, tal y como reflejan las anotaciones de ese día, en las que también se especifica que estaba inmovilizado.
—¿Con correas de cuero?
—Sí.
—Entonces, enfermera Kreng, hay algo que no entiendo –dice Sevillas, sonriendo a la testigo–. ¿Cómo pudo desabrocharse esas correas Max Parkman, si estaba atado de pies y manos?
Ella le lanza puñales con la mirada.
—Creemos que la anotación es errónea.
Sevillas finge que se sorprende.
—¿Hizo usted esa anotación, enfermera Kreng?
—No, por supuesto que no.
—Porque debía hacerla la enfermera que estaba de servicio ese día, la enfermera Grodin, ¿no es así?
—Sí.
—Vamos, enfermera Kreng, ¿nos lo está contando todo? La enfermera Grodin ya no trabaja en Maitland, ¿verdad?
—No, ya no.
—La despidieron, ¿no es así?
—Sí.
—Por favor, díganos cuál fue el motivo.
—El motivo es que no realizaba su trabajo a la altura de lo que se esperaba de ella en Maitland.
—Averiguó que ella se negó a reconocer que no hubiera puesto las correas a Max ese día, ¿no es así?
—Creo que mintió para cubrir su negligencia.
—De hecho, no había ni un solo empleado de servicio en la unidad de Fountainview durante la hora de comer ese día, ¿verdad, enfermera Kreng?

—No era necesario que lo hubiera, señor Sevillas. Los únicos pacientes que había en la unidad en ese momento eran Jonas Morrison y Max Parkman, y ambos estaban inmovilizados.

—Entonces, enfermera, ¿cómo explica que ninguno de los dos tuviera puestas las correas en el momento del asesinato?

Kreng permanece en silencio.

—Si no había ni un solo empleado en esa unidad, enfermera Kreng, ¿podría decirnos, y recuerde que está bajo juramento, quién desabrochó las correas que la enfermera de servicio jura que le puso a Max Parkman?

—Protesto —dice Langley.

—No ha lugar —dice la jueza.

Sevillas camina hasta la mesa de la defensa y toma una hoja de papel.

—Así que estas anotaciones carecen de valor. A esa hora, cualquiera podía estar en la unidad. Por lo que sabemos, Max y Jonas andaban por ahí, sin vigilancia.

Kreng alza la cabeza bruscamente.

—Por supuesto que no.

—Enfermera Kreng, usted no está en situación de responder eso. No estaba allí.

Ella guarda silencio. Sevillas se acerca al estrado de la testigo y espera hasta que ella lo mira.

—De hecho, es fácil que hubiera un tercero, tal vez otro paciente, u otro empleado, que sedara fuertemente a Max Parkman, que lo arrastrara a la habitación de la víctima, que asesinara a Jonas y que estuviera a punto de matar también a Max cuando su madre ahuyentó a ese asesino antes de que pudiera terminar con lo que estaba haciendo.

Kreng abre los ojos desorbitadamente.

—¡Eso es absurdo!

—¡Señoría! —interviene Langley, que está furioso—. A esta testigo se le está empujando a que haga comentarios sobre la absurda versión de los hechos de la defensa, para que el abogado pueda establecer una teoría de asesinato que no tiene ninguna base en los hechos de este caso.

Hempstead observa a Sevillas.

—Muy creativo, señor Sevillas —dice, y se gira hacia Langley–. Sin embargo, señor fiscal, yo soy muy capaz de comprender los hechos y las teorías que ustedes me planteen.

–Pero, señoría...

Ella niega con la cabeza.

–Denegada la protesta.

Sevillas se vuelve hacia Kreng.

–¿Y no es posible también que algún empleado tomara el peine que se usó para apuñalar a Jonas Morrison del bolso de la señora Parkman cuando estaba en la unidad, desatendido?

–¡Protesto! –grita Langley, y se acerca al estrado–. Señoría, la señora Parkman fue hallada en la habitación con el peine en su bolso.

–Un peine que no está en poder de la acusación –dice Sevillas.

–¡Señoría, esto es indignante!

–«Indignante» es un tipo de protesta que yo no conocía –dice Hempstead–. A mí me parece que el señor Sevillas está haciendo lo que haría cualquier buen abogado defensor. Está buscando otro sospechoso de asesinato. Por no mencionar el hecho de que usted no tiene el arma homicida, señor Langley. Si pudiera mostrarme una huella dactilar en ese peine, o incluso el peine, tal vez yo pensara de manera distinta. Denegada.

Sevillas mira de nuevo a Kreng.

Una última pregunta. ¿Sabe si alguien de Maitland buscó rastros de sangre en la habitación de otro paciente, o buscó otro tipo de pruebas materiales ese día?

Kreng está blanca como su uniforme.

–No, no lo hicieron.

–Así pues, no sabemos si otro paciente, o un tercero, cometió el asesinato o es el culpable de haber colocado pruebas inculpatorias en la habitación de Max Parkman.

Sevillas se vuelve hacia la jueza.

–No hay más preguntas, señoría –dice, y asiente hacia Kreng–. Gracias, enfermera Kreng.

–¡Todos en pie! –ordena el alguacil.

–Descanso de veinte minutos –dice la jueza.

Se agarra la toga y deja el estrado sin mirar atrás.

treinta y tres

Danielle se abrocha el cinturón de seguridad mientras, por fin, despega el avión. El único vuelo que ha podido conseguir desde Phoenix a Des Moines hace una breve parada en Dallas. Y cuando llegue a su destino, debe conducir hasta Plano. Ha intentado ponerse en contacto con Max en varias ocasiones, pero sabe que, si su hijo está en la sala, no puede tener encendido el iPhone.

Debe de estar frenético esperando a que llegue. Si no consigue aparecer a tiempo en el juicio, Max será quien lo pague.

No ha vuelto a recibir llamadas de Doaks. Espera que haya conseguido entrar en la habitación de Marianne y haya encontrado algo, cualquier cosa que pueda relacionarla con la muerte de Jonas.

Tiene el segundo diario en el regazo. Si lee durante todo el vuelo hasta Des Moines, tendrá tiempo de terminarlo y mirar también los CDs. Y no debe desmoronarse y llorar por los horrores que está leyendo. Es abogada, una abogada que busca pruebas que exoneren a su hijo y que la exoneren a ella también.

Abre el libro y comienza la lectura.

Querida doctora Joyce:

El funeral de Ashley fue muy gratificante. Todos me miraban mientras recorría el pasillo central de la iglesia, vestida de luto. Tenía un velo negro sobre la cara, que me permitía ver a los demás, pero que no permitía que los demás me vieran a mí. Como Mata Hari. Elegí un precioso ataúd blanco con un suave matiz rosado; las flores requerían más sensibilidad. Las lilas son demasiado deprimentes para una niña de cuatro años, así que elegí margaritas, que son frescas e inocentes. Durante la misa, el ataúd permaneció cerrado. No creo que la gente tenga por qué verlo todo.

Sin embargo, el plato fuerte del día fue el pediatra de Ashley, que le dijo a todo el mundo que soy una madre maravillosa y dedicada. Cuando se marchó, me tomó las manos y me dijo que nunca había visto a una madre con tanta fuerza y tanto valor después de haber sufrido dos pérdidas tan próximas. Es hora de la recepción del funeral, y estoy agotada.

El trabajo de una madre no termina nunca.

Danielle le pide un café a la azafata y pasa al final del diario. Dos niños muertos, y quién sabe cuántos abortos provocados, hasta el momento. Ha marcado las páginas que intentará introducir en las pruebas, suponiendo que la jueza le permita ponerse en pie en la sala e interrogar a una testigo. Y entonces, podrá comparar la letra de Marianne con la que hay de sus diarios. Está desesperada por saber cuál es la táctica que ha empleado Sevillas; no quiere pensar que, al desaparecer, ella misma haya echado por tierra la capacidad de su abogado de proteger a Max. Comienza a leer la última anotación que hay en el diario.

Querida doctora Joyce:

Apenas puedo sostener el bolígrafo para escribir. Tengo el corazón destrozado. Mi Raymond ha muerto. Anoche no se encontraba bien, así que le mullí la almohada y nos fuimos a dormir. Me desperté en mitad de la noche y noté algo frío y pegajoso. Encendí la luz y... Oh, Dios mío. Allí estaba, tumbado, con los ojos abiertos de par en par. Me di cuenta al instante de que había tenido un derrame cerebral. Estaba allí, mirándome, pero no podía moverse. No llamé a la ambulancia. Sinceramente, necesitaba unos momentos para sopesar mis opciones. Después de unos quince minutos, él tuvo otro ataque y se quedó inmóvil. Comprobé sus constantes vitales, y me di cuenta de que estaba muerto.

Después llamé a la ambulancia, tapé a Raymond con una manta vieja, porque se había ensuciado, y bajé al despacho para mirar sus papeles. Tenía que revisar el estado de mis finanzas. No me dejó mucho, pero sí lo suficiente para vivir tranquilamente unos cuantos años. No estoy interesada en encontrar otro marido todavía. Tengo que organizar su funeral, y después, comenzar una nueva vida.

Además, tengo otro problema. Iba a decírselo a Raymond este mismo fin de semana; parece que estoy embarazada otra vez. Si es un niño, creo que voy a ponerle Jonas. No es la situación más favorable, pese a toda la compasión y simpatía que voy a suscitar. Creo que me voy a marchar de aquí para empezar una nueva vida. Sí, eso es exactamente lo que voy a hacer. Antes me teñiré de rubio.

Las rubias se divierten más, ¿no es así?

treinta y cuatro

Sevillas mira la lista de testigos que ha elaborado. Los ha colocado en el orden en que cree que los citará Langley. Esa misma mañana ha pensado que Langley llamaría primero al forense, después a Kreng y después a Marianne Morrison. Cuando el alguacil pronuncia el primero de los nombres, se alegra de no haber apostado nada.

Mira a Max. El pobre niño casi no puede soportarlo más. Se da la vuelta para mirar a Georgia sobre la cabeza agachada de Max. Se da cuenta de que ella también es escéptica en cuanto a que Danielle vaya a llegar a tiempo para salvarlos.

Reyes-Moreno lleva unos quince minutos en el estrado. Langley está recitando el currículum de la psiquiatra, que impresionaría hasta a Freud. Presidenta de la Junta de Directores de la Asociación Americana de Psiquiatría; primera de su promoción en la Escuela de Medicina de Harvard; conferenciante internacional sobre trastornos psiquiátricos y neurológicos en la adolescencia. Sevillas se habría alegrado por contar con aquel retraso, pero no quiere que la jueza oiga con tanta claridad lo experta que es Reyes-Moreno.

–¿Señoría? –dice, poniéndose en pie–. Si me lo permite el tribunal, la defensa acepta que las credenciales de la testigo son correctas. Como no estamos en el juicio, y no hay jurado presente, ¿podríamos comenzar con el interrogatorio pertinente?

Hempstead sonríe.

–Ha lugar la protesta. El tribunal aceptará un currículum por escrito de la testigo, señor Langley. Comencemos.

Langley parece molesto, pero asiente y se dirige a la psiquiatra.

–Doctora Reyes-Moreno, ¿conoce al acusado, Max Parkman?

–Sí –dice la doctora con su voz clara y melódica. Lleva un traje gris claro que contrasta con su pelo blanco, y su actitud es pensativa y profesional.

–¿Con cuánta frecuencia interactuó usted con Max Parkman después de que fuera ingresado en la clínica?

–Veía a Max diariamente –dice Reyes-Moreno, y mira a la jueza con calma, con sus ojos color verde esmeralda–. Para llevar a cabo el concepto que tiene Maitland de un tratamiento psiquiátrico, se crea un equipo para cada paciente. Elegimos a un grupo de psiquiatras, neurólogos y psicólogos que trabajan en el diagnóstico de cada caso, y diseñan una solución a largo plazo para el niño. Cada equipo es diferente, como cada paciente.

La jueza asiente. Es obvio que está impresionada.

–¿Estaba usted en el equipo de Max? –inquiere Langley.

–Sí, era la psiquiatra responsable de Max, y supervisaba su equipo y su tratamiento. Yo gestionaba todas las cuestiones de personal relacionadas con Max y dirigía las consultas psiquiátricas con él.

–Supongo que, finalmente, fue usted capaz de dar con un diagnóstico de los problemas psiquiátricos de Max.

Ella se quita las gafas y se frota los ojos.

–No fui yo sola la que elaboró el diagnóstico. La conclusión fue conjunta, de todo el equipo de Max.

—¿Y cuál fue ese diagnóstico, doctora?
Sevillas se pone en pie de un salto.
—Protesto, señoría.
—¿Por qué, señor Sevillas?
—El diagnóstico del acusado es confidencial. Está protegido por el secreto médico.
Langley se acerca al estrado.
—Señoría, el Estado piensa que el diagnóstico de Max Parkman, y su comportamiento violento y errático, están relacionados con la muerte de Jonas Morrison. La testigo declarará en ese sentido. Es importante que pueda explicar el diagnóstico y sus observaciones sobre el estado mental del acusado antes de que se produjera el asesinato.
—Señoría —dice Sevillas—, si permite que esta testigo declare en una vista pública sobre el diagnóstico de Max Parkman, estará sometiendo al niño a un grave perjuicio, y más teniendo en cuenta que hay periodistas en la sala. El diagnóstico se hizo en una clínica privada que mantiene la confidencialidad de la información de los pacientes a menos que ese paciente, o sus tutores legales, permitan que se revele a terceros. Y puedo asegurarle, señoría, que ni el paciente ni su madre han dado su permiso en este caso.
—Bien, señor Sevillas, si hubiera un jurado presente, estaría de acuerdo con usted —dice Hempstead—. Sin embargo, creo que debería escuchar esta declaración, y creo que usted tiene que admitir que es relevante en el caso.
Sevillas va a empezar a poner más objeciones, pero Hempstead alza una mano.
—Para evitar cualquier perjuicio a Max Parkman y para impedir una influencia indebida en los posibles miembros del jurado, ordeno que el público abandone la sala.
El alguacil se levanta.
—Por favor, salgan ordenadamente de la sala del tribunal.
Después de unos momentos de quejas y de pasos arrastrados, los observadores decepcionados y los periodistas salen. Sevillas mira a Georgia para darle a entender que a Max no le conviene oír lo que Reyes-Moreno tenga que decir sobre sus problemas mentales o emocionales. Ella asiente y le toca el

hombro a Max. El niño mira con miedo a Sevillas, y después sigue a Georgia y al alguacil al pasillo.

Langley sonríe a Reyes-Moreno.

–Y ahora, doctora, por favor, dígale a su señoría cuál era el propósito de la reunión celebrada el veinte de junio, y lo que observó en esa fecha con respecto al acusado.

Reyes-Moreno mira a la jueza.

–Yo misma organicé la reunión. Todo el equipo tenía... preocupaciones, y determiné que sería productivo para el paciente que la señora Parkman se reuniera con nosotros.

–¿Y a qué preocupaciones se refiere?

–Max había comenzado a mostrar tendencias violentas y experimentaba alucinaciones paranoides. El propósito de la reunión era explicarle nuestro diagnóstico colectivo a la señora Parkman, y darle la oportunidad de que planteara sus preguntas al equipo.

Langley sonríe.

–¿Y cuál fue ese diagnóstico, doctora Reyes-Moreno?

–Desorden esquizoafectivo y psicosis no determinada.

–¿Qué significa psicosis no determinada?

–Significa que el paciente ha perdido el contacto con la realidad al menos en una ocasión. Es una categoría general, teniendo en cuenta su edad y las observaciones que hemos hecho durante el corto espacio de tiempo que ha estado con nosotros Max.

–Señor Langley –dice la jueza–, si no va a haber más menciones concretas al diagnóstico, me gustaría abrir la sala al público de nuevo.

–Por supuesto, señoría –responde Langley. Cuando todo el mundo ha vuelto a ocupar su sitio, el fiscal vuelve a dirigirse a la testigo–. ¿Estas reuniones con los padres tienen lugar siempre que se revela un diagnóstico?

–No –dice la doctora–. En este caso concreto, la señora Parkman reaccionó muy negativamente. Pese a mis tentativas, se negó a hablar más del diagnóstico. Yo sabía que el estado de negación en el que se encontraba la señora Parkman iba a ser perjudicial para que Max aceptara su enfermedad. Por supuesto, es muy importante que los padres de un niño así apoyen al equipo médico. Si un padre se niega a aceptar los hechos, no pueden ayudar al niño a enfrentarse a la realidad de la situación.

—Por favor, explíquenos lo que ocurrió durante la reunión.

—Comencé diciéndole a la señora Parkman que entendía su nivel de preocupación, porque el diagnóstico de Max era muy grave. Le aseguré que no habíamos llegado a nuestras conclusiones a la ligera, y que nuestras pruebas indicaban con claridad que el diagnóstico era correcto. En ese momento, la señora Parkman se disgustó mucho y me dijo que no aceptaba nuestro diagnóstico pese a los resultados de las pruebas.

—¿Y qué ocurrió después?

—Informé a la señora Parkman de que su negativa a aceptar el diagnóstico era muy perjudicial para el bienestar de Max, y que tenía que asimilarlo, por el bien del niño. Ella siguió mostrando su desacuerdo de manera vehemente.

—¿Se habló de conseguir una segunda opinión?

—Por supuesto. Le dije que podía pedirle a cualquier profesional de su elección que revisara nuestros resultados. Sin embargo, la insté a que lo hiciera rápidamente, teniendo en cuenta la gravedad de la situación.

—¿Y entonces?

—Informé a la señora Parkman de que Max pensaba que Jonas estaba urdiendo un plan para hacerle daño, o matarlo...

Sevillas se pone en pie.

—Señoría, esto se acerca peligrosamente a hablar del diagnóstico de Max Parkman en público...

—Señor Langley, le he advertido que no cruce esa línea. Prosiga con cautela.

El fiscal asiente.

—¿Cómo reaccionó la señora Parkman cuando usted le habló de los miedos de Max?

Reyes-Moreno respira profundamente.

—Se enfureció. Nos acusó de haber inventado los síntomas y de falsificar las anotaciones de la historia clínica de Max, en concreto, las que recogían la conducta violenta de Max.

—¿Y qué ocurrió entonces?

La doctora mueve la cabeza.

—La señora Parkman se levantó de un salto de la mesa de reuniones, y pareció que iba a agredirme. Uno de los celadores tuvo que sujetarla.
—¿Y es esa una respuesta corriente?
Reyes-Moreno lo niega con tristeza.
—Me temo que no.
—Continúe, doctora.
La psiquiatra carraspea.
—En ese momento, me pareció primordial calmar a la señora Parkman. Intenté convencerla de que no teníamos ningún plan secreto y de que nuestro diagnóstico se basaba en hechos y observaciones clínicos, y que habíamos llegado a la conclusión de que Max tenía una clara psicosis.
Sevillas interviene inmediatamente.
—¡Señoría! ¡Esto es un incumplimiento de la orden del tribunal! ¿Por qué nos hemos molestado en despejar la sala? ¡El fiscal está intentando de una manera flagrante introducir los detalles del diagnóstico del niño en público, disfrazándolo de pregunta a la testigo!
—Ha lugar.
Sevillas está congestionado.
—Señoría, la defensa solicita que el fiscal del distrito sea citado por desacato, por desobedecer esta orden del tribunal.
La jueza asiente.
—Se lo merece, señor Langley. Tomaré en consideración la solicitud del abogado de la defensa y lo decidiré al final de la jornada.
Langley se inclina ligeramente ante la jueza.
—Pido disculpas, señoría. Le aseguro que ha sido un error involuntario.
Sevillas maldice entre dientes. El daño está hecho. Langley se ha arriesgado gustosamente a una condena por desacato porque ha conseguido exactamente lo que quería. Aquella misma tarde todos los periodistas que están en la sala habrán publicado un artículo sobre la peligrosa psicosis de Max, y su convencimiento de que Jonas quería matarlo. Será imposible encontrar miembros para el jurado de su juicio oral que no tengan prejuicios sobre la inocencia de Max.

Langley se vuelve de nuevo hacia la testigo.

–¿Cuál fue la reacción de la señora Parkman hacia el diagnóstico de su hijo?

–Se agitó mucho. Nos acusó a todos de inventar las anotaciones de la historia clínica para poder basar nuestro diagnóstico. Después comenzó a maldecir y a exigir que le diéramos el alta a su hijo.

–¿Y cuál fue su respuesta?

–Le dije a la señora Parkman que interrumpir el tratamiento de Max sería muy peligroso para él.

–¿Y qué respondió la señora Parkman?

–Que yo recuerde, y por favor, entienda que tomé las notas en las que estoy basando mi declaración después de la reunión, creo que dijo: «Ni lo sueñe. Cuando ustedes terminaran conmigo, estaría echando espuma por la boca y ladrándole a la luna».

–¿Y después?

–Después se puso en pie y me dijo que le enviara la historia de Max a su hotel inmediatamente. Dijo que iba a sacar a Max del hospital, pese a que yo insistí en que eso sería perjudicial para él.

La jueza mira a Reyes-Moreno.

–Doctora, ¿creyó usted en ese momento que la señora Parkman tenía intención de salir de esta jurisdicción con su hijo?

–Sí, señoría, no tengo duda alguna. Si hubiera tenido la oportunidad, la señora Parkman habría vuelto a Nueva York con Max.

–¿Y cree que Max Parkman hubiera sufrido un deterioro de su salud mental?

–Eso me temo. Y también es mi opinión profesional es que la violencia que ha mostrado aumentará en el futuro.

Sevillas intenta no dejar entrever sus emociones. Después de aquella declaración, Danielle no tiene ninguna oportunidad de conservar la libertad bajo fianza. Langley le sonríe.

–Es turno de la defensa.

Sevillas se aleja del fiscal todo lo posible, aunque permanece a una distancia a la que puede oír al alguacil, que está junto a Max, hasta que la sesión se reanude.

—¿Dónde está mamá? —pregunta Max ansiosamente—. Debería haber llegado ya.

—Me ha enviado un mensaje —miente Georgia—. Viene para acá. Su avión se ha retrasado un poco.

—¿Y dónde está mi iPhone? Puedo saber exactamente dónde está.

Max frunce el ceño y mira a Sevillas, que vuelve a utilizar la marcación rápida de su teléfono. Es el tercer intento. Lo deja sonar, y después de ocho tonos, oye la voz grave de Doaks.

—¿Sí?

—¿Dónde demonios estás?

—Vamos, Tony, cálmate. Ahora estoy ocupado.

—¿Ocupado? ¿En qué, por el amor de Dios?

—Mira, ya te he dicho que Danielle ha encontrado algo bueno sobre esa loca de Marianne. Tiene unos diarios en los que escribió todo tipo de maltratos y…

—¡Maldita sea, Doaks! ¿Es que no entiendes que me resulta imposible operar así? No puedo hacer una defensa apropiada cuando el único testigo que tiene Max es su madre y ella ha desaparecido. Langley está haciendo su agosto. Acaba de interrogar a Reyes-Moreno, y ahora tengo que hacerlo yo, sin tener una sola de las supuestas pruebas que nos iba a traer Danielle. Aunque los dos estéis convencidos de que Marianne es la asesina, yo no puedo ni siquiera sacar a relucir su comportamiento con Jonas porque no hay bases objetivas para ello. ¿Me oyes?

—Escucha, gilipollas —dice Doaks—, tú fuiste el que permitió que la jueza nos pusiera esta vista una semana después de que el niño muriera. Me he estado dejando la piel en esto veinticuatro horas al día. Te voy a salvar el trasero, pero tienes que darme más tiempo.

Sevillas oye la voz de Langley al otro lado del pasillo, y baja la suya hasta que se convierte en un silbido de furia.

—Escúchame tú, viejo chocho, te vas al otro extremo del país con Danielle tan solo por un presentimiento estúpido, y yo tengo que cambiar todo mi planteamiento para esta defensa. Estoy aquí sentado con nada, ni siquiera tengo a la acusada, gracias a ti.

—Ya está bien, Tony. Tienes que confiar en ella. Está convencida de que ha conseguido pruebas más que suficientes para salvar a Max, y no es tonta.

–Espero que tengas razón, Doaks –dice Tony. La furia se desvanece y solo queda el miedo–. Pero tráela lo más rápidamente posible.

–Tony, mira, tengo que colgar. Barnes acaba de llegar.

–¿Y qué tiene que ver Barnes con todo esto?

–Es mejor que no lo sepas, y yo no te lo voy a contar.

Sevillas oye el grito del alguacil.

–¿Y cómo demonios voy a sacar esto adelante antes de que Hempstead me condene por desacato?

–¿Por qué iba a hacer eso?

Sevillas suspira.

–Por mentir al tribunal. Le prometí que Danielle estaba de camino hacia aquí.

Doaks se echa a reír.

–Bueno, eso es cierto. Tú mantén a esa loca de Morrison en el estrado todo lo que puedas, y nosotros te cubriremos de pruebas.

–Y los cerdos volarán –dice Sevillas, y cuelga el teléfono.

treinta y cinco

Danielle mira el reloj. Han llegado temprano a Dallas y ahora, está esperando el avión con destino a Des Moines. Ojalá supiera qué testigos han declarado ya, y cómo los ha interrogado Sevillas. Suena su teléfono, y responde inmediatamente.

—¿Georgia? ¿Cómo está Max?

—Dios Santo, Danielle, ¿dónde estás tú? —le pregunta su amiga en un tono de nerviosismo—. Yo me he escondido en el servicio. Max está bien, pero está asustado y ansioso porque no hayas llegado todavía.

—Le he enviado varios mensajes, ¿no ha recibido ninguno?

—No. He tenido que dejar su teléfono en el coche. No se le permite tenerlo en la sala.

—Claro. Bueno, mi vuelo tuvo un retraso en Phoenix, pero llegaré lo antes posible. ¿Quién está declarando? ¿Qué ha pasado con Marianne?

—El fiscal todavía no la ha llamado —dice Georgia—. Han testificado Reyes-Moreno y Kreng. Como puedes suponer, ambos testimonios han sido muy perjudiciales para Max. Sevillas está intentado mantener el tipo, pero tienes que venir ya.

–Dile a Sevillas que sé que lo hizo Marianne –dice ella–, y que tiene que intentar aguantar hasta que pueda darle las pruebas.

–Tengo que dejarte –responde Georgia–. Max me necesita.

Se despiden, y Danielle intenta controlar la preocupación que siente por su hijo. Debe concentrarse en leer todo lo posible de los diarios y marcar todo lo que piensa presentarle al tribunal, suponiendo que la jueza no la expulse en cuanto ponga un pie en la sala.

Durante el viaje termina los diarios y comienza a investigar los CDs en su portátil. Por fin encuentra una mención a Jonas. Teniendo en cuenta lo que ha averiguado ya, se estremece al pensar en todo lo que ha tenido que sufrir el niño. Lee una anotación sobre Jonas fechada un poco antes de que su madre y él llegaran a Maitland.

Querida doctora Joyce:

Tengo que admitirlo: Jonas ha resultado ser una decepción. Cuando era pequeño, era muy dulce y nunca se quejaba, por muchas veces que tuviéramos que ir a urgencias. Por desgracia, después de uno de sus ataques se quedó sin oxígeno durante demasiado tiempo, un exceso de ambición por mi parte, me temo, y el resultado fue un retraso mental. Al principio me sentí consternada, pero pronto me he dado cuenta de que lo he convertido en un ser mucho más fácil de manejar. En la vida todo es un equilibrio.

Ahora, doctora Joyce, preste atención a lo que voy a escribir, porque he realizado un brillante experimento científico con unos resultados sin precedentes. He provocado el autismo donde no existía. Primero me encargué del hecho básico de que muchos autistas son incapaces de articular un discurso inteligible. Todo el mundo piensa que Jonas no puede hablar, pero se equivocan. Las conductas que le he enseñado le permiten comunicarse a la perfección conmigo, y obviamente, para mí es una ventaja que no pueda conversar con nadie más.

Después llegó el reto de conseguir que se infligiera heridas a sí mismo. Le enseñé a abofetearse cada vez que yo le decía «no» o «mal». Después le hacía muchas alabanzas y lo abrazaba. Es muy importante darles estímulos positivos a los niños. Cuando cumplió los seis años, Jonas ya sabía que podía usar cualquier cosa que quisiera para disciplinarse a sí mismo y que yo, después, le daría todo mi afecto. Al final, solo tenía que mirarlo, y él sabía exactamente lo que tenía que hacer. Las correas y el collar eléctrico fueron herramientas muy útiles para su aprendizaje. Los mejores planes son siempre los más sencillos, pero las ideas no caen del cielo. Todo ello requiere un fuerte compromiso y una vida de sacrificios.

No hay muchas mujeres que tengan ese tipo de carácter.

treinta y seis

Sevillas vuelve a la sala. Ha dejado a Georgia y a Max en una sala adjunta y les ha dicho que esperen allí hasta que él los llame. Georgia ha prometido que iba a tranquilizar a Max y que iba a darle un refresco. El pobre niño no puede aguantar aquello mucho más. Sevillas tampoco.

Al acercarse a la mesa de la defensa, percibe tensión junto al estrado. Hempstead está hablando con su ayudante y con el sheriff. El sheriff está de espaldas a Sevillas, pero es evidente que tiene algo en las manos, y que ese «algo» es el tema de la conversación. Langley tiene la cabeza inclinada sobre los documentos que le pasan sus ayudantes.

Hempstead alza la vista y ve a Sevillas. El sheriff se da la vuelta.

−Señor Sevillas −dice ella con tirantez−. Durante su ausencia he aprovechado para pedirle al sheriff Wollensky que averiguara el paradero de su clienta, ya que parece que usted ha olvidado mi orden de traerla a la sala hoy.

Sevillas se acerca al estrado.

—Señoría, lo he intentado, pero...

La jueza alza una mano.

—No se moleste, abogado. El sheriff Wollensky ha ido al apartamento de la señora Parkman con una orden mía, por supuesto, y, maravilla de las maravillas, ella no está allí. ¿Tiene alguna explicación sobre dónde podría estar?

Langley ha dejado de mirar sus documentos y tiene una sonrisa petulante. Sevillas pone cara de absoluta sinceridad.

—No tengo ni idea, señoría. Tal y como me indicó esta mañana, he intentado ponerme en contacto con la señora Parkman en repetidas ocasiones, pero no lo he conseguido. Mi clienta ha estado muy enferma esta semana, por lo que cabe la posibilidad de que haya ido al médico. Si su señoría lo desea, puedo salir al pasillo para intentar hablar con ella otra vez...

Hempstead niega con la cabeza.

—Señor Sevillas, le recomiendo que no juegue conmigo. Si sabe dónde está su clienta, será mejor que me lo diga ahora mismo.

Sevillas alza ambas manos.

—Sinceramente no lo sé, señoría.

Ella frunce el ceño.

—Me parece muy raro que una mujer que está tan enferma se levante de la cama. Por lo menos, me parecía muy raro hasta que ha vuelto el sheriff Wollensky, durante el descanso, y me ha enseñado esto —dice, y señala lo que tiene el sheriff en las manos. Es algo que parece una media larga, de goma.

Sevillas intenta mantener una expresión impasible mientras se pregunta cuál es el truco que ha utilizado Danielle.

—Lo siento, señora, pero, ¿qué es eso?

—¿No lo sabe?

—No.

—Acérquese. Usted también, señor Langley.

Sevillas y Langley se acercan al estrado mientras el sheriff le entrega la cosa a Hempstead.

—El sheriff Wollensky encontró esto debajo de la cama de su cliente, junto a una caja con un letrero de Prosthetics, Inc. —explica la jueza. Sevillas la mira con desconcierto, y ella prosigue—: Nosotros también tardamos un rato en entender esto, abogado, pero parece que es una cubierta sintética para prótesis, que su clienta se puso en la pierna para engañar al oficial que debía cambiarle el dispositivo de control del tobillo.

—Dios Santo —murmura él—. Señoría, espero que sepa que yo no he tenido nada que ver en lo que haya hecho la señora Parkman...

—Déjeme terminar. Su clienta se sacó el dispositivo del tobillo y lo colgó en la puerta de su dormitorio. El sheriff ha comprobado que en el apartamento faltan su maleta y la mayoría de su ropa. Y ahora, ¿tiene algo que decir?

Sevillas suspira.

—No tengo explicación, señoría. Yo creía que estaba enferma, en la cama.

—Esa es su historia, y supongo que está ciñéndose a ella —replica ella con una mirada severa—. Bien, he firmado una orden de búsqueda y captura para su clienta. Si ha salido de la jurisdicción, esta vista no tiene sentido en cuanto a la libertad bajo fianza. La señora Parkman tendrá el placer de alojarse en nuestra cárcel del condado hasta la fecha del juicio. Y será mejor que yo no me entere de que usted sabía algo de todo esto, abogado —añade, señalándolo con el dedo—, porque entonces irá con ella.

Sevillas asiente.

Hempstead se inclina hacia delante.

—En cuanto sepa algo de su clienta, avise a este tribunal.

—Sí, señoría.

—Siéntense.

Sevillas, que ahora está sudando, se sienta. No se le había pasado por la cabeza preguntarle a Doaks cómo se había librado Danielle del dispositivo. Bueno, Hempstead no va a necesitar mandarla a la cárcel. Él mismo la va a estrangular en cuanto entre por la puerta de la sala.

Ve a Georgia y a Max sentarse en su sitio. Max tiene mejor aspecto. Sevillas se inclina hacia Georgia y le susurra:

—Haces milagros con este niño.

Ella sonríe.

—Eso es porque es tan mío como de Danielle.

Durante la siguiente media hora, asisten al interrogatorio

que Langley le hace a Smythe, el forense. Sevillas sigue la declaración, pero por dentro está que trina. Tal vez debiera presentar una solicitud para retirarse. Danielle no solo ha echado por tierra su caso, sino que le ha dejado en muy mal lugar con una de las mejores juezas de Iowa. Aquello podría destruir su reputación. Además, desde el principio se ha preguntado si lo que siente por Danielle le ha impedido ser efectivo como abogado. Mira a Max, que está abatido por la desesperanza y el miedo, pero que sigue sentado a su lado, silencioso, mirándolo de vez en cuando para que él le dé confianza. Sevillas se inclina hacia el chico y le aprieta el hombro.

—Aguanta, campeón.

Max sonríe con agradecimiento.

—Eso intento —susurra.

De repente, Langley hace una pregunta que pone a Sevillas en piloto automático.

—¿Podría describir el instrumento que se usó contra el cuerpo de Jonas Morrison el día de su muerte?

—¡Protesto! —dice Sevillas—. Señoría, he de repetir que el Estado no ha podido presentar ningún instrumento como arma homicida. Cualquier descripción que dé el testigo sería una mera especulación.

La jueza lanza una mirada oscura desde el estrado.

—Señor Langley, no estoy de humor para decir lo mismo una y otra vez. ¿Ha recuperado el peine la fiscalía?

Langley se pone muy rojo.

—Señoría, vamos a llamar a declarar al oficial Dougherty muy pronto. Él fue el primer policía que llegó a la escena del crimen, y puede describir con exactitud el arma homicida. Doctor Smythe, de cualquier modo, ¿podría describir el arma basándose en las heridas que observó durante la autopsia...

La jueza levanta la mano. Su expresión es tormentosa.

—Es evidente que no ha oído mi pregunta, señor Langley. ¿Tiene o no tiene el arma homicida para que yo pueda verla?

—No-no en este momento, señoría... Pe-pero...

La jueza niega con la cabeza.

—Increíble. No, señor Langley. No voy a permitir que haga preguntas sobre un arma homicida que no puede presentar a este tribunal. Doctor Smythe, no puede hacer referencias a un objeto que no ha sido aportado como prueba, y que seguramente no va a serlo –le advierte al testigo. Después mira con severidad a ambos abogados–. No es su mejor día, caballeros.

–Pero, señoría... –dice Langley.

–El testigo puede declarar cuál es su opinión sobre el tipo de instrumento que pudo causar las heridas, pero eso es todo. Si quiere usted ir más allá, encuentre la prueba o ponga a un testigo adecuado para hablar de lo que vio. No puede hacerlo con este testigo, ¿entendido?

–Sí, señoría –dice Langley, y suspira.

La jueza se dirige a su ayudante.

–Libere al jurado del caso de esta tarde. Está claro que no vamos a ir a ninguna otra parte hoy –dice, y se vuelve hacia Langley–. Prosiga.

–Doctor Smythe, ¿podría, por favor, describir las heridas que observó en el cadáver de Jonas Morrison cuando le fue presentado para la autopsia?

Smythe asiente, se coloca las gafas y mira brevemente el informe que tiene en su regazo.

–La tarde del día veinte de junio realicé la autopsia de Jonas James Morrison, un varón de diecisiete años. Las primeras heridas que examiné fueron numerosas punciones en los brazos, antebrazos y muslos, y en la zona de las ingles del difunto. Había hemorragia en la nariz y la boca, y hemorragia petequial en los ojos. La arteria femoral y la vena femoral estaban perforadas.

Langley se acerca al testigo.

–Doctor, pudo contar el número de heridas que presentaba el cuerpo del niño?

Smythe alza la vista.

–Conté aproximadamente trescientas cincuenta punciones.

Se oyen jadeos y exclamaciones de horror por la sala. Sevillas se vuelve para evaluar la reacción. Marianne, que lleva un traje oscuro, solloza. Los periodistas que están a su lado intentan consolarla. Cuando Sevillas se da la vuelta de nuevo, Hempstead le lanza una mirada dura.

Langley hace una pausa para mirar comprensivamente a

Marianne, y después deja que la respuesta de Smythe haga su efecto.

—¿Qué tamaño tenía cada punción, doctor?

—Estaban agrupadas de cinco en cinco, y tenían una anchura de unos tres milímetros las más estrechas, a seis milímetros las más anchas.

—¿Qué quiere decir con que estaban agrupadas de cinco en cinco?

—Quiero decir que el objeto que se usara para producir las punciones tenía cinco púas de anchuras comprendidas entre los tres y los seis milímetros.

—Entonces, cada vez que el instrumento se clavaba en la piel, ¿dejaba cinco punciones?

—Exacto.

—Doctor, ¿podría decirnos algo más sobre el objeto que causó esas heridas?

—Puedo decir que tenía como mínimo diez centímetros de anchura, y que seguramente era de metal, teniendo en cuenta los cortes limpios que hizo —explica Smythe—. Además, por la profundidad de las punciones, seguramente tendría unos doce centímetros.

—Protesto, señoría —dice Sevillas, irguiéndose—. Eso es una especulación, no un hecho objetivo.

—Sí, pero voy a permitirlo —dice ella—. Yo no soy el jurado, señor Sevillas, y me parece una conclusión razonable que el forense ha sacado de sus observaciones. Continúe, señor Langley.

—Doctor, ¿cuál fue la causa de la muerte de Jonas Morrison?

—La mayoría de las punciones eran heridas superficiales que no podían, por sí solas, causar la muerte. Por desgracia, las lesiones de la arteria y la vena femoral sí. Estaban perforadas, y eso provocó una pérdida de sangre tremenda. Solo haber cortado la arteria le habría producido la muerte, pero la combinación de ambas lesiones fue la causa absoluta de la muerte.

Se oye un gemido ahogado en la sala. Marianne se tapa la cara con las manos.

Langley hace una pausa, la mira compasivamente y continúa.

—¿Esas heridas podrían esperarse comúnmente si el difunto se hubiera suicidado?

—No.

—¿Y cuánto habría tardado Jonas en morir de esas heridas?

—Entre cinco y diez minutos, teniendo en cuenta la gravedad de las lesiones.

Langley vuelve a su mesa y toma un taco de fotografías en color. Son imágenes del cuerpo ensangrentado de Jonas, y de las salpicaduras de sangre que cubren el suelo, las paredes y el techo. Langley selecciona unas cuantas y se las entrega a Smythe.

—¿Son estas las fotografías que tomó usted de la víctima en la escena del crimen?

—Sí.

—Nos gustaría que fueran etiquetadas como Prueba número uno —dice Langley, y se las entrega al ayudante, que a su vez se las entrega a la jueza. Ella las estudia con un gesto serio. Langley sonríe a Sevillas, mientras se acerca a su mesa y le entrega copias de las fotografías—. El Estado ha terminado con el testigo.

Sevillas se sorprende; pensaba que Langley iba a hacer su habitual ronda de preguntas para que el forense diera todo tipo de detalles sobre la autopsia. Sin embargo, Langley no debe de tener tiempo para eso. La jueza le ha dicho que tiene que terminar hoy, y Langley necesita todos los minutos disponibles para aportar el testimonio de más y más testigos.

—¿Señoría? —Sevillas se pone en pie—. ¿Podríamos tener un descanso de quince minutos?

La jueza lo mira por encima de las gafas.

—Preferiría continuar, abogado. Hemos tenido varios descansos esta mañana.

—Entonces, si me concede un minuto, empezaré.

—Por supuesto, señor Sevillas.

Él repasa las notas que ha tomado durante la preparación de la vista y decide un curso de acción. Tal vez pueda alargar aquello lo suficiente como para que la vista se prolongue hasta el día siguiente. Se acerca al testigo con una sonrisa amistosa.

—Doctor Smythe.

El médico le devuelve la sonrisa.

–Buenos días, señor Sevillas. Me alegro de verlo otra vez.

–Y yo a usted. Vamos a hablar de las heridas un momento –le dice–. Hay varias cosas que quisiera que me aclarara.

–Por supuesto.

–¿Pudo observar el ángulo de las heridas del cuerpo de Jonas Morrison?

–Sí, pude hacerlo.

–Y bien, doctor, ¿es posible que Jonas pudiera causarse esas heridas a sí mismo? –pregunta el fiscal, pero después alza una mano–. Antes de que responda, quiero que entiendan algo sobre la historia psiquiátrica de este niño. Jonas Morrison tuvo una vida llena de problemas psiquiátricos y de conducta. Tenía retraso mental, autismo y problemas graves para comunicarse. Además, desde su infancia había desarrollado la tendencia a infligirse daños físicos, lo cual era un componente de sus trastornos psiquiátricos. Se causaba estos daños utilizando varios objetos, incluyendo las uñas y los dientes, y eso le provocaba heridas, hemorragias y cicatrices.

El público comienza a murmurar. La jueza lanza una mirada de advertencia, y de nuevo se hace el silencio.

–Teniendo en cuenta la historia del difunto, doctor –dice Sevillas–, ¿es posible que esas heridas que observó en su cuerpo hubieran sido infligidas por sí mismo?

Sevillas saca las fotografías del crimen de una carpeta que hay sobre la mesa de la defensa, pero olvida que Max está sentado a su lado. Se acerca al testigo y se las entrega, pero no lo suficientemente rápido como para que Max no se dé cuenta. La expresión de angustia del niño es más de lo que él puede soportar.

Smythe observa las fotografías.

–Me informaron de la tendencia de la víctima a causarse heridas, y admito que lo tuve en cuenta al analizar las punciones. Mi respuesta es que sí, es posible que estas heridas se las infligiera el propio niño. Aunque también es improbable.

–Gracias, doctor –dice Sevillas rápidamente–. Ahora, pasemos a algo diferente. Veo aquí que admite que nunca ha visto el arma homicida a la que se ha referido el fiscal. ¿Es correcto?

—Sí.

—Y, si la policía hubiera conseguido retener ese objeto, el laboratorio habría podido detectar e identificar las huellas dactilares que había en él. Habrían confirmado si esas huellas pertenecían al difunto, y le habrían ayudado a usted a determinar si él mismo se causó la muerte. ¿Es correcto?

—Por supuesto, es posible obtener las huellas dactilares de un objeto metálico en las circunstancias adecuadas.

—Pero, como la policía no pudo entregarle el objeto en cuestión, tampoco pudo determinar si había en él huellas que pertenecieran a mi cliente.

Smythe sonríe.

—Por supuesto que no, señor Sevillas.

—¿Y no encontró huellas latentes en el cuerpo, tampoco?

—No. Eso sería muy raro incluso en las mejores circunstancias, y nosotros no estamos equipados para hacer ese tipo de análisis.

—Bien —dice Sevillas—. Deje que mire mis anotaciones. Aquí dice que usted estableció que la causa de la muerte fue el corte de la arteria y la vena femoral, ¿correcto?

—Sí.

—¿Puede decirnos por qué se produce la muerte más rápido si la arteria y la vena son perforadas a la vez?

—Por supuesto. Una perforación en la arteria femoral provoca un chorro masivo de sangre, lo cual causa la muerte de la víctima en unos diez o quince minutos. Si también se perfora la vena femoral, el aire que entra en la vena desde el exterior provoca una embolia, que provoca la muerte en simples minutos.

—Entiendo. ¿Y qué ocurre cuando se produce una embolia?

—La víctima entra en estado de shock, y queda inconsciente. Aunque en una autopsia no es posible señalar el momento exacto en que una persona pierde el conocimiento, es cierto que la muerte se produciría en pocos minutos.

Sevillas se acerca al estrado de la jueza.

—¿Y qué le ocurre físicamente al cuerpo cuando una persona está inconsciente y se produce su muerte?

—Fallan los pulmones y el corazón, que aunque late aceleradamente, no tiene sangre que bombear porque la sangre está derramándose por las heridas. Esto provoca falta de oxígeno, parada cardiaca y muerte.

La sala queda en silencio.

—Doctor, usted también mencionó que la víctima tenía hemorragia petequial. ¿Qué significa eso?

El forense se encoge de hombros.

—Significa que la autopsia reveló que el difunto tenía vasos sanguíneos rotos en los ojos, y en realidad, también en la cara.

—¿Es eso común?

—Sí. Es prueba de que alguien ha sufrido una parada cardiaca antes de la muerte.

—Entonces, su opinión es que Jonas Morrison también sufrió una parada cardiaca antes de morir.

—Sí.

—Doctor, ¿esperaría usted hallar hemorragia petequial en cualquier otra situación, por ejemplo, en un caso de asfixia?

—Sí, por supuesto.

—Entonces, permítame que le haga esta pregunta: Si la hemorragia petequial es típica de una estrangulación y también, según usted, una señal de que la víctima sufrió un ataque cardiaco, ¿cómo podemos saber cuál fue la causa de la muerte de Jonas?

Smythe arquea una ceja.

—Una pregunta interesante.

—De hecho, doctor, ¿no está de acuerdo conmigo en que, teniendo en cuenta el ángulo de las heridas y otras observaciones que usted ha hecho, incluyendo la hemorragia petequial, no se puede decir con total seguridad si la muerte de la víctima fue provocada por las heridas que se infligiera a sí mismo, o si fue asesinado por alguien que pudo cortarle las venas y asfixiarlo simultáneamente?

Smythe toma aire. Después responde.

—Sí. Es posible que el asesino causara la muerte a la víctima perforándole las venas y asfixiándolo al mismo tiempo.

Sevillas suspira.

—Gracias, doctor. Tengo algunas preguntas más sobre otro asunto, y con eso terminaremos —dice. Vuelve a la mesa de la

defensa y toma unos papeles, que le entrega después a Smythe–.
Por favor, écheles un vistazo, ¿quiere?

Mientras Smythe estudia los documentos, Sevillas le lleva una copia a Langley.

Se vuelve hacia el testigo y le pregunta:

–Bien, doctor Smythe, ¿reconoce lo que tiene en las manos?

–Sí, aunque nunca había visto este documento.

–¿Qué es?

–Parece el resultado de unos análisis toxicológicos que se le han realizado a Max Parkman.

–¡Protesto, señoría! –estalla Langley, poniéndose en pie–. Esto no tiene ninguna relevancia en el caso, y no debería interrogarse sobre este asunto a este testigo.

Hempstead hace un gesto imperioso para solicitarle una copia del documento a Sevillas. Mientras lo lee, su expresión se torna escéptica.

–Está bien, señor Sevillas. Tengo mucha curiosidad por saber qué pretende con esto.

–Señoría, otros testigos han sugerido que Max Parkman tenía un comportamiento violento con la víctima, y que era cada vez más inestable. El doctor Smythe tiene la cualificación necesaria para leer ese informe toxicológico, entender lo que había en la sangre de Max Parkman y compararlo con el informe de la autopsia de Jonas Morrison. Creo que eso nos dará una visión completamente nueva de este caso.

–Siga hablando, señor Sevillas –le dice la jueza–. Todavía no se ha explicado.

–La defensa sostiene que hay otro sospechoso en este caso: Maitland.

Langley se pone en pie de nuevo.

–¡Señoría, esto es absurdo!

Ella le hace un gesto para que se calle, y mira a Sevillas.

–Continúe.

–Hemos citado al doctor Fastow, de Maitland. Es el farmacólogo que les administró a Max y a Jonas la misma medicación. Y vamos a traer a declarar a testigos que demostrarán que esa medicación era experimental y tenía graves efectos secundarios, lo cual podría explicar en gran parte el comportamiento de Max Parkman. Además, creemos que el doctor Fastow tenía motivos para acabar con la vida de Jonas Morrison, por miedo a que sus acciones fueran descubiertas. Eso también explicaría por qué se encontró a Max en la habitación de Jonas. Fastow estaba intentando inculpar a Max, o algo peor. Es factible que también tuviera la intención de matar a Max, pero que se asustara al oír a la señora Parkman acercarse por el pasillo.

La jueza toma nota, y después mira fijamente a Sevillas.

–Puede que todo eso sea cierto, señor Sevillas, pero usted sabe que esta no es la especialidad del forense. Si quiere introducir este informe como prueba, será mejor que traiga al doctor Fastow, y rápido. El señor Langley me ha informado de que solo tiene otro testigo más para interrogar hoy, y con esto habremos terminado.

Sevillas niega con la cabeza.

–No puedo hacerlo, señoría.

–¿Y por qué no?

–Porque esta mañana lo cité para que acudiera a la vista, y acabo de recibir aviso de que no va a venir al juzgado.

–¿Y por qué, señor Sevillas?

–Parece que el doctor Fastow se ha fugado del país. Creemos que esta fuga confirma nuestras sospechas de que pudo ser el asesino de Jonas Morrison. De hecho, estamos en proceso de presentar una acusación contra él. Puede que no sirva de nada, ahora que se ha escapado, pero si lo encuentran, lo traeremos ante la justicia.

Hempstead mira al alguacil.

–Envíe a alguien a ese hospital para que busque al doctor Fastow. Hasta entonces, la vista queda suspendida. Doctor Smythe, no se vaya. No tardaremos.

treinta y siete

Mientras el avión se aproxima a Des Moines, Danielle se va poniendo más y más nerviosa. Ha llegado al final de los CDs de Marianne. Y mejor, porque está a punto de terminársele la batería a su ordenador portátil.

Querida doctora Joyce:

Ayer estaba hojeando una de mis revistas de psiquiatría cuando me encontré con un artículo sobre el Hospital Psiquiátrico de Maitland, en Iowa. Es la crème de la crème. Allí trabajan doctores eminentes de todas partes del mundo. Van a esta clínica para estudiar tratamientos novísimos para enfermedades mentales. ¡Imagínese cómo debe de ser hablar con un especialista de ese calibre! ¡Con solo pensarlo se me pone la carne de gallina!

La solicitud me llegó hoy. Aunque me piden todos los informes médicos y psiquiátricos de Jonas, yo fui selectiva. No tienen por qué saberlo todo. Este es el momento de la verdad, como se suele decir. Todos mis años de investigación, experimentación y creación van a culminar con brillantez. Ya es hora de que se reconozca mi inteligencia. Este será mi mejor momento.

¡Carpe diem!

Danielle inserta el último CD en su ordenador con los dedos temblorosos. Debe de ser lo último que escribió Marianne antes de ir a Maitland con Jonas. Danielle espera que Doaks haya encontrado más pruebas en la habitación del hotel de Marianne. Lo que ella tiene es inculpatorio, pero no son pruebas concluyentes de asesinato. Todavía no.

Querida doctora Joyce:

¡Jonas ha conseguido entrar! No me sentiría más orgullosa si lo hubieran aceptado en Harvard. Ha ocurrido en el mejor momento. Jonas ha pasado de la rebelión a la violencia física. Anoche estaba sentada en mi tocador, y tuve que admitir la verdad: se está convirtiendo en un hombre. No es algo que yo haya pretendido, porque mis otros bebés murieron mucho más pequeños. Ahora me veo forzada a buscar una solución más creativa. Tengo que abandonar cualquier actitud maternal y afrontar la cuestión más importante: ¿Qué tipo de vida tendrá Jonas cuando yo falte? Está claro: ninguna. También he de tener en cuenta la situación económica. Si quiero vivir cómodamente, no puedo permitir que Jonas siga acabando con mis recursos. Así pues, lo tengo todo planeado hasta el detalle más nimio. Voy a codearme con las mentes más agudas del mundo, y todo debe estar perfectamente coreografiado.

Maitland es mi momento. Haré lo que debo hacer.

treinta y ocho

−¡Todo el mundo en pie!
Los pies de la gente rascan el suelo de linóleo cuando la gente obedece la llamada del alguacil. La sala está abarrotada, ahora que la oficina del fiscal ha filtrado que Marianne Morrison va a testificar. Langley organiza sus notas mientras Marianne sigue sentada, con serenidad, en la primera fila. Sevillas ha perdido toda esperanza de que Danielle o Doaks aparezcan a tiempo. Después de los palos que ha recibido aquel día, está harto de los comentarios maliciosos de Langley.

Max y Georgia han vuelto a la sala. Sevillas espera que Georgia haya conseguido calmar al niño. Se inclina hacia él y le pasa un brazo por los hombros.

−No te preocupes, hijo. Yo me encargaré de todo hasta que llegue tu madre. No se me da mal, ya lo verás.

Max sonríe débilmente. Eso es mejor que nada. Georgia le estrecha la mano desde el otro lado. Allí, entre ellos dos, parece que se siente reconfortado.

−Abogados, aproxímense, por favor −dice Hempstead. Los

dos obedecen, y ella los mira por encima de las gafas–. Bienvenidos de nuevo, caballeros. Son las dos y veinticinco. Señor Langley, ¿tiene idea de cuándo va a terminar esta sesión?
Langley asiente.
–Sí, señoría. El Estado no va a llamar a más testigos después de la señora Morrison, y con ella concluiremos nuestras declaraciones en cuanto a las pruebas del caso y la libertad bajo fianza de la acusada. No podemos, sin embargo, hablar por la defensa.
–¿Abogado?
Sevillas carraspea.
–Señoría, como el fiscal se las ha arreglado para pasar un día entero dando su versión de las pruebas, parece que la defensa no podrá exponer sus argumentos hasta mañana.
Hempstead lo mira con severidad.
–Yo no lo veo así, señor Sevillas. Ahora que me he visto obligada a posponer mi juicio hasta mañana, estoy dispuesta a proseguir con esta vista por la tarde. A mí me parece que lo que le falta a usted es una acusada a la que subir al estrado. ¿O tal vez prefiere interrogar al joven Max Parkman?
Sevillas se vuelve a mirar a Max. Después se acerca a la mesa de la defensa. Max lo agarra del brazo.
–¡Tony, no! –susurra–. ¡No puedo!
Sevillas asiente y vuelve hacia la jueza.
–No vamos a sacar a declarar a Max Parkman.
–Muy bien. Entonces, señor Langley, apresúrese.
Langley se mueve con incomodidad.
–Señoría, nos estamos esforzando para que todo sea lo más breve posible.
La jueza asiente desdeñosamente. Los dos abogados vuelven a su puesto.
–Que suba al estrado la siguiente testigo.
Langley se levanta.
–El Estado llama a declarar a Marianne Morrison.
Max palidece. Sevillas ve a Langley haciendo el teatro de ayudar a levantarse a Marianne, pasarse el brazo por los hombros y ayudarla a caminar lentamente hacia el estrado. Marianne lleva un traje negro y una blusa blanca. Se coloca delante del alguacil y pone la mano sobre la Biblia.

—¿Jura decir la verdad, toda la verdad y nada más que la verdad?

Ella mira a la jueza.

—Lo juro —dice con la voz clara. Después sube los escalones hasta su sitio.

—Señora Morrison, ¿podría darnos alguna información general sobre usted?

Marianne se atusa el pelo, aunque no tiene ni un cabello fuera de su sitio.

—Por supuesto. Nací en Pennsylvania. Mi padre era sargento del Ejército de los Estados Unidos, y mi madre era ama de casa, como yo. Cuando me casé, me dediqué a cuidar de mi hogar, de mi marido y de Jonas. Mi marido era médico. Murió.

—¿Jonas fue su único hijo?

Marianne se saca un pañuelo del bolsillo de la falda y se enjuga los ojos. Le tiembla la voz al responder.

—Sí, señor Langley. Jonas fue el único hijo que tuve. Era la luz de mi vida, mi único motivo para seguir después de que me faltara mi marido.

Langley suspira dramáticamente, y a Sevillas se le revuelve el estómago.

—Señora Morrison —pregunta Langley—, ¿podría describirnos brevemente su vida con Jonas?

Marianne aprieta su pañuelo.

—Bueno, después de la muerte de mi marido, crié a Jonas yo sola. Dios sabe que no fue fácil. Las cosas nunca son fáciles para una viuda, pero supongo que se puede decir que mi situación era un poco más... exigente. Mi pobre niño tenía muchas dificultades. Era autista y tenía retraso mental, y no hablaba bien —dice, y sonríe un poco—. Pero de algún modo conseguimos arreglárnoslas los dos.

—¿Se describiría como una madre completamente dedicada a su hijo?

Marianne alza sus ojos azules, llenos de tristeza.

—No tengo costumbre de ensalzarme a mí misma, señor Langley, pero tengo que decir que si hay una cosa que he hecho bien, ha sido ser madre. Los niños son un regalo, no una carga. Incluso con todos los problemas que tenía Jonas, puedo decir que ser su madre ha sido el mayor honor y la mayor bendición de mi vida.

Entonces mira a Hempstead, que le tiende una caja de pañuelos de papel y asiente comprensivamente.

Langley le concede unos instantes para que se recupere.

—Bien, señora Morrison, ¿podría decirnos cuáles fueron los motivos que los llevaron a Jonas y a usted a Maitland?

Marianne respira profundamente.

—Pos supuesto. Como tal vez sepa, yo estudié Medicina en Johns Hopkins. Creo que toda madre de un niño discapacitado le debe a ese niño los mejores tratamientos y protocolos de medicación. Yo me informé sobre cuáles eran los especialistas más reputados en autismo y trastornos neurológicos. Durante mi investigación conocí Maitland y decidí que si había alguien que podía ayudar a mi niño, estaba en ese hospital.

—Señora Morrison, sé que el resto de nuestra conversación de hoy va a ser muy doloroso para usted, pero tengo que comenzar en el momento en que Jonas y usted llegaron a Maitland.

Marianne aprieta los labios. La jueza imita su gesto. En la sala nadie hace ni el más mínimo ruido. Sevillas toma su bolígrafo.

—¿Cuál fue su impresión de Maitland cuando llegó? —le pregunta Langley.

—Me presentaron al doctor Ebhart Hauptmann, el psiquiatra jefe. Hablamos de los problemas de Jonas, y me sentí segura de que mi hijo estaba en buenas manos —dice Marianne. Después mira a la jueza con confusión—. ¿Señoría?

—¿Sí, señora Morrison?

—No quisiera hablar sobre si el hospital se ocupó adecuadamente de Jonas, porque mi abogado me ha aconsejado que no lo haga.

—Está bien, señora Morrison —dice Hempstead, y se gira hacia Langley—. Creo que la testigo ya ha respondido a su pregunta, ¿no es así, señor Langley? Prosiga con otra cuestión.

Langley asiente.

—Por supuesto, señoría. Señora Morrison, ¿pasó usted mucho tiempo con Jonas después de que ingresara en Maitland?

—Claro que sí. Sólo salía del hospital para comer y para dormir. No podía soportar dejar solo a mi niño.

–¿Y podría decir que pasaba con Jonas más tiempo del que las demás madres pasaban con sus hijos en la unidad?
–Creo que sí.
–Y durante la estancia de Jonas, ¿tuvo ocasión de conocer a la acusada, la señora Parkman?
–Sí.
–¿Puede explicarnos cómo se conocieron, y cómo evolucionó su relación?
–Bueno, me di cuenta de que la señora Parkman y yo estábamos alojadas en el mismo hotel y de que nuestros hijos estaban en la misma unidad del hospital, así que me presenté. Verá, entre las madres de hijos discapacitados hay cierta complicidad. Comprendemos nuestro dolor, y tenemos la capacidad de consolarnos y apoyarnos.
–Por favor, continúe, señora Morrison.
–Supongo que fui ingenua. Siempre busco a la gente buena, y me pareció que Danielle era una mujer maravillosa. Parecía que estaba dedicada a su hijo, como yo, e hice un esfuerzo por congeniar con ella y con Max.
–¿Qué quiere decir? –pregunta Langley.
Sevillas se queda helado. Ahí viene.
Marianne cabecea.
–Era evidente que la pobre mujer estaba soportando una situación muy difícil. Max tenía una psicosis grave, y era violento...
Max se pone en pie de un salto.
–¡Mentirosa!
Sevillas agarra a Max y lo sienta.
–¡Protesto! ¿Vamos a permitir que la madre del difunto exprese su opinión, como si fuera experta en la materia, sobre la salud mental de mi cliente? –inquiere, y mira a Marianne con severidad. Ella le devuelve una amable sonrisa.
–Abogado, controle a su cliente. Y usted, señora Morrison –le dice la jueza amablemente–, debe saber que nuestras normas no permiten que haga comentarios sobre el estado psiquiátrico del acusado. Tal vez debería limitarse a decirnos lo que observó.
–Bueno –responde Marianne–, creo que estoy cualificada para dar esa opinión, teniendo en cuenta mi formación, pero por supuesto, señoría, haré lo que me digan.

Después se vuelve hacia Langley, que ya está preparado para hacer de una forma distinta la misma pregunta.

—Señora Morrison, ¿vio a menudo a la señora Parkman después de conocerla?

—Pasamos mucho tiempo juntas diariamente. A menudo comíamos o cenábamos juntas, aunque yo estaba ocupada con el doctor Hauptmann y los demás médicos, orientándolos con respecto a los varios trastornos de Jonas.

—¿Diría que se hicieron amigas?

Marianne mira a Hempstead.

—En mi opinión, nos hicimos buenas amigas en tan corto periodo de tiempo. Era una mujer dulce, afectuosa e inteligente, y además, abogada. Confié en ella. Cuando Max comenzó a comportarse de un modo tan psicótico, Danielle comenzó a mostrar su verdadero...

Max vuelve a saltar.

—¡Eso no es verdad!

La jueza da un martillazo en la mesa.

—Alguacil, saque al señor Parkman de la sala. Ya es suficiente.

—Pero, ¡señoría! —exclama Sevillas.

Hempstead alza la mano mientras sacan a Max al pasillo. Georgia lo sigue. Entonces, la jueza se vuelve hacia Marianne.

—Y, señora Morrison, limite su testimonio a los hechos, por favor. No dé su opinión sobre los problemas psiquiátricos del acusado.

—Por favor, discúlpeme, señoría. No volverá a ocurrir.

Hempstead asiente hacia Langley para que el fiscal continúe.

—¿Podría describir un día típico de Maitland?

Marianne toma un vaso de agua y da un pequeño sorbo.

—Bueno, yo llegaba a las siete de la mañana cada día. Así podía ver al doctor Hauptmann en su ronda matinal y ponerme al día sobre Jonas. Después de nuestra conversación, me llevaba a Jonas a desayunar a la cafetería. Después volvíamos, nos sentábamos en un sofá y estábamos con otras madres y niños. Normalmente, Danielle no llegaba hasta después de las nueve. Entonces, yo la ponía al corriente de lo que estaba pasando con Max...

Langley la mira con sorpresa fingida.

—¿Usted era quien ponía al corriente a la señora Parkman de lo que ocurría con su propio hijo?

Marianne asiente.

—Claro. No sé por qué motivo, pero los médicos le habían prohibido a Danielle ver a su hijo salvo durante visitas cortas, que podía realizar dos veces al día, mientras que yo tenía libertad total para ver a Jonas. Así que, cuando por fin aparecía ella, yo le explicaba qué aspecto tenía Max, lo que hacía... ese tipo de cosas.

Sevillas mira fijamente su cuaderno.

—¿Y después?

—Después, Danielle y yo tomábamos una taza de café.

—¿Y dónde estaba Jonas durante ese tiempo?

—Conmigo, por supuesto.

—¿Y Max Parkman?

—Al principio se sentaba frente a Danielle, pero después casi siempre estaba en su habitación. No diré cuáles son los problemas mentales que tiene ese niño, porque usted me ha dicho que no lo haga, pero sí puedo decir que le estaban administrando una enorme cantidad de psicotrópicos.

Hempstead mueve una mano para desdeñar la protesta de Sevillas.

—Continúe, señora Morrison.

—Max dormía mucho durante el día. Por lo que me contaban las enfermeras, se pasaba toda la noche despierto, despotricando, y requería sedación. Estoy segura de que ese era el motivo por el que después estaba tan cansado...

—¡Protesto una vez más, señoría! —exclama Sevillas, poniéndose en pie—. ¿Es posible para la testigo contarnos solo lo que observó, en vez de especular sobre las actividades de Max Parkman?

—Señoría —dice Langley—, por favor, disculpe a la señora Morrison. Solo trata de responder lo más detalladamente posible —explica, y se vuelve hacia Marianne—. Por favor, señora Morrison, sólo sus observaciones reales.

Marianne asiente.

—Lo siento mucho.

—Cambiemos de tema —dice Langley. Sus ojos le recuerdan

a Sevillas los de una cucaracha–. Por favor, háblenos de lo que observó en la interacción de su hijo y Max Parkman.

Marianne se alisa la falda.

–Debido a que pasábamos mucho tiempo juntos, Jonas intentó hacerse su amigo. Jonas era un niño afectuoso, inocente. Adoraba a la gente. Tenía un corazón de oro –explica; Hempstead la mira compasivamente–. Jonas se encariñó con Max –añade con un suspiro–. Desde el principio, Max rechazó los intentos de Jonas. Me di cuenta de que, por algún motivo, Max odiaba a Jonas.

–Señoría, ¡esto es ridículo! –dice Sevillas–. ¡La testigo está diciendo lo que sentía mi cliente!

Langley responde con suavidad.

–No, Tony, está diciendo lo que pensaba que sentía tu cliente.

La jueza pone los ojos en blanco.

–Ya está bien. Señor Langley, ayude a la testigo haciendo preguntas más concretas. Y, señor Sevillas, entienda que voy a permitirle al Estado considerable libertad con esta testigo. Y recuerde que soy perfectamente capaz de distinguir un testimonio apropiado de uno inapropiado. Tendrá que confiar en mí a ese respecto.

–Sí, señoría.

–Además, quisiera recordarle que si su otra clienta estuviera aquí, ella también podría darnos su propia versión sobre la relación entre su hijo y la víctima, ¿no es así?

Sevillas asiente secamente y vuelve a sentarse. Danielle no está allí, es cierto, y él tiene ganas de entregarle su cabeza a Hempstead. Hay un pequeño ruido mientras Georgia vuelve a traer a Max hasta su sitio. Sevillas está tan concentrado en el interrogatorio que apenas lo nota.

–Señora Morrison –dice Langley–, ¿es cierto que Max Parkman tenía contacto regularmente con su hijo?

Marianne asiente.

–Sí, es cierto. Danielle y yo pasábamos juntas mucho tiempo, y por supuesto, yo confiaba en que ella también podía vigilar a los niños –dice, y los ojos se le llenan de lágrimas otra vez–. No sabe cuántas veces me he arrepentido de haber sido tan confiada.

—¿Y qué sucedía entre Max y Jonas cuando estaban juntos?

—Al principio, parecía que Max ignoraba los intentos de Jonas de ser su amigo. Y a medida que Max se volvía más psi… —Marianne se gira hacia Hempstead—. Disculpe, señoría. Max se fue volviendo más y más hostil hacia Jonas.

—¿En qué sentido?

—Yo presencié unos cuantos sucesos, cada uno más preocupante que el anterior. Todo comenzó cuando Jonas intentó ser amable con Max, ya sabe, sentándose a su lado, enseñándole un juguete, ese tipo de cosas. Con el paso de los días, Max fue mostrándose más y más irritado, y abofeteó a Jonas cuando creía que nadie lo estaba viendo. Yo se lo conté a Danielle, pero ella negó que Max pudiera hacer tal cosa —explica, y solloza—. ¡Ojalá hubiera creído a mi hijo en vez de a Danielle! Pero, ¿cómo iba a saber yo que ella tenía tanto miedo a los cambios que estaba experimentado Max, y que estaba dispuesta a mentir para protegerlo?

Langley asiente comprensivamente y le tiende otro pañuelo de papel.

—¿Y cuál fue el peor de estos sucesos?

Marianne se enjuga las lágrimas.

—Es muy difícil para mí hablar de esto. Una mañana, Jonas, Danielle, Max y yo estábamos en la sala de la televisión. Todo estaba en calma. Yo estaba haciendo punto, y Jonas me sujetaba el ovillo. Como de costumbre, Max estaba dormido en el sofá. En un momento dado, Danielle salió para fumar un cigarrillo, cosa que hacía con bastante frecuencia. Jonas se acercó a Max para intentar despertarlo con cuidado. Cuando Jonas intentó darle un abrazo, Max enloqueció. Se levantó de un salto y comenzó a gritar, y le golpeó la cabeza contra la mesa de centro… —a Marianne se le quiebra la voz, pero después de un momento continúa—. Por supuesto, no había ni una sola enfermera, ni un celador por allí…

Sevillas toma una nota. *Está preparando su demanda civil contra el hospital.*

—…así que yo corrí hacia Jonas, que estaba gritando en el suelo, con una herida en la cabeza, sangrando, mientras Max le golpeaba las costillas.

Entonces, Marianne se echa a llorar.

Max se pone en pie con la cara congestionada.

—¡Es una mentirosa! ¡No ocurrió así!

Sevillas vuelve a sentarlo, pero la jueza lo mira con enfado.

—¡Señor Sevillas! Si no controla a su cliente, haré que lo pongan bajo custodia. Estamos asistiendo a la declaración de una madre que acaba de perder a su hijo. Si quiere sacar a declarar al señor Parkman, yo misma lo interrogaré —le dice. Después se dirige a Max—. Y usted va a permanecer en silencio durante el resto de la vista, o haré que se lo lleven de nuevo, ¿entendido?

Max abre unos ojos como platos, y después asiente con vehemencia.

—Sí, señoría.

Sevillas se pone en pie a medias.

—No, señoría, eso no será necesario —asegura. Después se sienta de nuevo y le pone la mano a Max en el brazo, se inclina hacia él y le susurra al oído—: Cállate. ¿Es que quieres que todo el mundo piense que eres un loco, como dicen ellos?

Max mira a Sevillas con el ceño fruncido, se cruza de brazos y se desliza hacia abajo en el asiento.

Langley se acerca a Marianne y le da unos golpecitos en el hombro para consolarla. Cuando, por fin, ella se calma, él continúa con las preguntas.

—Señora Morrison, ¿podría decirnos lo que ocurrió después?

Ella asiente.

—Lo intentaré. Después de eso, aparecieron enfermeros y celadores por todas partes. Apartaron a Max de Jonas, pero Max seguía gritando que Jonas quería matarlo. Y esa niña horrible, Naomi, también estaba allí, animando a Max. Alguien tuvo que llevársela, y Dwayne, el celador más fuerte de todos, fue quien tuvo que agarrar a Max. Él seguía gritando y maldiciendo, dando patadas y mordiendo. Era como si se hubiera vuelto completamente loco. No sé cómo consiguieron llevarlo a su habitación. Entonces, una de las enfermeras comenzó a curarle las heridas a mi pobre Jonas, pero eran tan graves que tuvieron que llevarlo al hospital para que le dieran puntos de sutura y le hicieran radiografías de las costillas. Tenía rotas varias de ellas. El único motivo por el que permití que Jonas siguiera en la misma unidad que ese niño es que me aseguraron que Max nunca volvería a estar en contacto con Jonas, y porque Danielle me prometió que haría todo lo posible para que cambiaran de sala a Max.

Max le pasa a Sevillas una nota que ha escrito apresuradamente. *¡Está como una cabra!* Sevillas cabecea con asombro. Marianne se lo está inventando todo sobre la marcha.

Langley mira con petulancia hacia la zona de prensa, y después se gira de nuevo hacia Marianne.

—¿Sabe si se produjeron más episodios violentos entre Max y Jonas?

—Yo no vi nada más —dice ella, y baja los ojos—, pero después, bueno, hablé con las enfermeras, y ellas me contaron algo que yo no sabía.

—¿Qué era?

Sevillas se pone en pie.

—Protesto. No se trata de una observación directa de la testigo.

La jueza apenas lo mira.

—Después tendrá ocasión de interrogarla. Continúe, señora Morrison.

—Bueno, parece que Max había roto la polvera de su madre y había amenazado a Jonas con un cristal.

Sevillas agarra a Max del hombro.

—Ni se te ocurra —le susurra con firmeza. Max lo mira con rabia, pero se queda en su sitio.

—¿Algo más, señora Morrison?

—Una de las enfermeras me dijo que podía verse muy bien lo que podía conseguir una buena madre al ver a Jonas, y que no entendía por qué Danielle seguía negándose a aceptar los terribles problemas que tenía su hijo…

—Está bien —dice Langley, que mira a Sevillas con nerviosismo—. ¿Pudo observar algún comportamiento inusual por parte de la señora Parkman?

—Sí, me temo que sí.

—¿Podría describírnoslo?

—Haré lo que pueda. Un día, Danielle y yo estábamos sentadas fuera. De repente, ella me preguntó si yo tenía experiencia con el sistema informático de un hospital. Me pareció muy raro, pero le conté que durante los años de mi residencia y mi trabajo de enfermera, me había hecho una experta con los ordenadores. Ella me hizo muchas preguntas sobre contraseñas de seguridad y ese tipo de cosas. Yo pensaba que solo estaba dándome conversación, pero entonces me miró a los ojos y me preguntó si sabía algo sobre el sistema informático de Maitland. Quería que se lo explicara porque, según me dijo, tenía intención de entrar en él.

La jueza abre unos ojos como platos.

−¿Y por qué quería hacer algo así?

−Estaba desesperada por conocer lo que los médicos y demás empleados hubieran escrito en la historia clínica de Max. Tenía el convencimiento de que el hospital al completo estaba inventándose sus síntomas −dice Marianne, agitando la cabeza tristemente−. Por supuesto, yo le dije que no, y me temo que fui un poco dura con ella, señoría. Le dije que, para bien o para mal, tengo un código moral estricto, y que nunca sería cómplice de algo así.

Sevillas cierra los ojos y se pregunta si aquello terminará algún día.

−¿Y qué pasó después?

Marianne se encoge de hombros.

−Ella me dijo que pensaba conseguir esa información y que, si yo no quería ayudarla, lo haría por sí misma.

−Y, que usted sepa, ¿entró la señora Parkman ilegalmente en el sistema informático del hospital?

−Supongo que sí −dice Marianne con calma−. Esa misma semana me dijo que había visto la historia de Max y que, por algún motivo, sabía que el hospital la estaba falsificando.

Hempstead arquea las cejas y mira a Sevillas. Él no reacciona. Langley prosigue.

−¿Averiguó usted algo más?

Marianne mira directamente a Hempstead.

−Me dijo que, después de leer los informes, se puso furiosa. Y me dijo que los había alterado.

Sevillas niega con la cabeza. Marianne está mintiendo descaradamente, pero él no tiene ningún testigo para refutar su declaración. Mira a Georgia, a quien le está resultando tan difícil como a Max permanecer callada. Ella le sonríe comprensivamente. Sabe que, cuando a uno lo pisotean, debe aguantarse y seguir.

Langley camina lentamente y se sitúa ante la jueza.
—¿Alteró las anotaciones de los médicos?
—Eso es lo que me dijo.
—¿Y le preguntó usted por qué lo había hecho?
—Sinceramente, señor Langley, me dio miedo seguir con aquella conversación. Parecía que estaba muy... bueno, perturbada, o algo así.
Langley le lanza una advertencia con la mirada.
—Gracias, señora Morrison.
Sevillas ve entonces que Langley comienza a sacar algo de un sobre grande de color marrón. Antes de darse cuenta está en pie con una protesta en los labios. Sin embargo, Langley extrae un objeto de metal del sobre y lo sujeta por encima de su cabeza, mostrándoselo a Marianne. Ella retrocede con espanto mientras Sevillas chilla:
—¡Protesto! ¡Señoría, protesto! Sea lo que sea, no se ha presentado oficialmente como prueba. El Estado no ha aportado el arma homicida, y no puede mostrar objetos en la sala sin haberlo anunciado con anterioridad...
—Señoría, no tenemos intención de hacer nada que contravenga la ley...
—Acérquense —ordena Hempstead. Cuando ambos están ante ella, susurra—: ¿Qué está tramando, señor Langley?
—Nada, señoría. No tengo intención de preguntarle a la señora Morrison si esto es o no es el arma homicida. Solo queremos demostrar que ha visto un peine como este en poder de la acusada en algún momento u otro.
Sevillas suelta una carcajada seca.
—Claro, señoría. Que se lo muestre a todo el mundo, sea lo que sea, sin haber seguido los canales legales para la presentación de una prueba. Ni siquiera se lo ha mostrado al forense para comprobar si se parece remotamente a la supuesta arma homicida. Y de todos modos, les causa un grave perjuicio a mis clientes.
Hempstead mira fijamente a Langley.
—¿Está diciendo que este objeto es el arma homicida que, según usted, se encontró en la escena del crimen?
—No, señoría.

—¿Han encontrado el objeto que se usó en el presunto asesinato?

Langley niega con la cabeza.

—Todavía no lo hemos localizado, señoría, pero este peine es exactamente igual que el que tenía en su poder la señora Parkman.

—¿Y cómo lo sabemos?

—Porque fuimos a la misma peluquería en la que se peinó la señora Parkman, y la peluquera nos dio este peine y nos dijo que era exactamente el mismo que le vendió a la acusada.

Sevillas da una palmada en el estrado.

—Señoría, ¿y qué si él dice que se supone que el peine se parece al que dice que encontraron en la escena del crimen? El hecho es que no han aportado el peine, y ahora están intentando perjudicar a mi cliente introduciendo este otro entre las pruebas de una manera irregular. Mantengo la protesta.

Hempstead mira el peine y carraspea.

—Señor Sevillas, en otra situación encontraría justificada su protesta. Si estuviéramos frente a un jurado, estaría de acuerdo en que la posibilidad de ese perjuicio es muy alta —dice, y se vuelve hacia Langley—. Sin embargo, todavía no estamos en el juicio, sino en la vista de presentación de las pruebas. Como he dicho varias veces, soy perfectamente capaz de distinguir el trigo de la paja. Le permitiré que siga con esta línea de interrogatorio, señor fiscal; sin embargo, cortaré por lo sano si intenta insinuar que el peine que tiene en la mano está relacionado con las heridas de Jonas Morrison, ¿entendido?

Langley asiente.

—Por supuesto, señoría.

Sevillas se da la vuelta sin molestarse a responder a la jueza. Se sienta y arroja el bolígrafo sobre su cuaderno de notas legales. Max está pálido, pero en esa ocasión, es el niño quien le toma la mano a él.

Langley vuelve hacia la testigo y le muestra de nuevo el peine.

—Señora Morrison, Tengo un objeto que me gustaría que identificara.

Marianne ve el peine y se lleva la mano a la garganta.

–Oh... ¿Es...

Langley la interrumpe rápidamente.

–Debo pedirle que no haga comentarios que no tengan relación directa con mis preguntas en cuanto a este peine. ¿Podrá hacerlo?

Marianne se sonroja.

–Sí, bueno, lo intentaré...

–Señora Morrison, ¿qué ve ante sí?

–Un peine, señor Langley.

–¿Había visto algún peine como este alguna vez?

–Sí.

–¿Dónde?

–He visto uno exactamente igual en Maitland.

–¿Y de quién era?

–De Danielle.

–¿Y cómo lo sabe?

–Bueno, ella tenía uno así en el bolso, y la vi usarlo muchas veces –dice Marianne, y se gira hacia la jueza–. Se hizo una permanente después de ingresar a Max en Maitland, señoría. La vi utilizar ese peine todo el tiempo.

Langley camina lentamente hacia la mesa de la defensa. Allí se detiene, y se cruza de brazos.

–Señora Morrison, quiero darle las gracias por haber venido aquí hoy, y por hacer una declaración tan difícil y dolorosa para usted. Tengo una pregunta más: ¿Sabe que uno de los motivos por los que estamos hoy aquí es que la señora Parkman ha pedido que le permitan continuar en libertad bajo fianza?

Sevillas comienza a ponerse en pie, pero Hempstead se le adelanta.

–Señor Langley, teniendo en cuenta que la acusada ha quebrantado los términos de su libertad bajo fianza, creo que no hay que abundar en ello.

–Tengo otro motivo para formular esta pregunta, señoría. Es algo relacionado con un evento que presenció directamente la testigo, y que atañe a la parte de presentación de pruebas de esta vista.

La jueza lo mira con escepticismo.

–De acuerdo. Continúe, señor Langley.

Sevillas hace un gesto negativo con la cabeza, y se sienta. ¿Acaso no hay nada que vaya a negarle Hempstead al fiscal?

Langley toma aire y se gira hacia Marianne.

–¿Podría explicarle, señora Morrison, lo que me ha contado a mí a primera hora de la mañana?

–Sí, por supuesto. No me gusta sacar a relucir esto, señoría, pero aparte de lo que le ha sucedido a mi hijo, que es la tragedia de mi vida, la señora Parkman también ha dicho y ha hecho cosas por las que estoy segura de que es una persona peligrosa y violenta. Un día, justo antes del asesinato, Danielle y yo fuimos a cenar juntas. Ella bebió demasiado vodka, así que me ofrecí a llevarla en coche. Cuando llegamos al hotel, bajó del coche y se tropezó. Entonces se quedó desorientada y sin motivo, se enfureció y comenzó a acusarme de haber contado mentiras sobre Max. Incluso levantó el brazo para golpearme...

–¡Señoría! –protesta Sevillas. Camina hacia el estrado y habla en un tono frío, mesurado–. ¡Esta testigo está mintiendo!

–¡Señor Sevillas, cállese inmediatamente! –grita la jueza, y da un martillazo sobre la mesa–. ¡Ningún abogado va a testificar en un juicio mío! Espere a realizar su propio interrogatorio, o hasta que consiga traer aquí a su cliente. De lo contrario, lo acusaré de desacato en este mismo instante.

A Sevillas no le importa. Se gira hacia Marianne y le lanza dardos de hielo con la voz.

–Lo haré, señoría, pero es incuestionable que esta mujer está mintiendo para hundir a una mujer que no hizo nada más que demostrarle bondad y amistad...

Marianne le clava una mirada fulminante.

–Yo nunca miento –dice, y estalla en sollozos–. El hijo de esa mujer mató a mi niño, señoría. Lo mató en su cama del hospital. Ya es demasiado tarde para Jonas, pero ahora sé sin ninguna duda que Max es como su madre. Oh, Dios Santo, ¿es que nadie me va ayudar?

La jueza se enfurece y señala a Sevillas con el mazo.

–Está oficialmente acusado de desacato a este tribunal. Decidiré lo que hago con usted después de la vista.

Sevillas no dice nada. Vuelve a su asiento y mira a Marianne con ira.

—Y ahora, voy a hacerme cargo del interrogatorio –dice la jueza–. Señora Morrison, me gustaría que me dijera si Max Parkman la amenazó alguna vez físicamente.

Marianne mira a los periodistas, y después vuelve a mirar a la jueza.

—Un día, una semana antes del asesinato, yo estaba en el sofá, tejiendo un jersey para Jonas, y de repente, Max se sacó del bolsillo algo que brillaba como el metal.

El público jadea, y mira a Max. Tony lo agarra por la muñeca al ver que el niño aprieta los puños. La jueza asiente.

—¿Y entonces?

—Entonces lo blandió por encima de mi cabeza.

La jueza trata de disimular su espanto.

—¿Estaba usted sola con el señor Parkman cuando ocurrió esto?

—Por desgracia, sí. Cuando me recuperé del susto, Max había salido corriendo a otra parte de la unidad.

—Usted debió de dar parte de esto.

—Claro que sí, pero parece que los monitores de vídeo no funcionaban bien ese día, y yo no tenía pruebas para demostrárselo a los empleados. Era su palabra contra la mía.

—Pero la creerían a usted, antes que a un paciente.

Ella se encoge de hombros con tristeza.

—Registraron toda la unidad, incluyendo la habitación de Max y su ropa. No encontraron el objeto por ninguna parte.

—¿Se lo dijo a su madre?

—Sí, se lo dije, pero ella me respondió que debía de estar equivocada.

—¿Y solicitó al hospital que tomaran precauciones adicionales después de este incidente?

—Sí, señoría, pero no creo que me tomaran en serio.

—¿Y después de eso, qué ocurrió?

—Después, Max no volvió a mostrarse violento con Jonas. Hasta el día en que lo mató, quiero decir.

Antes de que Sevillas pueda protestar, Langley interviene.

—Es turno de la defensa.

treinta y nueve

La jueza Hempstead se vuelve hacia Sevillas.
—¿Desea interrogar a la testigo?
—Por supuesto que sí, señoría.
Ella mira el reloj.
—Son las cinco menos cuarto. Como parece que va a ser mucho más largo de lo esperado, permítanme que aclare la situación —dice, y se dirige a Langley—: El Estado ha terminado de interrogar a sus testigos por hoy, ¿es así?
—Sí, señoría.
—En ese caso, comience, señor Sevillas.
Sevillas se acerca a la testigo. Cuando abre la boca para hacer la primera pregunta, hay un pequeño alboroto a la entrada de la sala. Todos se vuelven mientras Danielle, vestida con un elegante traje, recorre el pasillo. Doaks y el teniente Barnes la siguen. Max se levanta y corre hacia ella. Danielle lo abraza con fuerza. La alegría que se refleja en la cara del niño es enorme. Tiene los ojos llenos de alivio.
—Ya estoy aquí, cariño —susurra ella—. Te quiero.

—Yo también te quiero, mamá.

Max ni siquiera se molesta en secarse las lágrimas mientras se sienta. Danielle le da un beso a Georgia en la mejilla, y mira a Sevillas a los ojos. Él está enfadado, pero también aliviado. Ella camina hacia el estrado, pero antes de que pueda llegar, la jueza Hempstead da un martillazo.

—¡Silencio! —grita, y observa al grupo de Danielle con ira—. ¿Quiénes son ustedes?

—Señoría, soy Danielle Parkman —dice ella.

—Vaya, vaya. La acusada fantasma. Acérquese, señora Parkman.

—Sí, señoría.

—Alguacil —dice Hempstead—, ponga a la señora Parkman bajo custodia.

—Señoría, por favor, permítame explicar...

—No voy a hacer nada semejante, señora Parkman. Es una acusada que ha violado la libertad condicional. Por lo tanto, irá directamente a la cárcel del condado. Alguacil, póngale las esposas.

Danielle percibe la mirada de satisfacción de Marianne mientras el funcionario se acerca a ella.

—Señoría, entiendo que su respuesta es perfectamente justificada teniendo en cuenta mis acciones, pero debo solicitar que me permita interrogar a la testigo. Tengo pruebas concluyentes sobre su...

Hempstead se inclina por encima de su mesa mientras el alguacil cierra las esposas alrededor de las muñecas de Danielle.

—No me importa que tenga todas las pruebas del mundo, señora Parkman. Va a permanecer encarcelada hasta su juicio. Usted es abogada y sabe perfectamente cuáles son las consecuencias legales de un quebrantamiento de la libertad condicional. Lo que parece que no sabe es que ha violado las leyes de este estado y ha contravenido las órdenes expresas de este tribunal. No está en Nueva York, señora Parkman. Está en mi sala, bajo mi jurisdicción.

Sevillas le lanza una mirada de impotencia. Max la mira con terror. El alguacil le pone una mano sobre el hombro. Danielle se zafa.

—Señoría, solicito que me permitan representarme a mí misma ante este tribunal.

—Ya tiene representación legal, señora Parkman —replica la jueza, y señala a Sevillas—. Él debe ocuparse de las cuestiones que se planteen en su nombre.

—Señoría —dice Danielle—, creo que mi abogado tiene que solicitar algo.

Sevillas la observa con alarma. Ella lo mira a los ojos. Después de un momento, él hace un gesto negativo con la cabeza.

—Parece que su abogado no está de acuerdo, señora Parkman —dice Hempstead.

—El señor Sevillas solicita retirarse de mi defensa, señoría.

Hempstead mira a Sevillas con una expresión de sorpresa.

—¿Es así, señor Sevillas?

Sevillas mira a Doaks, que asiente vigorosamente desde la primera fila. Después, vuelve a mirar a Danielle a los ojos. Y por fin, reacciona. Se vuelve hacia Hempstead.

—Señoría, solicito con todo el respeto que se me permita retirarme de la defensa de la señora Parkman.

—Petición denegada.

Sevillas y Danielle se miran antes de que él insista.

—Con todo el respeto, señoría, me temo que debo retirarme de cualquier modo.

A Hempstead le arden los ojos.

—¿Es que tengo que recordarle que ya está en desacato en este tribunal, abogado?

—No, señoría.

Ella mira a Danielle con los labios tensos de furia.

—No puedo obligarla a que retenga a su abogado, señora Parkman, pero le diré una cosa con claridad: esta vista va a continuar en estricta observancia de las leyes y las normas. En cuanto cruce la línea, la daré por finalizada. Y no se moleste en intentar que yo mantenga su libertad bajo fianza. En cuanto terminemos aquí, irá directamente a la cárcel. Su libertad bajo fianza está revocada.

Se vuelve hacia el alguacil.

—Quítele las esposas a la señora Parkman —dice, y el funcionario obedece. Danielle se frota las muñecas, y la jueza añade–: Y ahora, póngaselas al señor Sevillas y llévelo a la celda de los juzgados.

–Señoría... –dice Danielle.

–Comience a interrogar a la testigo, señora Parkman.

Danielle ve con impotencia cómo esposan a Sevillas. Se lo llevan sin que ella pueda hacer nada por él. Todavía.

–Señora Parkman –dice la jueza con tirantez–, comience.

Danielle le hace un gesto a Doaks, que se acerca a la mesa de la defensa con una caja grande. Danielle le quita la tapa, saca un fajo de papeles, respira profundamente y se dirige a la testigo.

–Señora Morrison, me gustaría hacerle algunas preguntas sobre su pasado.

La actitud de Marianne es confiada, y su tono de voz, frío.

–Por supuesto, señora Parkman.

–¿Dónde nació?

–En Pennsylvania.

–¿No nació en Texas?

–No.

–¿Dónde se crió?

Marianne suspira.

–Mi padre era militar. Me crié por todos los Estados Unidos.

–¿Ha vivido alguna vez en Vermont?

–No.

–¿En Florida?

–No.

–¿En Illinois?

–No.

–Gracias –dice Danielle, y hojea los documentos–. Y ahora, señora Morrison, ¿cuántas veces ha dicho que ha estado casada?

–Una vez.

–¿Con quién?

–Con Raymond Morrison.

–¿Nunca estuvo casada antes?

–No.

–¿Y no tuvo más hijos?

—No.
Danielle se acerca lentamente a la testigo.
—¿No ha tenido más hijos? ¿Es correcto?
—Señoría —dice Langley—. Ya lo ha preguntado, y ya ha sido contestado. Creo que la señora Morrison se acordaría si hubiera tenido más hijos.

Se oyen algunas risas por la sala.

—Continuaré, señoría —dice Danielle—. Señora Morrison, ¿tiene alguna enfermedad física crónica?

Marianne mira a la jueza con consternación.

—He tenido varias enfermedades durante mi vida. No he hablado de ello aquí porque creo que no es apropiado.

—¿Le importaría hacernos un breve resumen? —pregunta Danielle.

Marianne se ruboriza.

—No sabría por dónde empezar.
—¿Ha sido hospitalizada por esas enfermedades?
—Oh, sí.
—¿Cuántas veces?
—Demasiadas como para llevar la cuenta.
—¿Diría usted que sesenta y ocho es un número aproximado?

El público hace exclamaciones de asombro. Antes de que Langley pueda intervenir, Marianne se ríe.

—Eso es ridículo.
—¿Tiene pruebas de esa afirmación, señora Parkman?
—Ahora llegaré a eso, señoría.
—Yo no lo veo.

Danielle se acerca a la mesa de la defensa. Doaks se ha sentado en la silla de Sevillas, y le entrega un cuaderno que ha sacado de su maletín.

—¿Le han diagnosticado alguna vez trastornos mentales, señora Morrison?

—Señoría —dice Langley—, el estado mental de esta pobre mujer es completamente irrelevante en relación a la acusación de asesinato que pesa sobre el acusado. Debemos protestar por el intento de la defensa de poner en tela de juicio el carácter de la testigo.

La jueza mira a Danielle con desaprobación.

—Señora Parkman, voy a permitirle la misma flexibilidad de interrogatorio que le he permitido al fiscal, la cual, evidentemente, no ha podido presenciar usted al no encontrarse en la sala. Sin embargo, estoy de acuerdo en que el estado mental de la testigo es irrelevante para los cargos que se han formulado contra su hijo, y contra usted.

—Señoría, como estoy segura de que mi estado mental y el de mi hijo se han cuestionado durante la vista, creo que es justo que el de esta testigo, la madre de un niño con discapacidades, sea sometido al mismo cuestionamiento.

Hempstead frunce el ceño.

—Es su tiempo, señora Parkman, pero si decide perderlo, cortaré por lo sano, ¿entendido?

—Sí, señoría.

Langley agita la cabeza teatralmente para que los periodistas se fijen en él. Ellos toman notas. Danielle vuelve a mirar a Marianne.

—¿Podría contestar la pregunta, por favor?

—Nunca he tenido problemas psicológicos.

—¿Nunca le han dicho que sufre problemas psicológicos?

—Por supuesto que no. Yo soporto mis problemas en privado, y confío en la gracia de Dios para superarlos.

—Señora Morrison, ¿cuándo diagnosticaron por primera vez a Jonas algún tipo de problema?

—Para ser sincera, tengo que admitir que yo supe antes que cualquier médico que mi hijo tenía dificultades —responde Marianne, y mira de nuevo a la jueza—. Una madre sabe estas cosas. Tuvo episodios de apnea cuando era un bebé. Dejaba de respirar sin ningún motivo.

—¿Y cómo se lo trataron?

—Bueno... para una madre primeriza, esto era algo espantoso. Tenía que vigilarlo noche y día. Cuando dejaba de respirar se ponía azul. Yo tenía que llamar a la ambulancia o llevarlo rápidamente a urgencias.

—¿Qué hacían por él?

—Le introducían oxígeno en los pulmones para que pudiera respirar por sí mismo.

—¿Con cuánta frecuencia ocurría esto?

Marianne retuerce un pañuelo de papel entre las manos.

—No creo que pasaran más de dos semanas sin que tuviera que salir corriendo al hospital con el bebé. Entonces, me dieron una máquina para tratar la apnea. Cuando Jonas dejaba de respirar, sonaba una alarma. Era horrible.

—¿Alguna vez le dijeron en el hospital que sospechaban que Jonas no tenía apnea?

Marianne la mira con confusión.

—No entiendo la pregunta.

—¿Alguno de los médicos le dijo alguna vez que sospechaba que usted estaba asfixiando a Jonas?

Langley se pone en pie con un rugido.

—¡Señoría! ¡Esto es inaceptable!

—Ahórrese el esfuerzo, señor Langley —dice la jueza, y señala a Danielle con el dedo, con un gesto de ira—. Deje inmediatamente ese tipo de preguntas, abogada. No ha fundamentado previamente ninguna acusación de maltrato contra esta testigo. Tal vez así es como se interroga a los testigos en Nueva York, pero yo no lo voy a tolerar.

Danielle se encoge de hombros.

—Sí, señoría.

—Continúe.

Danielle vuelve a mirar a Marianne.

—¿Quién le dijo por primera vez que Jonas era autista, o que tenía un retraso mental?

Marianne le lanza una mirada llena de odio.

—Nunca olvidaré ese día, por mucho que viva. Jonas tenía cuatro años, y vivíamos en Pittsburgh. Había un especialista que estaba viajando por el país. Yo no estaba del todo satisfecha con los cuidados que había estado recibiendo mi hijo. El médico hizo pruebas a Jonas durante horas, y me llamó a la sala de espera. Hizo que me sentara, y me dijo que mi niño nunca sería normal. Que tenía el cerebro dañado. Me mostró varios síntomas de que era autista —dice, y se enjuga las lágrimas mirando a Hempstead—. En ese momento, decidí que me convertiría en una gran defensora de mi hijo. Pasé los catorce años siguientes asegurándome de que recibía los mejores tratamientos y todo el amor que pudiera darle. Nunca volví a casarme, ni a preocuparme de otra cosa que no fuera mi hijo.

—Señora Morrison, ¿alguno de los médicos que examinó a Jonas insinuó alguna vez que tal vez las enfermedades de Jonas tuvieran otro origen?

—¿A qué se refiere?

—Nos ha dicho que Jonas comenzó a tener problemas al nacer —dice Danielle—. ¿Alguna vez le dijo alguien que esos problemas se desarrollaron mucho más tarde, y que sospechaban cuál era la causa?

—No, no me lo dijeron.

—¿Nadie le sugirió nunca que hubo algún tipo de intervención que podía haberle causado a Jonas los daños cerebrales?

Marianne mira a Danielle con petulancia.

—No sé qué es lo que está intentando que diga, señora Parkman. Nadie me dijo nunca semejantes cosas. Yo cuidé maravillosamente de mi hijo.

Hempstead interviene.

—Señora Parkman, en este caso no tienen relevancia los cuidados que la madre de la víctima pudiera dedicarle a su hijo cuando era más pequeño.

—Tal vez debería tenerla, señoría.

Hempstead arquea las cejas.

—Si tiene pruebas de lo que está diciendo, apórtelas. De lo contrario, continúe en otra línea, abogada.

—Por supuesto, señoría —responde Danielle. Después mira fijamente a Marianne—. Señora Morrison, usted estudió Medicina y después trabajó de enfermera durante muchos años, ¿no es así?

Marianne se relaja.

—Sí, es cierto. La enfermería me permitía tener horarios flexibles para cuidar de Jonas.

—¿En qué se especializó?

Marianne sonríe.

—En enfermería pediátrica.

—¿Y no es cierto que durante los años de desempeño de su trabajo se familiarizó usted con los sistemas informáticos de varios hospitales y clínicas pediátricas?

—Por supuesto.

—¿Y no es cierto también que entró ilegalmente en otras redes informáticas mucho antes de decirme cómo podía conseguir la contraseña para entrar en la de Maitland?

Es como si una ola gigante recorriera la sala. La jueza da un martillazo con tanta fuerza que el plato de madera rebota en la mesa. Langley alza las manos por el aire.

—¡Protesto! Solicitamos que la pregunta no conste en acta, y que amoneste severamente a la abogada.

Hempstead está furiosa.

—Abogada, ¿es perfectamente consciente de lo que está haciendo?

—Señoría, le prometo que no estoy actuando a la ligera. Si el tribunal me permitiera algo más de flexibilidad...

—¡Flexibilidad! —brama Langley—. ¡Señoría!

Danielle toma aire.

—Fue Marianne Morrison la que entró en el sistema informático de Maitland e y manipuló la historia clínica de Max...

—Ya basta. No puede seguir con ese interrogatorio. Cambie de tema inmediatamente. Es la última advertencia que le hago.

Danielle se da la vuelta y camina hasta la mesa de la defensa. Abre la tapa de la caja, mira en el interior y se gira hacia la testigo.

—Señora Morrison, ¿tiene algún tipo de recuerdo, de registro de su vida con Jonas?

—¿A qué se refiere?

Danielle mira un poco más en la caja y después se yergue.

—Oh, ya sabe. Álbumes de fotos, recuerdos, ese tipo de cosas.

—Claro que sí. Todas las madres tienen fotografías de sus hijos. Yo debo de tener cientos de ellas.

Danielle asiente pensativamente.

—¿Y algún otro tipo de recuerdo?

En esta ocasión, Marianne se queda callada. Tiene la mirada fija en la caja. Cuando habla, su voz es mesurada, precisa.

—De veras, no sé a qué se refiere.

Danielle se encoge de hombros.

—Deje que se lo aclare. ¿Llevaba usted algún tipo de registro, o un diario...

El rostro de Marianne es impasible.

−¿Y escribía en él diariamente?

Langley se pone en pie de nuevo.

−Protesto. No creo que tenga importancia si la señora Morrison llevaba un diario o no en la cuestión de si Max Parkman mató a su hijo. La abogada está acosando a la testigo.

−Ha lugar −dice Hempstead−. Prosiga, señora Parkman.

−Señora Morrison, ¿dónde estaba usted la mañana en que murió su hijo?

Marianne alza la mano débilmente.

−En el hotel.

−Pensaba que visitaba a Jonas todos los días.

−Oh, y lo hacía. Sin embargo, ese día no me encontraba bien, y pensé que sería mejor que me quedara en el hotel para no contagiarle el resfriado a Jonas −responde Marianne, con lágrimas en los ojos−. ¡Ojalá hubiera sabido lo que iba a ocurrir! ¡No me hubiera separado de él ni un minuto!

Danielle continúa con calma.

−Entonces, ¿no estuvo en la unidad hasta que alguien la llamó para decirle lo que había ocurrido?

Marianne está sollozando, de modo que tiene que hacer un esfuerzo para responder.

−Sí, así es.

−¿Cabe la posibilidad de que esté equivocada?

Marianne le clava una mirada fulminante.

−No, no es posible.

Danielle camina lentamente hasta el estrado de la testigo, pone ambas manos en la barandilla de madera y mira a Marianne a los ojos.

−¿Le suena de algo el nombre de Kevin, señora Morrison?

Marianne se pone ligeramente rígida, pero por lo demás, no reacciona.

−No sé de qué me está hablando.

−Yo creo que sí.

Marianne niega con la cabeza.

−¿Y Ashley? −insiste Marianne−. A mí me parece un nombre maravilloso para una niña, ¿a usted no?

Marianne le lanza una mirada suplicante a la jueza.

—¡Señoría! —exclama Langley, dando una palmada sobre la mesa—. ¡Está acosando a la testigo con preguntas absurdas, solo para intimidarla!

Hempstead asiente.

—Ha lugar. Señora Parkman, apártese de la testigo —dice, y Danielle se aleja—. Le he dado demasiadas libertades, y es evidente que usted se ha propasado. Hágale preguntas relevantes a la testigo, o despídala ahora mismo.

—Por supuesto, señoría —responde Danielle. Entonces arranca una hoja en blanco de su cuaderno y se la entrega a Marianne junto a su bolígrafo—. Señora Morrison, ¿le importaría escribir en esa hoja «Hospital Psiquiátrico de Maitland»?

—Señora Parkman, tiene dos minutos para conectar todo esto, y después yo daré por terminada esta vista y la enviaré a usted a la cárcel.

Danielle asiente. Marianne la mira con disgusto, escribe las palabras sobre la hoja y se la devuelve.

—Gracias.

Entonces, Danielle saca uno de los diarios de la caja, se da la vuelta y mira a Marianne. Ella se queda boquiabierta durante un segundo, pero reacciona rápidamente. Entorna los ojos cuando Danielle le entrega el diario.

—He catalogado este artículo como «Prueba de la Defensa A». ¿Puede identificarlo, señora Morrison?

Marianne se lo devuelve.

—No lo había visto nunca.

—Me gustaría que lo abriera por la página que está marcada y leyera lo que pone —dice Danielle.

—¡Protesto! Falta de fundamento —dice Langley—. La testigo acaba de decir que no puede identificarlo.

Danielle le entrega a la jueza la muestra de la letra de Marianne y el diario.

—Señoría, me gustaría que el tribunal reconociera que las escritura de la testigo y la que aparece en el diario es la misma.

Después de una mirada superficial, Hempstead agita la cabeza.

—Me sorprende, señora Parkman —dice secamente—. Esta es una táctica que no me esperaría de una reconocida abogada de Nueva York, como usted. No ha traído ningún experto en caligrafía, ni ha establecido el debido procedimiento de custodia para la prueba.

—Señoría, solicito con todos mis respetos que se aplace brevemente el interrogatorio de la señora Morrison mientras llamo al estrado al teniente Barnes, de la Policía de Plano.

—No tengo intención de permitir que interrumpa el interrogatorio de la señora Morrison.

—Pero, señoría —protesta Danielle—, tampoco quiere permitirme que interrogue a la testigo para que pueda establecer el fundamento. Cuando haya leído este diario, tan solo una parte de él, sabrá cuál es la verdad.

—¿Y cuál es esa verdad?

—Que esta mujer no es lo que aparenta. No es una madre. Es una embustera, una chantajista y una asesina.

—Señora Parkman, ¡silencio! —ordena la jueza y se levanta de su sitio con la cara lívida—. Alguacil, ponga a la señora Parkman bajo custodia.

El alguacil comienza a moverse. Langley se ha acercado al estrado y está abrazando a una histérica Marianne para intentar que se calme.

A Hempstead le arden los ojos.

—Abogada, su comportamiento en esta sala es digno de desprecio —dice—. Su intento de denostar a una madre cuyo hijo acaba de ser brutalmente asesinado no solo es una falta de profesionalidad, sino también una falta de ética.

—Señoría, si me permitiera tan solo...

—No voy a permitirle nada más. ¡Trasladen a la señora Parkman a la cárcel del condado!

—Señoría —dice Danielle—. No he tenido la oportunidad de responder a su resolución de no permitirme que continúe con el interrogatorio a la señora Morrison.

Hempstead agita la cabeza con incredulidad.

—Este no es el momento ni el lugar adecuado para presentar quejas por nada.

—Señoría, sé que me va a enviar a la cárcel. Lo acepto. Pero primero debo insistir en que me permita responder a la resolución del tribunal. De lo contrario, la corte de apelación no va a estar muy contenta con ninguna de las dos.

Hempstead la mira con cautela.

−Muy bien, señora Parkman. Sigamos el protocolo. El tribunal estima la protesta del Estado. ¿Cuál es su respuesta?

Danielle habla con la voz clara.

−La defensa desea presentar una objeción a la decisión judicial. Quisiera que el interrogatorio continúe y conste en acta.

Ahora, el semblante de Hempstead refleja su furia sin disimulo.

−Señora Parkman, se lo advierto. Piénseselo bien antes de hacerlo.

Danielle sabe que Hempstead no puede negarse a permitir que la defensa presente la objeción. Es una estratagema legal, mediante la que la parte que piensa que el juez se ha equivocado puede conseguir que se tenga en cuenta la prueba que ha sido descartada por el tribunal. Esta prueba figura reflejada en el acta, de modo que el tribunal de apelación pueda revisar precisamente lo que ha sido excluido y decidir si esa prueba debería haber sido admitida. Sin embargo, Hempstead sabe lo que es en realidad: el modo en que Danielle puede hacer exactamente lo que quiere hacer, le guste a ella o no.

Hempstead se cruza de brazos y se apoya en el respaldo de la silla. Su cara dice que acepta la derrota.

−Por favor, señora Parkman. Adelante con su objeción.

Danielle toma la rápida decisión de presentar solo la prueba que Doaks ha encontrado en la habitación de Marianne, que ella ha revisado en las escaleras del juzgado. La jueza podría impedirle continuar si se desvía un centímetro del camino relevante. Mira a Marianne, que se ha recuperado un poco, aunque está pálida. Danielle toma el diario y se acerca al estrado de la testigo.

−Señora Marianne, ¿cuál es su habitación del hotel?

−La número veintitrés.

Danielle le da el diario otra vez.

−¿Y dice que este diario no le pertenece, y que no estaba en su habitación esta mañana?

Marianne se yergue.

−Exacto.

−¿No es esta su letra?

Ella mira la página que le muestra Danielle y se vuelve hacia la jueza.

—No, no es mi letra.

—Señoría, nos gustaría que bajaran las luces y que desenrollaran la pantalla de proyecciones para mostrarle a la testigo algunos fragmentos.

—De un documento que ella no ha identificado.

—Sí, señoría.

Marianne se vuelve de nuevo, entre sollozos, hacia la jueza.

—Señoría, si me concediera un momento para calmarme...

—Por supuesto, señora Morrison —dice Hempstead—. Puede bajar del estrado y ocupar su sitio en la sala.

Langley acompaña a Marianne a un banco. Ella se sienta y se enjuga las lágrimas.

—Continúe, señora Parkman —dice la jueza con tirantez.

Danielle le hace un gesto al alguacil, que va al otro lado de la sala y extiende la pantalla. Después apaga las luces; la oscuridad se hace casi palpable. La única luz es verde, y emana del ordenador portátil de Danielle, que Doaks ha colocado sobre la mesa de la defensa. En Arizona, Danielle usó su cámara digital para fotografiar varias páginas de los diarios de Marianne, y después descargó las fotografías en el ordenador.

Aprieta un botón, y en la sala se hace el silencio. Las palabras aparecen en la pantalla, escritas con una caligrafía recargada.

Querida doctora Joyce:

¡Maitland ha sido la mejor experiencia de mi vida! Todos los días han estado llenos de novedades y giros inesperados, como si fuera una improvisación de Broadway. El hecho de haberme relacionado con genios médicos me tiene entusiasmada, aunque en realidad es mi sitio. Solo tengo un pequeño disgusto: ya está terminando todo, y es triste encontrarse sola en la cima. Nadie podrá saber nunca lo inteligente que soy, porque no puedo revelar ni un solo detalle; lo estropearía todo. Sin embargo, lo importante es que he pasado todos los exámenes, que he sido más inteligente que todos los demás. Y cuando ejecute

mi plan final... Ese será mi mejor momento. Como comer el bombón más especial de una caja del Día de San Valentín.

Siento pena por Jonas. Supongo que he sido egoísta por tenerlo tanto tiempo conmigo. Me aseguré de que Kevin, Ashley y Raymond dejaran este mundo cuando era necesario, y ahora sé claramente que el Señor quiere tener a Jonas a su lado; hay un momento adecuado para todas las cosas. La maravilla de haberles demostrado a los médicos que Jonas es precisamente lo que parece, tal y como yo lo he creado, ha completado el ciclo. Ahora debo concentrarme en el plan.

Como el Señor puso a Max en mi camino, veo con claridad que su propósito en la vida es ayudarme a facilitarle a Jonas su tránsito al otro mundo, y acabar para siempre con su sufrimiento. Estoy segura de que Danielle va a echar de menos a Max, pero Dios sabe que ella ha hecho el sacrificio más grande. Además, cuanto más alto es un propósito, más cruel es la vida. Solo hay que considerar el ejemplo de Jesús. A menudo pienso que los actos más justos de esta vida solo tienen recompensa en la siguiente.

Tanto Danielle como yo tendremos un lugar en el Cielo.

Hay un jadeo colectivo en la sala. Max se aferra a la mano de Danielle.

—No pasa nada, tranquilo —le susurra a su hijo.

Después le hace una seña al alguacil para que suba la luz, solo lo suficiente como para iluminar la cara de la jueza, que está tan blanca como la pantalla de proyección. Mira a Danielle, que saca otro artículo de la caja. Es un estuche de terciopelo azul. Danielle camina hasta el estrado y se lo entrega a la jueza. Hempstead lo abre, palidece más y cierra los ojos. Danielle se lo quita de las manos y se lo lleva al fiscal. Al verlo, Langley se queda boquiabierto.

A Hempstead le tiembla la voz.

—Señora Parkman, por favor, identifique lo que acaba de mostrarme.

—Señoría, el teniente Barnes obtuvo una orden de registro para la habitación del hotel de la señora Morrison esta mañana. Encontró este diario, varias ampollas y jeringuillas, y esto

–dice Danielle. Toma un pañuelo de manos de Doaks y abre el estuche. Muestra el objeto en alto–. Es mi peine, señoría, que fue hallado en el armario de la señora Morrison. Está cubierto de sangre de Jonas y de restos de tejido humano que pertenecen a la víctima, según un análisis preliminar.

Todos quedan en silencio. Hempstead mira a Danielle con horror, con confusión y con una disculpa en los ojos.

–¿Han averiguado cómo llegó ese peine a manos de la señora Morrison?

–Sí, señoría –dice ella–. Cuando llevaron a la señora Morrison a la comisaría, según testificará el sargento Barnes, la dejaron durante un corto espacio de tiempo en la sala de secado de las pruebas para que pudiera evitar a los periodistas que había allí. Se cree que fue entonces cuando robó el peine.

–Pero… ¿por qué lo robó? Era la única prueba concluyente que había contra Max.

Danielle asiente.

–En sus diarios, la señora Morrison deja claro que colecciona trofeos de todos sus asesinatos. Conservó, incluso, las ampollas de veneno que utilizó para sus otros hijos. Es evidente que Marianne pensaba que nunca la iban a atrapar. Había superado a los más inteligentes, a los mejores.

Hempstead asiente y se queda callada, sin poder decir nada.

Danielle da un paso hacia delante.

–Aquí termina la objeción de la defensa, señoría. Llamamos a declarar nuevamente a Marianne Morrison.

Doaks aprieta el interruptor de la luz y la sala queda iluminada de nuevo. Todos, incluida la jueza, pasan unos instantes pestañeando mientras sus ojos se acostumbran a la claridad.

–¡Marianne Morrison al estrado! –grita el alguacil.

Comienza un pequeño murmullo, que va convirtiéndose en un escándalo. La jueza da unos martillazos en su mesa.

–¡Orden! ¡Orden en la sala!

–¡La señora Morrison al estrado! –dice de nuevo el alguacil.

Se hace el silencio.

Marianne ha desaparecido.

cuarenta

En la sala del juicio reina el caos. La jueza está hablando con el alguacil. Langley está sentado en su banco, en estado de shock.

Danielle no pierde el tiempo.

—¡Doaks!

—No te preocupes, si está en alguna parte de esta apestosa ciudad, la encontraré —dice, y se abre paso entre la gente hacia una de las puertas laterales. Danielle corre hacia Max, que se derrumba entre sus brazos—. Ya casi ha terminado todo, cariño —susurra—. Ten fuerza, sólo un poco más.

Lo abraza durante un largo momento, y después se acerca de nuevo al estrado de la jueza.

Hempstead da otro martillazo y todo queda en silencio.

—Abogados, aprexímense —ordena. Cuando los abogados se acercan, ella asiente vigorosamente—. Señor Langley, ¿dónde está su testigo?

Langley mira a su alrededor.

—No lo sé, señoría. Estaba aquí mismo, y al momento… bueno, ya no estaba.

−¿Y no cree que debería ir a buscarla? −pregunta Hempstead. Él se queda mirándola fijamente, y ella alza una mano−. No importa. Ya he enviado al alguacil. Mejor será que todavía esté en el edificio, o el Estado tendrá que responder por ella. Tampoco estoy muy contenta con usted, señora Parkman. ¿No cree que hubiera sido más adecuado poner al corriente a la fiscalía y al tribunal de la existencia de las nuevas pruebas antes de dar el espectáculo en una vista pública?

−Lo intenté, señoría −dice Danielle.

−No importa, no importa −responde Hempstead, y por primera vez, muestra sus emociones−. ¿Puede explicarme alguno de los dos lo que le ocurrió a este pobre niño?

−Señoría, la defensa quiere llamar a declarar a otro testigo −dice Danielle−. Creo que ella podrá responder a su pregunta.

En ese momento regresa el alguacil.

−No la encuentro... señoría... −jadea. Tiene la cara congestionada del esfuerzo.

−Siga intentándolo −le ordena la jueza con un susurro furioso. Se vuelve hacia Danielle y alza la voz−: Señora Parkman, ¿quién es su testigo?

−La defensa llama a declarar a la doctora Reyes-Moreno −dice. Después añade−: Señoría, ¿sería posible que el señor Sevillas se uniera nuevamente al equipo de la defensa?

Hempstead asiente hacia el sheriff.

−Libere al señor Sevillas.

−Gracias, señoría −dice Danielle.

Después, espera nerviosamente hasta que Tony ocupa de nuevo su lugar en el banco. Sus miradas se cruzan. El amor es como una descarga de electricidad que chisporrotea entre ellos. Danielle se obliga a girarse nuevamente hacia el estrado. La doctora Reyes-Moreno está recorriendo el pasillo con dos diarios encuadernados con una tela de flores, y una carpeta gruesa en las manos. El alguacil le muestra la Biblia, y ella hace el juramento. Tiene una mirada solemne.

Danielle se sitúa frente a ella.

−Doctora, ¿ha revisado la documentación y las pruebas que se hallaron en la habitación de la señora Morrison?

−La mayor parte, sí.

—¿Es suficiente para establecer un diagnóstico?

—Me temo que sí —dice, y agita la cabeza con tristeza—. Todo encaja perfectamente... ahora que es demasiado tarde.

Danielle asiente.

—Por favor, dígale al tribunal cuál es el diagnóstico de Jonas Morrison.

—Jonas Morrison sufría el síndrome de Munchausen por poderes.

La jueza Hempstead se inclina hacia la testigo.

—Doctora, ¿eso no es un caso horrible de maltrato infantil?

—Sí. Tal vez deba explicar la diferencia entre el síndrome de Munchausen y el síndrome de Munchausen por poderes.

—Por supuesto.

—Las mujeres con el síndrome de Munchausen, que ahora es bien conocido, simulan enfermedades para llamar la atención. Uno de los casos más asombrosos es el de una mujer que se sometió a doscientos tratamientos en ochenta hospitales diferentes antes de cumplir los sesenta años. Su enfermedad mental no fue detectada hasta su hospitalización final.

La jueza está muy pálida.

—Continúe —dice.

Reyes-Moreno se quita las gafas.

—El síndrome de Munchausen por poderes es un trastorno similar; el adulto no simula la existencia de la enfermedad en sí mismo, sino en el hijo. Los rasgos más importantes son la mentira patológica, la peregrinación, que es el traslado continuo para evitar que los descubran, y enfermedades recurrentes y fingidas que la madre le provoca al niño. Apenas se ve en niños de más de cuatro años.

—¿Por qué?

—La mayoría de los niños que sufren esta situación no son fiables a partir de la edad en que comienzan a comunicar su dolor. Ese es el motivo por el que la mayoría de las víctimas son bebés o niños muy pequeños.

Danielle respira profundamente.

—Por favor, continúe.

—Normalmente, la madre tiene una personalidad antisocial, una extraña falta de preocupación por su hijo, especialmente en cuanto a las dolorosas operaciones quirúrgicas que ha elegido para el niño. Tiene un gran conocimiento médico y obtiene un intenso placer manipulando a los doctores, así como creando la enfermedad que atraerá la atención de los facultativos y los hospitales.

−¿Algo más sobre la madre?

−Sí −dice la psiquiatra−. Como en el caso de la señora Morrison, la madre es a menudo inteligente, y parece que está completamente dedicada a su hijo. Demasiado dedicada al cuidado de su hijo.

−¿Y qué síntomas aparecen en esos niños?

Reyes-Moreno asiente.

−Ese es el problema. Las enfermedades provocadas pueden afectar a cualquier parte del cuerpo. Se pueden provocar enfermedades del aparato respiratorio o digestivo, hasta enfermedades de la sangre, o infecciones sistémicas. Hay casos en los que las madres les han administrado nitroglicerina a sus hijos durante largos periodos de tiempo; o que han hecho cortes a sus hijos y les han lavado esos cortes con agua del inodoro. Eso hace que para un médico sea muy difícil encontrar un tratamiento. Ve a un niño en la sala de urgencias, con síntomas inexplicables, y quiere curarlo. No encuentra el motivo de los síntomas, y la cantidad de maniobras diagnósticas y terapéuticas que hay que realizar es abrumadora.

A Hempstead se le hunden los hombros mientras Danielle camina hacia la testigo.

−¿Por qué no se descubre este problema más a menudo?

−¿Quién va a pensar que una madre le provocaría enfermedades a sus hijos, o llegaría incluso a matarlos? Y hay algo que hace que este síndrome sea tan incomprensible: el hecho de que la madre sienta tanta satisfacción con la atención que obtiene al hacer daño o matar a sus hijos.

−Doctora Reyes-Moreno, ¿han hallado alguna relación entre el comportamiento violento de Max Parkman y la medicación que tomó mientras estaba en Maitland?

La doctora respira profundamente.

−Me temo que sí −dice, y mira a la jueza−. El hospital contrató recientemente al doctor Fastow, un psicofarmacólogo que tenía, o al menos eso es lo que pensó todo el mundo, unas credenciales impecables. Tengo entendido que la junta de dirección de Maitland lo había investigado minuciosamente. El hospital de Viena en el que trabajaba antes de venir a Maitland lo recomendó sin reservas. De hecho, fueron elogiosos con él. El doctor Fastow debía prestar asesoría en los casos más difíciles y continuar con sus investigaciones sobre varias medicinas psicotrópicas, algunas de las cuales resultaban muy prometedoras. Ahora ha quedado demostrado que el doctor Fastow, en vez de realizar pruebas clínicas formales con los controles adecuados, estaba experimentando fármacos nuevos con algunos de nuestros pacientes. Como saben, el farmacólogo ha desaparecido. Cuando el teniente Barnes nos enseñó el informe toxicológico del análisis de una muestra de sangre de Max Parkman, nos quedamos horrorizados. La medicación que el doctor Fastow les estaba administrando a Jonas Morrison y a Max Parkman tiene graves efectos secundarios.

Danielle siente una presión dolorosa en la garganta.

—¿Y cuáles son esos efectos secundarios?

—Todos los pacientes que seguían el protocolo del doctor Fastow mostraron comportamientos violentos y extraños durante las pruebas diagnósticas. Aunque algunos padres aseguraron que ese tipo de comportamiento no se había producido nunca antes del ingreso de los pacientes en Maitland, los psiquiatras responsables de esos pacientes, y lamento decir que yo estaba entre ellos, los observaron por primera vez y consideraron que los padres negaban la realidad de sus hijos.

Danielle ve una disculpa en su mirada.

—Y ese comportamiento fue base de diagnósticos erróneos de algunos de los pacientes, ¿no es así?

La doctora se agarra las manos.

—Sí.

—¿Incluyendo a Max Parkman?

—Sí.

Danielle asiente, y mira a Max. El niño tiene una expresión de alivio abrumador, y las lágrimas le caen por las mejillas. Danielle se gira de nuevo hacia Reyes-Moreno.

—Volvamos a la señora Morrison. ¿Qué revelan los diarios sobre sus intenciones con respecto a Jonas?

—Ella ya había engañado a toda la plantilla de Maitland y

había disfrutado de la atención y de la compasión que ansiaba. Ya no tenía nada más que conseguir. Jonas ya no podía granjearle más alabanzas, y decidió desahacerse de él.

–¿Y qué tenía que ver Max en todo esto, doctora?

–Era el instrumento perfecto. Los diarios dejan claro que, una vez que la señora Morrison presenció el comportamiento violento de Max, decidió culparlo del asesinato de Jonas. No tenemos pruebas que indiquen que la señora Morrison supiera que las medicinas del doctor Fastow habían provocado esa violencia en Max. Creo que, en ese sentido, simplemente tuvo suerte.

Danielle se vuelve hacia la mesa de la defensa. La calidez y el alivio que percibe en los ojos castaños de Tony lo dicen todo. Respira profundamente y se vuelve hacia la testigo.

–¿Es todo?

Reyes-Moreno parece incómoda.

–Me temo que no. Nunca había oído hablar de un caso así.

–¿En qué sentido?

La doctora se mira las manos.

–Jonas Morrison no nació autista, ni con retraso mental, ni con trastornos obsesivo compulsivos, ni con tendencia a infligirse heridas. La señora Morrison consiguió crear una enfermedad psiquiátrica profunda y trágica en un niño normal.

–¿Y por qué no se limitó la señora Morrison a envenenar a Jonas, o a administrarle una sobredosis de algún medicamento, en vez de correr el riesgo de que la descubrieran? –pregunta la jueza.

Reyes-Moreno mueve la cabeza en señal de negación.

–Hay que entender la naturaleza de este trastorno, señoría. La señora Morrison ansiaba la atención de los demás. Dígame, ¿preferiría usted ser la madre de un niño con una discapacidad terrible, que muere de una sobredosis involuntaria, o el centro de la atención de toda la prensa nacional y de un mundo compasivo?

La jueza baja la cabeza. No se oye ni una palabra en toda la sala. El alguacil vuelve a entrar. Hempstead lo mira.

–Alguacil, ¿ha localizado a la señora Morrison?

–Se ha ido, señoría. Ha desaparecido como por arte de magia.

cuarenta y uno

Se ha puesto el sol. Las ventanas rectangulares dejan entrar la luz de las farolas en la sala. La jueza Hempstead acaba de volver después de un corto receso, durante el que ha dejado a los periodistas y al público formando corrillos por la sala y enviando por el teléfono móvil los últimos detalles de la vista.
–¡Todos en pie!
La jueza se sienta. En su rostro se refleja el cansancio de aquel día, pero su voz es firme.
–¿Señora Parkman?
Danielle se levanta sin soltar la mano de Max.
–¿Sí, señoría?
–El sheriff me ha informado de que la policía no ha conseguido encontrar a la señora Morrison. ¿Tiene alguna cosa más que mostrarle al tribunal?
–En realidad, sí, señoría –dice ella, y saca una cinta de vídeo de la caja–. Hay otra prueba, que fue hallada en la habitación de la señora Morrison. El teniente Barnes puede salir al estrado para confirmarlo, si lo desea.

Hempstead mueve una mano con cansancio.

–No será necesario. Creo que todas estas pruebas serán remitidas por los canales adecuados al tribunal que juzgue a la señora Morrison. Si la encontramos algún día.

–¿Puedo continuar, señoría?

–Sí, por favor.

Danielle le susurra algo a Max, y entonces le hace una seña a Georgia. Georgia toma de la mano al niño y lo saca de la sala. Danielle mira a Doaks, que acaba de volver con la noticia de que Marianne se ha dejado todas sus pertenencias en el hotel, y que la policía está haciendo todo lo posible por encontrarla. Desenrolla la pantalla de proyección y baja las luces. Ella inserta la cinta y se vuelve hacia la jueza.

–Me temo que esto responderá a todas las cuestiones que hayan quedado sin resolver, señoría. Este vídeo fue hallado en el armario de la señora Morrison. Parece que fue robado de la unidad de Fountainview el día en que murió Jonas.

Danielle aprieta el botón de encendido del vídeo, y después de un ruido y un plano en negro, comienzan a aparecer imágenes.

En ellas, Marianne abre la puerta, entra en la habitación y arrastra algo fuera del campo de grabación de la cámara. Esa forma no se mueve. Entonces, ella cierra, toma un tope de goma y lo mete con fuerza en la rendija inferior de la puerta. Se coloca un par de guantes de látex y se agacha. Bajo su vestido solo se ven unos zuecos blancos de enfermera. Se acerca a la cama.

Jonas está tumbado de cara a la pared, con las rodillas flexionadas contra el cuerpo. Su ángulo de reposo le hace todavía más infantil, más vulnerable. Tiene el pelo rubio, los ojos cerrados, una expresión serena, angelical.

Ella se sienta en la cama, a su lado. Pone una bolsa de plástico grande en el suelo, junto a la cama, y le toca suavemente el hombro. Después le suelta las correas de los brazos y de las piernas. Sin apartar la mano derecha de su cuerpo, rebusca en la bolsa. Acaricia el metal frío del peine y lo deja a un lado de la cama.

Agita a Jonas por el hombro y él se despierta y la mira. Se sienta y se abraza las rodillas, observándola cuidadosamente.

–Vamos, Jonas, hazlo ahora –le dice ella.

Al instante, él comienza a golpearse la cabeza contra la pared, a un ritmo constante, con los ojos cerrados, como si siguiera un ritual. Cuatro golpes en la parte posterior del cráneo, cuatro a la derecha, cuatro a la izquierda. Cuatro, cuatro, cuatro, cuatro. Cuando termina el número de golpes requerido, comienza a abofetearse, primero con la mano derecha, y luego con la izquierda, moviendo la mano con toda rapidez, y golpeándose cada vez con más fuerza. La piel se le enrojece.

Jonas abre los ojos y la mira a la cara, como si buscara la confirmación de que está haciendo lo que ella quiere. Marianne niega con la cabeza. Entonces, él empieza a morderse el dorso de la mano. Se muerde, se muerde, se muerde. Ella se inclina y toma el peine de metal, y comienza a darse golpecitos en la palma de la mano, a un ritmo constante, como si fuera un metrónomo.

El niño se pone en alerta con el nuevo sonido. Alza la mirada y ve el peine. Se muerde las manos con más fuerza cada vez, y tarda un rato en hacerse sangre, puesto que las tiene encallecidas después de años de agresiones.

Ella asiente y sigue dando golpecitos, observando la curiosidad del niño.

–Sí, cariño, sí –le susurra, sonriéndole–. Podrás tocarlo dentro de un minuto, mi amor, y te vas a sentir mucho mejor.

Su voz es un arrullo, y su mirada, un aplauso.

La mano izquierda está sangrando profusamente ahora, porque Jonas ha encontrado una vena. Cambia a la derecha y comienza de nuevo, dando mordiscos pequeños y fuertes. Cabecea de arriba abajo, de un lado a otro, pero sin apartar la vista del peine, que ella mueve rítmicamente entre las manos. Él ya no la mira. Es como si supiera lo que quiere. Está como hipnotizado.

Cuando ve que él ha abierto también la piel de su mano derecha y se está mordiendo con fuerza, se acerca lentamente, sin dejar de mover el peine. Con el instrumento en la mano izquierda, golpea suavemente un lado de la cama. Con la mano derecha, le acaricia el pelo mientras él sigue los botes verticales del peine. A ella se le ilumina la cara de amor.

–Así, así –murmura. Se inclina y le besa la cabeza sin dejar de golpear la cama con el peine, y él se balancea con ella–. ¿No te parece bonito? Brilla mucho, y es nuevo.

Él intenta agarrarlo con la mano izquierda ensangrentada.

–Oh, no, mi amor, todavía no, todavía no –susurra Marianne.

Aparta la sábana y destapa las piernas desnudas de Jonas. Él deja de morderse y gruñe suavemente mientras intenta tomar el peine. Ella se lo pone en la mano derecha y hace que lo sujete fuertemente con la izquierda.

Entonces, levanta sus manos unidas y le ayuda a apretar las púas afiladas contra la piel de las piernas, lo justo para dejar cinco marcas rojas en el muslo derecho. Él mira el peine y se queda paralizado. Ella eleva las manos de nuevo y canta con suavidad. De nuevo, hace que el niño se clave las púas en el muslo, con más fuerza en esa ocasión.

Él no emite ni un solo gemido, ni un susurro, sino que mira con fascinación las gotas rojas que salen de las punciones de su pierna. Entonces, comienza a elevar las manos solo, tanto que las pasa por encima de su cabeza, mientras ella le acaricia la nuca con ternura.

–Eres muy bueno, Jonas, muy bueno.

Ahora, Jonas se ha obsesionado y empuja la cabeza hacia atrás para apartar la mano de Marianne. Ella se retira a una esquina de la habitación y observa. Es como si supiera lo que va a hacer. Mira su reloj.

–Veintidós minutos –susurra.

Él baja las piernas por un lado de la cama, sin soltar el peine. Empieza a pincharse los muslos metódicamente, primero el derecho, después el izquierdo, el derecho, el izquierdo. Gime lentamente, con la mirada perdida. Pronto comienzan a sangrarle copiosamente ambas piernas. Sus pinchazos son más rápidos y más profundos. No se detiene, y mira a Marianne. Parece que le está preguntando «¿ahora dónde, ahora dónde?».

–¿Nonomah, Jonas, nonomah? –susurra Marianne–. ¿Estás listo? Si ya has terminado, cariño, voy a darte tu nonomah y dejaré que pares.

Da unos cuantos pasos hacia atrás, se abraza a sí misma y comienza a balancearse.

—Nonomah, nonomah, nonomah —dice, como si cantara un salmo.

Entonces se sienta en la butaca que hay en el centro de la habitación, después de cubrirla con una sábana.

—Mírame, cariño, y te enseñaré a hacerlo, te diré cómo puedes arreglarlo todo.

Entonces, estira las piernas y se señala con el dedo índice la vena de su ingle. Con calma, deliberadamente, alza ambas manos juntas y se las sujeta por encima de la cabeza. Después, con brutalidad, las abate sobre la zona de la arteria femoral.

Sonríe y vuelve a acomodarse en la butaca.

—Yo no diré nada, y no habrá más dolor, cariño mío.

Entonces cierra los ojos y sonríe como para mostrarle la gloria y la tranquilidad que habrá después. Él solo tiene ojos para ella. Después de un momento, Marianne se pone de pie y va hacia él. Toma uno de sus calcetines blancos del suelo y se lo mete en la boca. Él no reacciona, como si no fuera la primera vez.

Ella vuelve a mirar el reloj.

—Catorce minutos.

Jonas la sigue con la mirada mientras ella vuelve a sentarse. Tiene el peine entre las manos, y parece que no ve los agujeros que tiene en las piernas, ni la sangre que se desliza hasta el suelo. Agarra el peine con fuerza, lo alza por encima de su cabeza.

Le lanza una última mirada a su madre, una mirada llena de hematomas, confianza, traición, tortura y maldición. Eleva la cabeza y, con todas sus fuerzas, se clava el peine en las ingles. Incluso con el calcetín en la boca, su grito es espantoso. Arquea el cuello hacia atrás, y su garganta queda paralela al techo. Permanece inmóvil, rígido, en esa posición, hasta que un instante después, se desploma sobre la cama.

Surge un violento chorro de sangre de su ingle, y parece que ella se siente a un tiempo horrorizada y gratificada al ver su altura y su anchura. En un segundo se abalanza sobre él y le pone la almohada sobre el rostro. Él forcejea durante un instante, pero parece que la visión de la sangre le ha proporcionado a Marianne una fuerza inhumana.

Clava los ojos azules en la cámara. Es la mirada de una mujer justa.

Se concentra de nuevo en él y lo somete, como si tuviera la fuerza de un hombre. Cuando Jonas queda por fin inmóvil, ella alza la almohada y la deja sobre la cama. Le saca el calcetín de la boca y le quita el peine de las manos, y lo pone en la mano de la silueta inmóvil que está junto a la cama.

Hay sangre por todas partes; en la cama, en el suelo, en el techo. En las mejillas y en la ropa de Marianne. Tiene el vestido salpicado de rojo. Se pone en pie sobre la sábana y se quita los guantes de látex, el vestido y los zuecos. Se limpia la sangre de los brazos y de la cara con unas toallitas húmedas. Después saca un vestido de la bolsa de plástico y se lo pone por la cabeza. Se calza unas sandalias doradas. Mete todas las prendas manchadas en la bolsa de plástico y mira el reloj.

–Seis minutos –dice.

Se cuelga la bolsa del hombro y mira por última vez a Jonas.

El niño está tendido entre sábanas de color rubí.

Sus ojos sin vida miran al cielo.

cuarenta y dos

Las luces se encienden. Danielle mira a Hempstead. Ambas están llorando. Sevillas y Doaks van al encuentro de Danielle mientras Max y Georgia entran en la sala. Ella los abraza a todos, y caminan juntos hasta el banco de la defensa.

Hempstead carraspea y se recupera lo suficiente como para hacerle una seña a la taquígrafa para que escriba en el acta.

—¿Señor Langley?

El fiscal está muy pálido.

—¿Sí, señoría?

—¿Tiene algo que decir?

—¿Cómo, señoría?

Ella da unos golpecitos de impaciencia con el bolígrafo sobre la mesa.

—En pie. Tiene que terminar esta vista.

Él obedece rápidamente.

—Yo… Eh… El Estado retira todos los cargos contra Max y Danielle Parkman.

Hempstead asiente.

–Señora Parkman, por favor, póngase en pie.
Danielle obedece.
–Señora Parkman, el tribunal rechaza las acusaciones que pesaban contra usted y contra su hijo. Sin embargo, antes de que se vayan, me gustaría pedirles disculpas de parte de este tribunal y del estado de Iowa. Han sufrido una horrible experiencia, que ojalá nunca hubieran tenido que soportar. Por desgracia, cuando uno se enfrenta con la maldad y la tragedia que hemos visto hoy, nada parece lo que es en realidad –dice, y sonríe ligeramente a Sevillas–. Por supuesto, también se absuelve al señor Sevillas de desacato.
–Gracias, señoría –dice él.
El alguacil se pone las manos en las caderas y anuncia:
–¡Todos en pie!
Doaks señala la puerta con un gesto de la cabeza.
–Salgamos de aquí.
Tony pasa el brazo por los hombros de Danielle y la protege de los flashes de los periodistas mientras recorren el pasillo hacia la salida. Ella esconde la cara en su cuello, porque la emoción y el agotamiento le han pasado factura de repente. Entre sollozos, se da cuenta de que Max está bien. Aunque nunca lo había creído, se da cuenta del terror que le causaba el diagnóstico de Maitland. Georgia la abraza con los ojos llenos de lágrimas. Danielle la suelta y se aferra a Max, que sonríe.
–Eh, mamá, que no me voy a ir a ninguna parte.
Ella sonríe entre las lágrimas.
–No voy a perderte de vista nunca más.
Tony la abraza y dice, con la voz ronca:
–Gracias a Dios que ha terminado todo.
–Pero Marianne se ha escapado.
–La encontrarán.
Ella niega con la cabeza.
–No creo.
Doaks le tira del brazo.
–Eh, nena, ¿es que no has tenido bastante? Vamos a tomar algo.
Ella sonríe. Codo con codo, los cinco recorren el pasillo.

epílogo

Danielle está sentada en el porche. Se protege los ojos del sol de la tarde con la mano. Después saluda a Max, que acaba de volver de dar un largo paseo en bicicleta por las colinas que rodean su nuevo hogar, al norte de Santa Fe. El viento le ha puesto muy buen color en las mejillas. El sol hace brillar su pelo. El niño se detiene y le devuelve el saludo con una enorme sonrisa.

Danielle dejó su trabajo en Nueva York un año antes, y abrió un bufete en aquella pequeña ciudad. Se ocupa de asuntos menores, herencias y testamentos. Tony pasa todo el tiempo que puede con ellos, yendo y viniendo de Iowa. Max ha superado su estancia en Maitland, aunque pasaron meses hasta que se recuperó de los efectos de la medicación experimental que le había administrado Fastow y del trauma de la experiencia entera. Después de la vista, Danielle supo por Reyes-Moreno que habían detenido a Fastow en un pueblo costero de México, y que Maitland iba a querellarse contra él.

Mira a Max, y lo ve tan fuerte y tan feliz que no puede creerse la suerte que tiene. Cuando su organismo eliminó todos los venenos, Maitland confirmó que no era psicótico ni violento. Reyes-Moreno le diagnosticó bipolaridad, lo que explica sus drásticos cambios de estado de ánimo, y se lo devolvió.

Danielle lo mira de nuevo, y después consulta su reloj. Ya es casi la hora de que vaya al aeropuerto a buscar a Tony. Él acaba de convertirse en socio de un bufete de Santa Fe. Mira la alianza antigua que lleva en el dedo anular de la mano izquierda; los brillantes emiten destellos bajo el sol. Muy pronto, él ya no tendrá que volver a separarse de ella.

Danielle toma su copa de vino y recorre el corto camino que hay hasta su buzón. Dentro hay un sobre que le ha sido reenviado desde su antigua dirección de Nueva York. Lo abre. Encuentra una postal, pero el matasellos está emborronado y resulta ilegible. Danielle observa la fotografía. Es una escena africana de antílopes y pájaros de colores que vuelan sobre una meseta. Le da la vuelta para leerla y encuentra una caligrafía recargada, llena de florituras, que invade todo el espacio disponible.

Dios obra de maneras misteriosas.
He adoptado unas gemelas adorables.
¡Para mí sola!
Con cariño, M.

Agradecimientos

Me gustaría darles las gracias a toda mi familia y a mis amigos, que me han apoyado y me han animado. Han leído mi manuscrito hasta la saciedad, y me siguen queriendo. A mi agente, Al Zuckerman, un hombre brillante, por arriesgarse con una nueva escritora y por su insistencia en hacer las cosas lo mejor posible. A Donna Hayes y a Linda McFall, por amar este libro y conseguir que esto sucediera. A Glenn Cambor, que primero me dijo que escribiera, y después me ayudó a mantener la cabeza clara mientras lo hacía. Para Beverly Swerling, mi lectora, sin la cual esta novela todavía estaría en una caja, debajo de mi escritorio.

Mi más sincero agradecimiento a Jim y Jeanine Barr, que aportaron sus conocimientos sobre el procedimiento judicial y sobre la ley penal, a Wayman Allen, por su sentido común de policía e investigador privado, a Cynthia England y Dawn Weightman, por su dedicación y su amor, a Lane, Tom y Kelly, que me hicieron reír todos los días.

A Jim Sentner, mi otro padre, que me ha apoyado en todas mis alocadas empresas con amor y paciencia. Quiero dar las gracias de manera muy especial a mis tres hijos, Brendan, Sam y Jack, que me han inspirado y me han concedido el privilegio de ser su madre.

Y a Bill, mi editor, mi amor, mi vida.

Créditos de la fotografía
Roger Winter,
Fredericksburg, Texas.

www.ingramcontent.com/pod-product-compliance
Lightning Source LLC
LaVergne TN
LVHW030338070526
838199LV00067B/6344